Augusto Roa Bastos

Nace en Asunción en 1927. Su infancia transcurre en Iturbe, un pequeño pueblo de la región del Guairá, escenario casi constante de su mundo novelístico. Realiza sus estudios en la capital paraguaya, interrumpiéndolos para intervenir en la Guerra del Chaco con Bolivia, entre 1932 y 1935, alistándose como voluntario.

Ejerció el periodismo, radiofónico y escrito. Por invitación del British Council viajó a Inglaterra y posteriormente a Francia, a fines de la Segunda Guerra Mundial. En 1947 se instaló en Buenos Aires, donde reside desde entonces. Paralelamente a su actividad literaria ha trabajado como guionista de cine, autor teatral, periodista y profesor en diversas universidades iberoamericanas. En 1971 recibió una beca Guggenheim para la creación literaria. Su novela HIJO DE HOMBRE obtuvo el Premio Municipal de Buenos Aires y ha sido traducida a catorce idiomas.

Obras:

EL TRUENO ENTRE LAS HOJAS, cuentos (1953)
HIJO DE HOMBRE, novela (1960)
EL BALDÍO (1966)
MADERA QUEMADA, cuentos (1967)
MORIENCIA, cuentos (1969)
LOS PIES SOBRE EL AGUA (1967)
CUERPO PRESENTE Y OTROS CUENTOS (1971)
EL POLLITO DE FUEGO, cuento infantil (1974)
YO EL SUPREMO, novela (1974)

Hijo de hombre

Augusto Roa Bastos
Hijo de hombre

EDITORIAL ARGOS VERGARA, S. A.

Sobrecubierta
Depares & Ortiz

Copyright © 1969 y 1979, Augusto Roa Bastos

Editorial Argos Vergara, S. A.
Aragón, 390, Barcelona-13 (España)

ISBN: 84-7017-692-7

Depósito Legal: B-18.518-1979

Impreso en España - Printed in Spain

Impreso por Publicaciones Reunidas, S. A.,
Alfonso XII, s/n. Badalona (Barcelona)

A mi padre,
a la memoria de mi madre

Hijo del hombre, tú habitas en medio de casa rebelde... (XII, 2).
...Come tu pan con temblor y bebe tu agua con estremecimiento y con anhelo... (XII, 18).
Y pondré mi rostro contra aquel hombre, y le pondré por señal y por fábula, y yo lo cortaré de entre mi pueblo... (XIV, 8).

Ezequiel

...He de hacer que la voz vuelva a fluir por los huesos...
Y haré que vuelva a encarnarse el habla...
Después que se pierda este tiempo y un nuevo tiempo amanezca...

Himno de los muertos
de los guaraníes

I
Hijo de hombre

1.

Hueso y piel, doblado hacia la tierra, solía vagar por el pueblo en el sopor de las siestas calcinadas por el viento norte. Han pasado muchos años, pero de eso me acuerdo. Brotaba en cualquier parte, de alguna esquina, de algún corredor en sombras. A veces se recostaba contra un mojinete hasta no ser sino una mancha más sobre la agrietada pared de adobe. El candelazo de la resolana lo despegaba de nuevo. Echaba a andar tantaleando el camino con su bastón de tacuara, los ojos muertos, parchados por las telitas de las cataratas, los andrajos de aó-poí sobre el ya visible esqueleto, no más alto que un chico.

—¡Guá, Macario!

Dejábamos dormir los trompos de arasá junto al hoyo y lo mirábamos pasar como si ese viejecito achicharrado, hijo de uno de los esclavos del dictador Francia, surgiera ante nosotros, cada vez, como una aparición del pasado.

Algunos lo seguían procurando alborotarlo. Pero él avanzaba lentamente sin oírlos, moviéndose sobre aquellas delgadas patas de benteveo.

—¡Guá, Macario Pitogüé!

Los mellizos Goiburú corrían tras él tirándole puñados de tierra que apagaban un instante la diminuta figura.

—¡Bicho feo…, feo…, feo!

—¡*Karaí tuyá colí…, güililí!*…

Los chillidos y las burlas no lo tocaban. Tembleque y terroso se perdía entre los reverberos, a la sombra de los paraísos y las ovenias que bordeaban la acera.

En aquel tiempo el pueblo de Itapé no era todavía lo que es hoy. A más de tres siglos de su fundación por mandato de un lejano virrey de Lima continuaba siendo un villorrio perdido en el corazón de la tierra bermeja del Guairá.

El virrey achacoso se habría limitado a posar la uña sobre la inmensidad desconocida y vacía, despreocupado de las penurias y del sudor que empujaba a nacer, como sucedía siempre cuando se trataba de repartir la tierra a los encomenderos o de premiar las fatigas de los capitanejos que habían contribuido a reducir las tribus.

De aquel pueblo primitivo sólo quedaban unas casas de piedra y adobe alrededor de la iglesia. De las carcomidas paredes emergían tallos de helechos salvajes y amambay. De pronto algún horcón secular echaba su propio verde retoño. En la plazoleta, junto al campanario de madera, los cocoteros ardían al sol con sus penachos de llamas secas y lacias, entre los cuales el tufo caliente se ampollaba en chirridos como de pichones con sed.

Luego el tendido de las vías del ferrocarril a Villa Encarnación pasó por allí. Los itapeños se engancharon en las cuadrillas. Muchos quedaron bajo esos durmientes de quebracho que sonaban bajo las palas como lingotes de fundición.

Con las vías el pueblo comenzó a desperezarse. El andén de tierra soltaba su aliento bajo los pies desnudos que lo trajinaban. Los pómulos cobrizos y los andrajos de las chiperas y alojeras que se atareaban una vez por semana al paso del tren, estaban teñidos por esa pelusilla encarnada.

Ahora los trenes pasan más a menudo. Hay una estación nueva y un andén de mampostería, que ha acabado por tomar otra vez el color de antes. Un ramal conduce a la fábrica de azúcar que se ha levantado sobre el río, no lejos del pueblo. Frente a la estación están los depósitos de una bodega y las tiendas de los turcos hacen doler los ojos con sus paredes que parecen bañadas en cal viva. La iglesia nueva recubre los muñones de la antigua. Los velones negros de los cocoteros han sido talados. El campanario también. En su lugar han puesto palcos y un entarimado para las funciones patronales, el día de Santa Clara.

Ahora hay ruido y movimiento. Entonces no había más que eso.

Los ranchos amojonaban de trecho en trecho el camino a Borja y Villarrica, sobre cuya cinta polvorienta se eternizaba alguna carreta flotando en la llanura.

Y otra cosa resta de aquel tiempo.

Como a media legua del pueblo se levanta el cerro de Itapé. La carretera pasa a sus pies, cortada por el arroyo que se forma en el manantial del cerro. A ciertas horas, cuando el promontorio se hincha y deshincha en las refracciones, se alcanza a ver el rancho del Cristo en lo alto, recortado contra la chapa incandescente del cielo.

Allí solía solemnizarse la celebración del Viernes Santo.

Los itapeños teñían su propia liturgia, una tradición nacida de ciertos hechos no muy antiguos pero que habían formado ya su leyenda.

El Cristo estaba siempre en la cumbre del cerrito, clavado en la cruz negra, bajo el redondel de espartillo terrado semejante al toldo de los indios, que lo resguardaba de la intemperie. No necesitaban, pues, representar las estaciones de la crucifixión. Luego del sermón de las Siete Palabras, venía el Descendimiento. Las manos se tendían crispadas y trémulas hacia el Crucificado. Lo desclavaban casi a tirones, con una especie de rencorosa impaciencia. El gentío bajaba el cerro con la talla a cuestas ululando roncamente sus cánticos y plegarias. Recorría la media legua de camino hasta la iglesia, pero el Cristo no entraba en ella jamás. Llegaba hasta el atrio solamente. Permanecía un momento, mientras los cánticos arreciaban y se convertían en gritos hostiles y desafiantes. Un rato después las parihuelas giraban sobre el tumulto y el Cristo regresaba al cerro en hombros de la procesión brillando con palidez cadavérica al humeante resplandor de las antorchas y de los faroles encendidos con velas de sebo.

Era un rito áspero, rebelde, primitivo, fermentado en un reniego de insurgencia colectiva, como si el espíritu de la gente se encrespara al olor de la sangre del sacrificio y estallase en ese clamor que no se sabía si era de angustia o de esperanza o de resentimiento, a la hora nona del Viernes de la Pasión.

Esto nos ha valido a los itapeños el mote de fanáticos y de herejes.

Pero la gente de aquel tiempo seguía yendo año tras año al cerro a desclavar el Cristo y pasearlo por el pueblo como a una víctima a quien debían vengar y no como a un Dios que había querido morir por los hombres.

Acaso este misterio no cabía en sus simples entendimientos.

O era Dios y entonces no podía morir. O era hombre, pero entonces su sangre había caído inútilmente sobre sus cabezas sin redimirlos, puesto que las cosas sólo habían cambiado para empeorar.

Quizá no era más que el origen del Cristo del cerrito, lo que había despertado en sus almas esa extraña creencia en un redentor harapiento como ellos, y que como ellos era continuamente burlado, escarnecido y muerto, desde que el mundo era mundo. Una creencia que en sí misma significaba una inversión de la fe, un permanente conato de insurrección.

Tal vez a quien verdaderamente querían desagraviar o al menos justificar, era a aquel Gaspar Mora, un constructor de instrumentos, que al enfermar de lepra se metió en el monte para no regresar al pueblo. Nunca lo nombraban, sin embargo, en otra tácita y probablemente instintiva confabulación de silencio.

Yo era muy chico entonces. Mi testimonio no sirve más que a medias. Ahora mismo, mientras escribo estos recuerdos, siento que a la inocencia, a los asombros de mi infancia, se mezclan mis traiciones y olvidos de hombre, las repetidas muertes de mi vida. No estoy reviviendo estos recuerdos; tal vez los estoy expiando.

2.

El que mejor conocía la historia era el viejo Macario. Esa y muchas otras.

Por aquel tiempo no todos los chiquilines nos burlábamos de él. Algunos lo seguíamos no para tirarle tierra sino para oír sus relatos y sucedidos, que tenían el olor y el sabor de lo vivido. Era un maravilloso contador de cuentos. Sobre todo, un poco antes de que se pusiera tan chocho para morir. Era la memoria viviente del pueblo. Y sabía cosas de más allá de sus linderos. El mismo no había nacido allí. Se murmuraba que era un hijo mostrenco de Francia. En el libro de Crismas estaba registrado con ese apellido.

Macario habría nacido algunos años después de haberse establecido la Dictadura Perpetua. Su padre, el liberto Pilar, era ayuda de cámara de El Supremo. Llevaba su apellido. Muchos de los esclavos que él manumitió —mientras esclavizaba en las cárceles a los patricios—, habían tomado este nombre, que más se parecía al color sombrío de una época. Estaban teñidos de su signo indeleble como por la pigmentación de la motosa piel.

Macario también. Lo escuchábamos con escalofríos. Y sus silencios hablaban tanto como sus palabras. El aire de aquella época inescrutable nos sapecaba la cara a través de la boca del anciano. Siempre hablaba en guaraní. El dejo suave de la lengua india tornaba apacible el horror, lo metía en la sangre. Ecos de otros ecos. Sombras de sombras. Reflejos de reflejos. No la verdad tal vez de los hechos, pero sí su encantamiento.

—El hombre, mis hijos —nos decía—, es como un río. Tiene barranca y orilla. Nace y desemboca en otros ríos. Alguna utilidad debe prestar. Mal río es el que muere en un estero...

El fluctuaba estancado en el pasado.

—El Karaí Guasú mandó tumbar las casas de los ricos y voltear los árboles —contaba—. Quería verlo todo. A toda hora. Los movimientos y hasta el pensamiento de sus contrarios, vendidos a los mamelucos y porteños. Conspiraban día y noche para destruirlo a él. Formaban el estero que se quería tragar a nuestra nación. Por eso él los perseguía y destruía. Tapaba con tierra el estero...

No le entendíamos muy bien. Pero la figura de El Supremo se recortaba imponente ante nosotros contra un fondo de cielos y noches, vigilando el país con el rigor implacable de su voluntad y un poder omnímodo como el destino.

—Dormía con un ojo abierto. Nadie lo podía engañar...

Veíamos los sótanos oscuros llenos de enterrados vivos que se agitaban en sueños bajo el ojo insomne y tenaz. Y nosotros también nos agitábamos en una pesadilla que no podía, sin embargo, hacernos odiar la sombra del Karaí Guasú.

Lo veíamos cabalgar en su paseo vespertino por las calles desiertas, entre dos piquetes armados de sables y carabinas. Montado en el cebruno sobre la silla de terciopelo carmesí con pistoleras y fustes de plata, alta la cabeza, los puños engarfiados sobre las riendas, pasaba al tranco venteando el silencio del crepúsculo bajo la sombra del enorme tricornio, todo él envuelto en la capa negra de forro colorado, de la que sólo emergían las medias blancas y los zapatos de charol con hebillas de oro, trabados en los estribos de plata. El filudo perfil de pájaro giraba de pronto hacia las puertas y ventanas atrancadas como tumbas, y entonces aun nosotros, después de un siglo, bajo las palabras del viejo, todavía nos echábamos hacia atrás para escapar de esos carbones encendidos que nos espiaban desde lo alto del caballo, entre el rumor de las armas y los herrajes.

El caserón de la Plaza de Armas, la Noche de Reyes, fiesta de su natalicio. En medio del parpadeo de innumerables velas que rayaba la tiniebla de la galería, el Karaí Guasú en persona, ceñido de levita azul, calzón blanco y espadín, repartía limosnas a los hijos de los pobres, casi sobre los sótanos de la prisión. Iban dejando sus candiles en los corredores a cambio de los cuartillos que caían de las manos todopoderosas. No tenían para darle más que esa gota de luz de su agradecimiento y de su miedo.

Macario se cuidaba de usar esta palabra. Pero era posible imaginar al hosco santón enlevitado esculcando también con sus miradas de cuchillo aun esos andrajos y esas reverencias para ver si había debajo la sarna de la conspiración, la más mínima mota de rebeldía o de odio.

—Nadie lo podía engañar...

No lo engañó ni siquiera el mulato Pilar, padre de Macario, el único sirviente de toda su confianza.

—Lo quería como a un hijo —nos dijo una tarde—. El tanteaba las comidas del Karaí Guasú para probar si estaban limpias de veneno. Cuando no se pudo levantar de la cama, agarrotado por el reumatismo, che rú Pilar fue quien viajó a Itapúa y la Candelaria para traer los remedios que el médico franchute, prisionero en Santa Ana, había recetado. Yo lo acompañé a taitá en el viaje. El Karaí sanó con los remedios. Taitá era el más feliz de los hombres. Pero entonces vine yo y le destruí su alegría... —se quedó callado largo rato, la quijada hundida en el pecho, rumiando ese recuerdo.

—¿Por qué le destruyó su alegría, taitá Macario? —me animé a preguntarle.

—Esa tarde... —los parchecitos de seda sanguinolenta parpadearon—. Esa tarde encontré una onza de oro sobre la mesa. El Karaí Guasú acababa de salir para su primer paseo después de la enfermedad. No pude resistir la tentación. Tomé la onza. De mi mano salió al tiro humo y olor a carne quemada.

Largué la onza y corrí a esconderme. El propio Karaí Guasú la había puesto en un brasero. A su regreso me mandó llamar. Me hizo extender la mano. Vio la llaga de la verdad. Ya era suficiente castigo. Pero él mandó a mi padre que me diera cincuenta palos en su presencia. Che rú Pilar me pegó los cincuenta azotes, uno por uno, con una rama de guayabo mojada en vinagre y sal. Yo aguanté los primeros sin llorar, pero antes de desmayarme le vi a taitá los ojos blancos del dolor que yo sentía. Yo era el más querido de sus hijos. Un poco después pateó a Sultán, que era el más querido de los perros del Karaí. Entonces lo hizo apresar y mandó al verdugo de la cárcel que le diera cien palos con la misma vara. Taitá estaba como loco. Unos días más tarde se insolentó con el guardián del calabozo. Esa dicen que fue su culpa. Entonces lo mandó ajusticiar, junto con otros conspiradores, en la cárcel. El Karaí Guasú lo quería como a un hijo. Pero no lo quiso perdonar por traidor. No era un traidor. Se murió por mi culpa, porque toda su desgracia salió de la llaga negra de mi ladronicio. Los doce hijos de Pilar fuimos confinados a distintos puntos del país. Yo vine aquí y me quedé con mi hermana María Candé, madre de Gaspar, el que después iba a ser músico y constructor de instrumentos...

Esa tarde supimos que Macario Francia era tío de Gaspar. Pero ni siquiera entonces habló de él.

—¡A ver, ustedes! ¡Las manos!... —nos dijo de pronto.

Las encogimos y cerramos con fuerza ante los dedos sarmentosos, a pesar de las cataratas del viejo. El volvió la diestra. Era casi transparente. En el fondo, a ras de los huesos, estaba la mancha negra entre las terrosas arrugas, como un agujero.

—¡A ver si a ustedes también les pasa esto! Yo he vivido para pagar. Y he vivido demasiado...

Nos tenía empayenados con sus cuentos.

—Unos años antes de la Guerra Grande fui a visitar al médico guasú de Santa Ana para pedirle remedios. Mi hermana Candé estaba muy enferma del pasmo de sangre. Un viaje inútil. Recordaba el anterior, veinte años antes, cuando había ido con taitá a traer el bálsamo para el Karaí. Esta vez no tuve suerte. El franchute también estaba enfermo. Así me dijeron. Tres días esperé frente a su casa, a que se sanara. Por las noches lo sacaban al corredor en un sillón frailero. Lo veíamos quieto y blanco, gordo y dormido a la luz de la luna. La última noche un borracho pasó ante el enfermo, saludándolo a gritos. Iba y venía, cada vez más enojado, gritando cada vez más fuerte:

—¡Buenas noches, karaí Bonpland!... ¡Ave María Purísima... karaí Bonpland!...

Al final lo insultó ya directamente. El médico guasú, grande y blanco, lleno de sueño, no le hacía caso, ni se molestaba. Entonces el borracho no aguantó más el desprecio. Sacó un cuchillo y subiendo al corredor, lo apuñaló con rabia, hasta que salté sobre él y le arranqué el cuchillo... Vino mucha gente. Entonces supimos que el médico guasú había muerto tres días atrás. El borracho sólo apuñaleó el cadáver embalsamado que ponían a orear al sereno. Para mí fue como si hubiera muerto por segunda vez... Cuando regresé a Itapé, mi hermana María Candelaria había sanado. Para que se sanara del todo, yo puse bajo su cabeza el cuchillo del borracho que había herido al teongüé del médico guasú...

Algunos no le creían. Los mellizos Goiburú, por ejemplo. Pedro tenía una cara de risa, Vicente un corazón de diablo. Pero entre los dos eran uno solo. Ya entonces comenzaban a burlarse del viejo liberto.

Otro día nos llevó a su rancho. De un hueco del solero extrajo un pequeño envoltorio. Lo deslió. De un saquito de piel de iguana, entre restos de escayola, sacó un objeto. En la mano de tierra temblaba un hebillón de plata.

—Esto... —dijo, pero no pudo continuar.

No hacía falta saber.

Contemplamos absortos el hebillón. Un aerolito caído en un desierto. El zapato de charol, las medias blancas, la sombra magra y enlevitada surgía de él, alta como el tizón de un árbol que el rayo no había podido derrumbar.

La Guerra Grande cayó sobre el país y lo devastó de un confín al otro. Macario Francia ya era para entonces un hombre maduro.

Contaba que hasta Humaitá y el Cuadrilátero había militado en las huestes del famoso y pintoresco alférez Ñandúa. Herido, cayó prisionero de los aliados en Lomas Valentinas, pero pudo huir y volvió a presentarse al Cuartel General del mariscal López.

—¡La propia Madama me curó el hombro! —decía con orgullo.

Ese era el hombro que tenía más bajo, caído hacia la tierra, como bajo el peso de toda aquella gloria, de aquella pesadilla.

Macario atravesó de punta a punta el horror de la hecatombe que duró cinco años, hasta la derrota de la última espectral guerrilla de López en Cerro Korá. El mismo era un Lázaro resucitado del gran exterminio.

El único despojo que había conseguido salvar era ese hebillón de plata y la confusa, inestimable carga de sus recuerdos.

Del sobrino leproso no se acordaba. De seguro adrede, como todos. A gatas aludía a su nacimiento.

—Hermana Candé tuvo a Gaspar en el Exodo de la Residenta... —era lo único que decía cuando le apurábamos mucho.

Había otra persona en Itapé que conocía la historia. María Rosa, la chipera que vivía en la loma de Caroveni. Pero ella tampoco hablaba. Y si hablaba, nadie le hacía caso porque era lunática. No tenía más que sus frases incoherentes, que el guaraní arcaico hacía aún más incomprensibles, y ese alucinado estribillo del Himno de los Muertos de los guaraníes del Guairá.

El propio Macario no empezó a hablar de su sobrino Gaspar Mora hasta que se volvió caduco de golpe, casi al borde de su muerte.

Sólo cuando estuvo comido hasta los huesos, el secreto inconscientemente guardado por todos, subió a la superficie del anciano. Y entonces se olvidó de todo lo demás. Se fue achicharrando en torno a ese recuerdo, más reciente sin duda que los otros, pero que los incluía a todos porque abarcaba un tiempo inmemorial, difuso y terrible como un sueño.

3.

—Fue cuando el cometa estuvo a punto de barrer la tierra con su cola de fuego.

De allí solía arrancar. El decía *yvaga-ratá*, con lo que la intraducible expresión *fuego-del-cielo* designaba al cometa y aludía a las fuerzas cosmogónicas que lo habían desencadenado, a la idea de la destrucción del mundo, según el Génesis de los guaraníes.

Me acuerdo del monstruoso Halley, del espanto de mis cinco años, conmovidos de raíz por la amenazadora presencia de esa víbora-perro que se iba

a tragar al mundo. Me acuerdo de eso, pero el relato
de Macario me lo hacía remontar a un remoto pasado.

A él no le interesaba el cometa sino en relación con la historia del sobrino leproso. La contaba
cambiándola un poco cada vez. Superponía los hechos,
trocaba nombres, fechas, lugares, como quizá lo esté
haciendo yo ahora sin darme cuenta, pues mi incer-
tidumbre es mayor que la de aquel viejo chocho, que
por lo menos era puro.

Su retraimiento era completo cuando alguna
mujer se colaba en el ruedo. Nunca habló de Gaspar
delante de ellas, a saber por qué. Ya caduco y tembleque las descubría en seguida. Se agazapaba entonces
en un mutismo huraño. Si se hallaba cerca del fuego,
Macario escupía sobre las brasas. Durante un largo
rato no se oía más que el chirrido de esos escupitajos
sobre el fuego, del que subían hilachas de un vapor
amarillo. La intrusa no tenía más remedio que irse.

Macario recomenzaba a partir del cometa.

Fue así como una noche, cuando los pies de
una mujer se alejaron raspando levemente el piso de
tierra y los salivazos del viejo dejaron de freírse sobre
las brasas, le oí decir con su flemoso graznido:

—Se me escondió en el corazón del monte.
Y allí se paró a esperar la muerte.

Hizo un alto y agregó:

—Pero antes tuvo el hijo.

—¿Qué hijo, taitá? —le preguntó alguien.

No contestó. La cabeza se le hincó en el pecho. Un suspiro se le rompió en la garganta.

Todos sabíamos que Gaspar Mora no había
tenido hijos. La cabeza del anciano parecía reflexionar
sobre eso, arrepentido, abochornado tal vez de su
infidencia.

Entonces volvió atrás, procurando borrar lo
que había dicho. Retrocedió a los años anteriores al

aislamiento del enfermo en el abra. La máscara de Gaspar Mora se cambió otra vez en el rostro limpio y fuerte de su juventud, el rostro moreno y huesudo de ojos mansamente verdosos, que todos recordábamos bien.

Gaspar olía a madera, de tanto haber trabajado con ella. De lejos venían a buscar sus instrumentos y pagaban lo que él les pedía. No era tacaño. Sólo dejaba lo suficiente para comprar sus materiales y herramientas. El resto lo repartía entre los que tenían menos que él. Levantaba las deudas de los agricultores a los que el fuego, el granizo o las langostas habían inutilizado sus plantíos. Compraba ropas y bastimentos para las viudas y los huérfanos.

—Los muchachos —decía Macario— se reunían en su carpintería para verlo trabajar. Enseñaba el oficio y la solfa a los que querían aprender. También levantó la escuelita y talló las cabriadas y los fustes de los horcones. Yo no los veo más, pero sé que están allí...

Sí. Todavía están. El tiempo estrió de una nervadura casi latiente las figuras de las vasijas y tejidos indios, que Gaspar reprodujo labrándolas con el formón y la azuela en los horcones de petereby y de lapacho. En todas estas cosas quedó su presencia. Pero, de un modo especial, él estaba vivo en el viejo vagabundo que vivía de la caridad pública y cuyos andrajos no sabíamos cómo se arreglaba para mantenerlos tan limpios sobre la arpillera de la piel.

No hacía mucho que Gaspar había muerto. Pero como desapareció en medio del espanto, era como si se hubiese perdido en una grieta de un tiempo muy lejano.

Macario Francia era quien lo acompañaba.

Al oscurecer se ponía a tocar la guitarra que estaba fabricando, para probar el sonido, la salud del instrumento...

De eso me acuerdo. La gente se tumbaba en el pasto a escucharlo. O salía de los ranchos. Hasta el cerrito se escuchaba el sonido. Se escuchaba hasta el río. Me acuerdo de mamá que al oír la distante guitarra se quedaba con los ojos húmedos. Papá llegaba del cañal y trataba de no hacer ruido con las herramientas.

Aun después de muerto Gaspar en el monte, más de una tarde oímos la guitarra. La voz de Macario se recogía temblona. En el silencio del anochecer en que ondeaban las chispitas azules de los muäs, empezábamos a oír bajito la guitarra que sonaba como enterrada, o como si la memoria del sonido aflorase en nosotros bajo el influjo del viejo.

En ese momento comprendíamos también las palabras rotas de María Rosa. En su dulce obsesión adivinábamos la parte en sombras de la historia de Gaspar.

—Cuando le escuchábamos ya nadie pensaba en morir —decía la chipera lunática de Carovení—. Se durmió en el corazón de la madera. Estaba muy cansado, porque tuvo que luchar todo el tiempo con el gran murciélago... Pero algún día despertará y vendrá a llevarme. ¡El cometa lo volverá a traer!... Le clavaron las manos y los pies... Pero el cometa lo despertará y lo volverá a traer del monte...

Ambos, Macario y María Rosa, con todo y su chochera el uno, con su mansa demencia la otra, parecían atados para siempre por esa cola fosforescente al malato muerto en la selva.

Cuarentona, con los cabellos enmarañados que comenzaban a encanecer, a pesar de esa tardía mater-

nidad que le había dado una hija, María Rosa continuaba enamorada de él.

En aquel tiempo todas las mujeres estarían
enamoradas del músico, o de lo que él representaba
para ellas. Pienso ahora en aquellas muchachas de
Itapé, a la caída de la noche, inclinadas entre los lunares fosfóricos de las luciérnagas, a esa hora en que
ya «nadie pensaba en morir». Lo escucharían sin duda
con todo el cuerpo y el ánima tendidos hacia el músico. Y sería esta compartida rivalidad lo que al her-
manarlas a ellas lo ponían distante a él, ajeno para
todas, excepto para esa melodiosa mujer sin cabeza
que apretaba entre sus brazos, encorvado sobre ella,
en la oscuridad.

Macario nada decía sobre esto, a saber por qué.
O lo diría y yo no lo recuerdo, porque entonces no
pensaba en estas cosas.

Me acuerdo sí de que alguien escarbó en él,
pérfidamente, preguntándole cosas.

—Gaspar murió virgen... —dijo tan sólo con
una tranquila seguridad, que contradecía lo anterior
cuando se le escapó con cierto bochorno que el leproso
había tenido un hijo antes de morir. Pero su senectud
era un terreno fértil para las contradicciones, los olvidos y los símbolos.

—¡Lepiyú letrado! —se mofaban de Macario
los mellizos Goiburú. Los dos ya conocían mujer. Se
pavoneaban ante los que aún no habíamos saboreado
ese misterio. El viejo no lograba convencerlos de la
castidad de Gaspar. Lo consideraban un embustero,
un embaucador.

Pero Vicente, corazón de diablo, llevaba en
el cinto el hebillón de plata que había hurtado al anciano.

Pienso ahora que hasta sentían un inconfesado
rencor no sólo hacia Macario, sino también hacia Gas-

par. El padre de los mellizos, que después murió corneado por un novillo, era enemigo declarado de ambos. El había transmitido a los hijos gemelos la torva inquina, de la que saltó aquel machetazo contra Macario y el Cristo. Lo cierto era que los mellizos no respetaban nada.

Una tarde, en el río, Pedro escupió la palabrota «monflórito» contra la memoria de Gaspar. Fue como si nos sopapeara la cara. Nos abalanzamos sobre él, lo tumbamos y le atascamos de arena la boca, como para hacerle tragar de nuevo el insulto, para enterrar esa negación de hombría que acababa de proferir contra ese hombre que para nosotros era el más hombre de todos. Vicente trató inútilmente de defender a su hermano. Yo le puse un pie sobre la garganta, mientras los demás lo sujetaban.

—¿Es o no monflórito? ¡Repetí si te animás!

—¡No!... —gimió acobardado.

Entonces lo largamos. Pero después entre los dos, una vez que me agarraron solo, casi me ahogaron en el remanso, porque yo no dudaba y porque quisieron desquitarse del trago de tierra que le hicimos comer a Pedro los defensores de Gaspar.

Me salvé porque sabía nadar y zambullir más que ellos. Pero sobre todo, porque creía firmemente en algo. Dentro del agua, pegado al limo, tenía bien abiertos los ojos, aguantando la respiración, mientras los mellizos me buscaban para ahogarme. Se fueron porque creyeron que ya me había ahogado. Por eso no vieron las burbujitas de sangre que empezaron a soltar mi nariz y mis oídos.

En el abombamiento de la asfixia sentí que la mano de madera de Gaspar me sacaba a la superficie. Era un raigón negro, al que me quedé largo rato abrazado.

4.

Cuando Gaspar Mora desapareció, su ausencia tardó en notarse.

Dejó abierta su casa. No se llevó más que algunas herramientas.

Lo buscaron sin descanso por todas partes. Recorrieron a caballo los caminos, las compañías más apartadas, los pueblos cercanos. Pero nadie sabía nada. Gaspar se había esfumado sin dejar rastros.

Era como si ya se hubiese muerto.

Las viejas mandaron promesas por su retorno. Las muchachas andaban tristes con la cabeza ladeada hacia la pena. Sobre todo una, María Rosa, la menuda chipera, que le solía llevar calentitos y crocantes sus chipás, sin querer cobrarle nunca nada. Y también cachos de bananas de oro y el agua fresca del manantial del cerro en una cantimplora forrada con húmedas hojas de banano. Ella misma tenía la carne prieta y morena de una tinaja, sus formas redondeadas, su tostado brillo en los pómulos y una chispa de ojo de agua en las oscuras pupilas.

Antes de eso, María Rosa recibía de noche a los hombres en su ranchito de la loma de Caroveni. Troperos, gente de paso. Nunca a los hombres del pueblo. Las viejas la miraban de reojo y cotorreaban a sus espaldas. Ella no les hacía caso ni les guardaba rencor.

Cuando Gaspar Mora desapareció, el rancho permaneció cerrado. Solitario, silencioso, entre los cocoteros. El pequeño farol «murciélago» ya no brillaba en lo alto, a través de la ventanita tapada con un trozo de zaraza floreada.

—¿Y antes de perderse no subía Gaspar hasta el rancho de María Rosa? —le preguntaban a Macario para hacerlo enojar.

—¡Gaspar murió virgen! —repetía tercamente el viejo, sobre el esternón.

También ahora la puedo imaginar a María Rosa buscando, esperando al desaparecido, purificándose en la espera, como si de golpe hubiera descubierto que todos los hombres eran uno solo y que precisamente ese hombre ya no estaba y quizá no regresaría nunca.

5.

Pasaron meses, tal vez años. Un hachero trajo al pueblo la noticia. Contó que en lo más hondo del monte, mientras volteaba árboles, había escuchado sonar una guitarra hacia el atardecer. Al principio pensó en alguna agüería.

—Pora o pombero, me dije. Capaz que fuera el yassyateve. Aunque yo no creo en esas cosas —dijo en el corro que se había formado para oírlo—. La guitarra seguía sonando. Busqué el lugar de donde venía el sonido. Me costó encontrarlo. La música, apretada por el monte me toreaba de un lado y otro. Al fin me metí por un pique y desemboqué en un cañadón. Vi primero el rancho. Enfrente, sentado sobre un tronco, Gaspar estaba tocando una guitarra blanca. Sin barnizar... Está enfermo. Tiene el mal de San Lázaro...

Una consternación general barrió las caras.

El hachero contó que le tendió la mano y que el otro no se la tomó, diciéndole:

—No le doy mano a nadie. Solamente a esta... —señaló el instrumento—. A ella no la puedo contagiar...

—¿Dónde está? —preguntó Macario.

—No puedo contar… —se defendió el ha-chero.

—Vas a contar —le conminó el viejo—. Tene-mos que ir a buscarlo.

—Le juré sobre el hacha que no diría nada. Gaspar quiere estar solo…

María Rosa abandonó el ruedo. Mientras los demás se quedaban discutiendo, ella se fue a su ran-cho. Hizo un atadito con sus ropas, puso en una canas-ta varias argollas de chipás y bastimentos, y se enca-minó hacia el monte. Ella sabía dónde trabajaba el hachero.

Al día siguiente, el grupo encabezado por Ma-cario se cruzó con ella, que venía de regreso, con sólo el atadito de ropa sobre la cabeza.

La detuvieron en la picada. Se negó a hablar. Volvía cambiada, con el rostro de una sonámbula.

6.

Macario y sus acompañantes también se estre-llaron contra la voluntad de aislamiento del enfermo, contra su decisión de permanecer allí hasta el fin.

—*Omanó vaekué ko-ndoyejhe'ai oikovevan-die* *… —contaba Macario que les dijo de lejos, im-pidiéndoles con un gesto que se acercaran.

—Venimos a llevarte, Gaspar —le dijo Maca-rio—. Te hemos buscado por todas partes.

—Yo ya estoy muerto —contestó lentamen-te—. Y puedo decirles que la muerte no es tan mala como la creemos.

Dijo Macario, que se quedó en silencio un buen rato.

---

* Los muertos no se mezclan con los vivos.

—Me va tallando despacito —contó que dijo después—. Mientras me cuenta sus secretos. Es bueno saber por lo menos que uno no acaba, que se continúa en otra vida, en otra cosa. Porque hasta en la muerte se quiere seguir viviendo. Eso lo sé ahora. La muerte me ha enseñado a tener paciencia. Yo le hago un poco de música... —dijo con una sonrisa, como en broma—. Para pagarle. Nos entendemos...

—Pero sufres, Gaspar.

—¿Sufro? Sí, sufro. Pero no por esto... —se echó una mirada hasta los pies—. Sufro porque tengo que estar solo, por lo poco que hice cuando podía por mis semejantes.

—Por eso venimos a llevarte. Puedes sanar. Te vamos a atender.

Movió la cabeza y los miró desde una profundidad insondable. Era como si un muerto se levantara para testificar sobre lo irrevocable de la muerte.

Luego, para romper el maligno sortilegio, se sentó sobre el tronco y empezó a preludiar el Campamento Cerro León como una despedida. El himno anónimo de la Guerra Grande surgió al cabo, extrañamente enérgico y marcial, de las cuerdas llenas de nudos.

—Contra eso no había nada que hacer —dijo Macario.

Oirían la música como si en realidad brotara de la tierra salvaje y oscura donde fermentaban las inagotables transformaciones. A través de ella también les hablaría, sobre todo a Macario, la voz de innúmeros y anónimos martirizados.

La noche se apretaba sobre el abra. Las manos hinchadas se movían sobre la tapa del pálido instrumento, que se fue quedando a oscuras hasta que dejó de sonar.

Fue la última vez que lo vieron y que hablaron con él.

7.

Volvían una y otra vez al cañadón. Pero el enfermo los esquivaba con el tino infalible de la soledad que sabe protegerse a sí misma cuando es irremediable.

Miraban la choza vacía, el abra desierta, acorraladas por la selva. Pero él no estaba. O quizá los vería a escondidas, de rodillas entre la maraña, con los ojos sin párpados en la enorme cabeza de león, escamosa y carcomida.

Resolvieron dejarle alimentos en la entrada del pique. Un poco de charque, butifarras o quesos redondos. También cuerdas nuevas. El los recogía después, escribiendo *gracias* sobre la tierra con un palito.

Como antes, María Rosa continuaba llevándole chipá, cachos de bananas de oro y la cantimplora tan parecida a ella, con el agua del manantial del cerro. A media legua estaba el arroyo de Cabeza de Agua. Pero ella comprendía que esa distancia era cada vez más larga para los pies llagados.

De tarde en tarde una pequeña procesión peregrinaba furtivamente hasta el abra. Con silencioso recogimiento escuchaba la oración leprosa. Procuraban no hacer el menor ruido, porque a veces una ramita que se rompía bastaba para quebrar también la música. Semejaban sombras suspendidas entre el follaje. Se miraban con ojos húmedos y encandilados, mientras la noche iba tapando con una losa de oscuro azul el cañadón.

Luego, al silencio, regresaban por la tiniebla

Eso duró. Pensaron que la muerte también se había enamorado del músico.

—Pero lo quería vivo, allí... —dijo Macario, agregando en castellano—: Como en una jaula...

8.

Por ese tiempo fue cuando el cometa apareció en el cielo y acercó amenazadoramente a la tierra su inmensa cola de fuego.

Cundió el pánico. Era el anuncio resplandeciente del fin del mundo. La nueva terrible del castigo se amplificaba en la iglesia, entre las lamentaciones y los rezos. De eso me acuerdo bien.

Nos olvidamos de Gaspar Mora, solo en el monte.

Después empezó la sequía, como si el ardiente resuello del monstruo hubiera secado toda el agua de la tierra y del cielo.

María Rosa trató de llegar al abra con su pequeña carga de agua y provisiones. Pero no pudo. Se extravió en el monte, cegada, extraviada por el maléfico *yvaga-ratá,* que también le acabó de quemar el alma. Después de varios días reapareció gesticulante.

—¡Ya no está..., se fue! —murmuraba con tranquila desesperación—. ¡Lo llevó el cometa!

Cuando el miedo aflojó, Macario y otros llegaron a la entrada del pique. Encontraron que las últimas provisiones no habían sido retiradas. Las hormigas se estaban llevando los restos enmohecidos.

Empezaron a llamarlo a gritos. La oquedad del monte sólo devolvía ecos pastosos. Lo rastrearon hacia el arroyo. Allí lo encontraron, de bruces sobre los guijarros y la arena del cauce seco.

Estaba muerto, de varios días.

Allí mismo, junto al álveo, cavaron la tierra friable con sus machetes y lo enterraron. Macario labró una tosca cruz de palosanto y la plantó a la cabecera de la tumba.

Volvieron silenciosos y apabullados hacia el cañadón. Se sentían culpables.

—La muerte de Gaspar pesaba sobre nosotros —dijo Macario—. Ibamos a recoger la guitarra y quemar la choza…

9.

Por la abertura que hacía de puerta entrevieron en el interior la silueta de un hombre desnudo, adosado al tapial.

Se quedaron clavados por el estupor.

—Un frío de muerte nos cuarteó las carnes… —contaba Macario.

El hombre estaba inmóvil, con la barba hundida en el pecho y los brazos extendidos. La penumbra no les dejaba ver bien. Parecía no tener pelos y su desnudez era enfermiza, flaca, casi esquelética.

Acababan de enterrar a Gaspar Mora y el rancho ya tenía otro ocupante. Tardaron en recuperar el habla. Un hálito sobrenatural les había paralizado la lengua.

—¿Quién…, quién anda ahí? —pudo gritar al fin Macario.

El hombre continuaba sin moverse, con la cabeza gacha y los brazos abiertos, como avergonzado de estar allí.

Macario volvió a ensayar la pregunta, esta vez en castellano, con idéntico resultado. El desconocido no hizo el menor gesto. Su mudez, su inmovilidad les arañaba la piel erizada de pavor. Tuvieron la sensación de que aunque pasaran mil años ese hombre no se movería ni les haría caso. Quizá también estaba muerto y sólo se mantenía en pie por un milagroso equilibrio, las largas espinas de los brazos agarradas a la oscuridad.

—Al principio pensamos en un habitante de otro mundo —nos decía Macario—. Pero era un hombre. Tenía el bulto y la traza de un cristiano. Y estaba allí parado, quieto, mirándonos con su silencio y sus brazos extendidos...

Entonces, sublevados, enfurecidos por el miedo, irrumpieron en el rancho. Macario levantó el machete contra el intruso. Al resplandor de la hoja inmovilizada en el aire, vieron que era un Cristo de madera, del tamaño de un hombre.

—Gaspar no quería estar solo... —murmuró el viejo.

Durante el tiempo de su exilio lo había tallado pacientemente, acaso para tener un compañero en forma de hombre, porque la soledad se le habría hecho insoportable, mucho más terrible y nefanda quizá que su propia enfermedad.

Allí estaba el manso camarada.

Le sobrevivía apaciblemente. Sobre la pálida madera estaban las manchas de las manos purulentas. Lo había tallado a su imagen y semejanza. Si un alma podía adquirir forma corpórea, esa era el alma de Gaspar Mora.

Alguien propuso enterrar la talla junto al cuerpo del leproso.

—¡No! —dijo terminantemente Macario—. ¡Es su hijo! Lo dejó en su reemplazo...

Los demás asintieron en silencio.

—Tenemos que llevarlo al pueblo —dijo Macario.

10.

Lo cargaron en hombros y regresaron por la picada, entre el siseo del resquebrajado follaje. En la hondura del monte el tañido ululante del urutaú acompañó sus pasos como el doblar de una luctuosa campana. Macario iba detrás con la guitarra.

El polvo los aguardaba en la marcha lenta y borrosa que sacaba a un Cristo de la selva, como descolgado de una inmensa cruz.

De pronto, una sombra escuálida se les unió. Era María Rosa. La ropa se le caía en pedazos. La sangre seca de los rasguños y desolladuras veteaba su piel en todas direcciones. Clavó la mirada demencial en el Cristo.

—Debe tener sed... —dijo.

En la mano llevaba la cantimplora. La levantó. De uno de los picos cayó un chorrito de agua. Pero nadie le hizo caso.

Luego de un rato de marcha, empezó a cantar con voz rota y débil ese estribillo casi incomprensible del Himno de los Muertos. Se interrumpía a trechos y recomenzaba con los dientes apretados.

El canto ancestral se apagó por fin en sus labios. Caminaba lentamente con la cantimplora en la mano, detrás del encorvado Macario, que llevaba la guitarra al hombro.

La procesión de ese extraño Descendimiento avanzaba por la picada, sin rumbo, sin hogar, sin destino, por la sola vasta patria de los desheredados y afligidos.

Tan absortos iban con su carga, que al salir al campo no se dieron cuenta de que el tiempo había cambiado. El cielo candente y translúcido se rajaba en finas estrías y se estaba encapotando. Los nubarrones parecían más oscuros por los intermitentes fulgores

que apuñaleaban sus vientres. Ráfagas del olvidado
olor de la lluvia caían sobre el polvo. Un poco después la penumbra se cernía ya a ras del Cristo y tiz-
naba las caras de sus portadores, en las que los ojos
brillaban a cada refucilo.

Al pasar frente al cerrito cayeron las primeras
gotas. Goterones de plomo derretido. Al entrar en el
pueblo, la torrentada de la lluvia caía sobre ellos des-
lomándolos, entre los relámpagos y los aletazos del
viento. El Cristo chispeaba como electrizado.

Se encaminaron hacia la iglesia, chapoteando
hasta las rodillas en los revueltos raudales. La puerta
estaba cerrada. Oían el opaco zumbido de la campana
rota golpeada por la lluvia. Entraron al Cristo en el
corredor, al reparo del alero. Lo recostaron de pie
contra la tapia, como lo habían encontrado en la choza, y se sentaron en cuclillas a su alrededor.

María Rosa permaneció en la lluvia, desleída
toda ella en una silueta turbia, irreal.

Los hombres aparentaban no verla. Sólo el
Cristo extendía hacia ella los brazos.

11.

Allí y en esa posición tuvo que esperar varios
días, hasta la llegada del cura, que sólo venía a Itapé
los domingos quebrados del mes.

Macario le refirió lo acontecido. Pero el cura,
que ya estaba enterado, se opuso en redondo a la entrada de la imagen en el templo, pese a la agüería del
milagro que empezaba a orearla. Había traído la lluvia
del monte. No era tal vez un precio suficiente. Podía
tratarse de una coincidencia. El cura miraba de reojo
la talla, con un dejo de invencible repugnancia en el
gesto, en la voz. En verdad la facha del Cristo no im-

presionaba bien. Le faltaba el pelo. Las vetas de la madera le jaspeaban la cara y el pecho de manchas escamosas y azules.

—Es la obra de un lazariento —dijo el cura—. Hay el/peligro del contagio. La Casa de Dios debe estar siempre limpia. Es el lugar de la salud...

Se extendió sobre la extraña vitalidad de los bacilos. Mientras hablaba se había estado reuniendo mucha gente. Lo escuchaban sin convicción, con los ojos vacíos, fijos en la talla.

El cura percibió que no entendían muy bien sus explicaciones. No encontraba en guaraní las palabras adecuadas para describir técnicamente el mal y los riesgos de la contaminación.

—...No podemos meter adentro esto... —dijo, pero se interrumpió al notar la creciente resistencia que encontraban sus palabras—. Sí..., mis queridos hermanos... Es cierto que tiene la figura de Nuestro Señor Jesucristo. Pero el enemigo es astuto. Usa muchos recursos. Es capaz de cualquier cosa por destruir la salvación de nuestras almas. Es capaz de tomar hasta la propia figura del Redentor... —recogió el aliento y prosiguió en tono de admonición—: Y si no, piensen bien quién talló esta imagen... ¡Un hereje, un hombre que jamás pisó la iglesia, un hombre impuro que murió como murió porque!...

—¡Gaspar Mora fue un hombre puro! —le interrumpió el viejo Macario con los ojos ásperamente abiertos.

Un rumor de aprobación apoyó sus palabras. El cura quedó desconcertado.

—¡Fue un hombre justo y bueno! —insistió Macario—. Hizo su trabajo. Ayudó a la gente. Todo lo que hizo tenía fundamento. En todas partes hay huellas de sus manos, de su alma limpia, de su corazón limpio... Donde suene un arpa, una guitarra, un violín, lo seguiremos oyendo. Esto fue lo último que hizo... —dijo señalando al Cristo—. Lo trajimos del monte, como si lo hubiéramos traído a él mismo. No está emponzoñado por el mal. La lluvia lo lavó y purificó cuando lo traíamos. ¡Y mírenlo! Habla por su boca de madera... Dice cosas que tenemos que oír... ¡Oíganlo! Yo lo escucho aquí... —dijo golpeándose el pecho—. ¡Es un hombre que habla! ¡A Dios no se le entiende..., pero a un hombre sí!... ¡Gaspar está en él!... ¡Algo ha querido decirnos con esta obra que salió de sus manos..., cuando sabía que no iba a volver, cuando ya estaba muerto!...

La gente estaba en un hilo. Nadie imaginó que el viejo mendigo podía animarse a tanto contra el mismo cura; que supiera decir las cosas que estaba diciendo.

Macario no discutía la religión. Eso se veía a las claras. Sólo su sentido. La mayoría estaba con él. Se veía quiénes eran. Los cuerpos tensos, la expresión de los semblantes tocados por sus palabras.

Pero unos pocos permanecían fieles al cura. Su cara estaba contraída por la ira. Comprendió que debía ganar tiempo.

—¡Ahí tienen la prueba!... —dijo tendiendo el brazo hacia Macario; la reprimida cólera ponía silbantes sus palabras—. ¡El hermano Macario hablando mal de Dios..., cometiendo sacrilegio, justo aquí, bajo el techo de la iglesia! ¡Esa imagen está endemoniada! ¡Así tenía que ser..., puesto que la hizo un hereje! ¡Nos va a traer el castigo de Dios!

—¡Vamos a quemarla! ¡Vamos a quemarla ahora mismo y que se acabe la cuestión! —gritó junto al cura, con la voz descompuesta, el puestero Nicanor Goiburú, padre de los mellizos.

Algunas voces se unieron a la suya sin mucho entusiasmo, más por compañerismo o por temor, que por otra cosa. El puestero tenía fama de corajudo y cuchillero. Revoleaba los ojos inyectados en sangre, a uno y otro lado, buscando apoyo.

—¡Cierto! ¡Mejor quemarla de una vez!... —dijo uno mirando el suelo y escupiendo su bolita de naco, como si le quemara la boca.

—¡Nosotros la trajimos y nosotros lo llevaremos! —bramó Macario con toda su voz.

Hubo un impetuoso remolino. La multitud se dividió en dos bandos y la gritería se hizo ensordecedora.

El puestero desenvainó el cuchillo y se abalanzó contra Macario, que ya había cargado la imagen sobre sus espaldas, cayéndose de rodillas por el peso. Alguien desvió el brazo de Goiburú y la punta del facón sólo alcanzó a astillar el hombro del Cristo. Varios puñales y machetes empezaron a centellear bajo el sol rodeando y protegiendo la retirada de Macario y los suyos con el Cristo a cuestas. Las mujeres y las criaturas chillaban despavoridas. La cascada campana rompió también a repicar a rebato.

El cura vio que el remedio resultaba peor que la enfermedad.

Con los brazos en alto gesticuló para hacerse escuchar y restablecer el orden. Al fin lo consiguió a medias, desgañitándose. El jaleo fue amainando poco a poco bajo su trémulo vozarrón.

—¡Calma..., calma, mis hermanos! —gritó a la enardecida multitud—. ¡No nos dejemos arrebatar por la violencia!... —su actitud se volvió más humilde; entrelazó los dedos sobre el pecho—. A lo mejor, el hermano Macario tiene razón y yo estoy equivocado. A lo mejor, el Cristo tallado por Gaspar Mora merece entrar en la iglesia... Quién sabe si en la hora de su muerte no se arrepintió de sus pecados y Dios le perdonó... Yo no me opondré a que la imagen tenga un lugar allí adentro. Pero hay que hacer las cosas bien. Primero hay que bendecirla..., hay que consagrarla. Este es un asunto muy delicado. Déjenme consultar a la Curia, y entonces se resolverá del modo que más convenga a los intereses de la santa religión... ¿No es esto lo justo?

La gente acató en silencio el armisticio pedido por el cura.

Macario y los suyos estaban inmóviles, las caras enlodadas de polvo y sudor. Se miraron entre ellos y fueron a recostar nuevamente el Cristo contra la tapia, en el corredor. La multitud se dispersaba en un opaco rumoreo.

12.

Esa misma tarde, mientras se despojaba de los ornamentos, el cura habló en la sacristía con el campanero, un muchacho rengo y granudo, que también hacía de sacristán.

—Después de mi ida, esa imagen debe desaparecer. No quiero fomentar la idolatría entre mis feligreses...

El muchacho estiró el cuello largo y escrofuloso y miró al cura sin entender. El incensario, del que se hallaba descargando las cenizas aún humeantes, tintineó al chocar contra el suelo.

—Cuando me vaya, vas a hacer lo que dijo Goiburú —prosiguió el cura en el tono a la vez confidencial y autoritario que había adoptado con el muchacho.

—¿Cómo, Paí?

—Lo que oíste. Vas a quemar esa talla a escondidas, de noche, sin que nadie te vea, en el monte. Después enterrarás las cenizas y te coserás la boca.

¡Mucho cuidado! Le echarán la culpa a Goiburú, a quien sea... Qué sé yo... Será mejor. Esto tiene que acabar —se dijo a sí mismo—. ¿Me has oído?

—¿Quemar al Cristo, Paí?... ¿Yo? —hipó el campanero.

La cara granujienta estaba desencajada entre el temor que le inspiraba la orden y la duda de no haber comprendido bien. El incensario caído, parecía un cascarudo de plata acollarado por cadenas, respirando tenuemente su aliento de humo aromático. La nuez subía y bajaba por el pescuezo del muchacho.

—¿Yo? —tornó a gorgotear.

—Sí, vas a quemar eso... —farfulló el cura dando un tironazo al cajón de la cómoda.

—¡Quemar el Cristo! ¡Jhake ra'é!

—¡No está bendito todavía! Hasta ahora es un trozo de madera no más.

—¿Y cómo, Paí? —bisbiseó el muchacho, mirando de reojo hacia afuera—. Desde que lo trajeron del monte, hacen guardia por turno para cuidarlo. ¡Y tienen sus machetes!

—Irás a ver en mi nombre al sargento de la jefatura. El te dará ayuda... —se veía que él mismo no estaba muy seguro de lo que decía. Sus palabras se apagaron en un murmullo difuso.

Se enfundó el guardapolvo y fue a la Casa Parroquial, donde revisó el sobado cuaderno de anotaciones mientras le cebaban mate. Poco después pidió su cabalgadura y se alejó de prisa por el camino, rumbo a Borja, sin saludar a nadie, contra su costumbre. No se quedaba siquiera para la misa del domingo.

Lo creyeron disgustado todavía por el incidente.

El sacristán lo siguió un trecho. Iba más rengo y cabizbajo que nunca.

En el silencio engrudado de luna y relente dormía el pueblo.

Los ranchos y los árboles se esfumaban en la lechosa claridad que ponía sobre ellos una aureola polvorienta.

A la sombra de un cocotero, junto al alambrado que circundaba la plazoleta del templo, cuatro hombres dormitaban tumbados sobre el paso. Uno de ellos era Macario.

Un leve rumor le sobresaltó y le hizo incorporarse.

Más que ver adivinó que una sombras emponchadas se acercaban cautelosamente por el corredor hacia el Cristo reclinado en la pared. Al principio parpadeó incrédulo. Todavía las cataratas no le tapaban las pupilas pero ya veía poco. El leve ruido volvió a llegar hasta él. Descubrió el inconfundible rumor de los machetes marca Gallo de la jefatura, asordinados por los ponchos de los tajhachíes.

—¡Pedro Mártir..., Eligio..., Taní! —despertó a los muchachos que estaban junto a él.

Los cuatro se pusieron de pie de un salto, recogieron sus machetes, atravesaron el alambrado y se lanzaron corriendo hacia los intrusos que ya se apoderaban de la talla.

—¡No toquen eso, desgraciados! —gritó Macario desde atrás.

Los ladrones, tomados de sorpresa, soltaron la imagen y se replegaron contra la tapia, desenvainando los yataganes. Detrás de un horcón, el semblante varioloso, blanco de luna, del sacristán, semejaba una máscara de samuhú. Se dejó caer y reptó entre los yuyos arrastrando la pierna, hacia el campanario. Los dos guardias emponchados se adosaron a la oscuridad, escurriéndose cada uno por un extremo del corredor.

14.

Macario llevó el Cristo a su rancho, ayudado por los otros.

Con el sueño roto sobre las caras, muchos se les unieron por el camino. Pero nadie hablaba, ni preguntaba nada. El polvo tragaba el ruido de sus pasos. Después del tumulto, el silencio pesaba de nuevo extrañamente en esa calma inundada por el lechoso resplandor.

Cuando salían a la plazoleta, la campana sonó con una tos nerviosa. Se volvieron a mirar hacia el inclinado campanario y vieron una sombra acurrucada en lo alto. Nadie pensó en el campanero. La pequeña procesión reinició su marcha, con la imagen a cuestas de Pedro Mártir, Taní y Eligio. Ellos habían sido los mejores alumnos de Gaspar, lo habían enterrado en el monte después de darle el último adiós. Ahora llevaban en hombros su último trabajo.

Desde arriba, el campanero, abrazado a uno de los travesaños, contemplaba el lento y silencioso remolino humano que se llevaba el pedazo de madera con la forma del Redentor. Lo veía del tamaño de un recién nacido, blanco y desnudo sobre los hombros oscuros. Se miró las manos. Pensó tal vez que él había estado a punto de quemar *eso,* que era algo más que un trozo de monte.

El brazo enganchado se desanudó poco a poco. Había metido la cabeza casi por completo en el hueco de la campana, cuyo zumbido aún le apretaba las sienes. El deshilachado cabo de soga oscilaba delante de los ojos arrasados de lágrimas. Cuando el zumbido acabó de morir en el hierro, se le escapó un sollozo por entre los dientes apretados. Tendió la mano hacia la soga y manipuló un rato con ella.

Hubo un sordo pataleo sobre las tablas. La campana volvió a repicar espasmódicamente por un rato, hasta que la pata rígida se hamacó en el aire y todo se arremansó de nuevo en la quietud de la noche.

15.

Tres días con sus noches deliberaron junto al Cristo, casi sin palabras.

Alguien, quizá el mismo Macario, recordó que la lluvia había empezado a caer cuando pasaban frente al cerro. Se les antojó que era muy parecido al cerro del Calvario. Allí debía estar, pues, el Cristo leproso. Al aire libre y cerca del cielo.

La idea prendió en un clamor y se esparció por el pueblo.

El rancho de Macario acabó por estar rodeado a todas horas de una rumoreante multitud. Durante esos días, el viejo mendigo fue el verdadero patriarca del pueblo. Un patriarca cismático y rebelde, acatado por todos.

Entre todos desbrozaron el cerrito. Macario, ayudado por Pedro Mártir, por Eligio Brisueña y por Taní López, construyó la cruz en la que clavaron la imagen, luego de pegarle con cola una renegrida cabellera de mujer que alguien les alcanzó en medio del trajín. Sólo después, cuando vieron a María Rosa con la cabeza monda bajo el manto rotoso, se dieron cuenta de que ella había dado sus cabellos para el Crucificado.

Lo irguieron en la misma cumbre del cerrito. También levantaron, para protegerlo, el redondel de espartillo, semejante a la choza del abra donde había nacido.

Los disturbios que el Cristo había provocado y que seguramente seguiría provocando, probablemente fueron la razón que movió a la Curia a ceder, autorizando la bendición de la imagen. Más que autorizarla, la impusieron, contra la voluntad del propio Macario.

—Nuestro Cristo no necesita la bendición de ellos —dijo con un gruñido. Pero tuvo que ceder, porque el cisma no había prendido lo suficiente.

16.

El Viernes Santo se celebró por primera vez en el cerrito de Itapé.

De Asunción vino el padre Fidel Maíz, uno de los mejores oradores sagrados de la época, para inaugurar el Calvario y predicar el sermón de las Siete Palabras.

Todo el pueblo se volcó al cerro para la celebración de ese ritual que era un triunfo a medias de Macario y los suyos.

El orador sagrado conmovió a la muchedumbre y la ganó para sí. La voz de Paí Maíz era famosa por su calidez y potencia y dominaba con una ternura incomparable el guaraní, como en los tiempos de Montoya.

No le costó convencer a los itapeños de que el Hijo de Dios en su infinita humildad había permitido que su imagen naciera de las manos de un leproso, como dos mil años antes quiso nacer en un pesebre.

—Este privilegiado cerrito de Itapé —agregó el predicador— se va a llamar desde ahora *Tupá-Rapé*, porque el camino de Dios pasa por los lugares más humildes y los llena de bendición...

Así se llama hasta hoy. *Tupá-Rapé,* que en lengua india significa *Camino-de-Dios.*

—Yo no estuve de acuerdo —dijo ya entonces Macario—. No había por qué cambiar el nombre. En todo caso, el cerrito del Cristo leproso se hubiera debido llamar *Kuimbaé-Rapé.*

Así lo llamaba él: *Camino-del-Hombre.*

—Porque el hombre, mis hijos —decía repitiendo casi las mismas palabras de Gaspar—, tiene dos nacimientos. Una al nacer, otro al morir... Muere pero queda vivo en los otros, si ha sido cabal con el prójimo. Y si sabe olvidarse en vida de sí mismo, la tierra come su cuerpo pero no su recuerdo...

Para el hijo de uno de los esclavos libertos de El Supremo, ésta era, acaso, la única eternidad a que podía aspirar el hombre. Redimirse y sobrevivir en los demás. Puesto que estaban unidos por el infortunio, la esperanza de la redención también debía unirlos hombro con hombro.

—Tiene que ser la hora de todos...

El decía todo esto porque evidentemente la realidad no correspondía a sus deseos.

—Yo ya soy muy viejo. Me fundí. Ustedes tienen que arrejar...

No le entendíamos. Pensábamos que eran cosas de su chochera.

Poco después empezó a decaer rápidamente. Para las fiestas del Centenario, del año siguiente, ya tenía los ojos tapados por las cataratas. Día a día estaba más entumido, más doblado hacia la tierra, no tal vez por el peso de la edad, sino por el último fracaso que lo aplastaba con más fuerza que sus noventa años.

Se fue quedando solo, ciego, sin memoria, en el peor de los olvidos, el de la indiferencia. Lo recuerdo de aquella época.

Un puñado de polvo lanzado por la mano de un chico podía borrarlo.

17.

Las vías férreas avanzaban sobre el tendido abriendo una roja rajadura por el valle.

Después de rebasar el cerrito, ya se podían ver las puntas de los rieles centelleando en el campo.

Itapé iba a desperezarse de su siesta de siglos, pero el pueblo volvía a dividirse en dos bandos irreconciliables haciendo que el jefe político y el cura recobraran su aflojado poder.

Macario vagaba a lo largo del camino, escuchando el retumbo de los durmientes bajo las palas y los picos de los cuadrilleros, que trabajaban como forzados.

—¡Adiós, Macario! —le gritaban al pasar.

Si se acercaba le daban alguna poquita cosa de sus provisiones bien magras. Granos de maíz tostado, algún pedazo de mandioca, lo que podía caber en el buche de un pitogüé.

Una mañana de invierno, lo encontraron duro y quieto sobre la helada, entre sus guiñapos blancos, al pie del cerrito. Lo alzaron sobre una zorra y lo trajeron al pueblo, entre las herramientas. El ruido de las ruedas sobre los flamantes rieles fue su responso.

Lo enterraron en un cajón de criatura.

II
Madera y carne

1

—*¡Allá va el Doctor!*

Dice la gente de mañanita cuando, envuelto en tierra y rocío, Sapukai gira lentamente hacia la salida del sol con su caserío aborregado en torno a la iglesia mocha, a las ruinas de la estación.

Junto a los rieles que se pierden en el campo con sus tajos brillantes y en arco como los de una luna nueva, los escombros ennegrecidos tiritan, coagulados todavía de noche. Los cuadrilleros están rellenando poco a poco el socavón dejado por las bombas, pero el agujero parece no tener fondo. Allí yacen también las víctimas de la explosión: unas dos mil personas, entre mujeres, hombres y niños. Cada tanto tumban adentro carretadas de tosca, tierra y pedregullo, pero siempre falta un poco para llegar al ras.

Las encías de fierro flotan en el aire temblequeando peligrosamente sobre los pilotes provisionales, cada vez que pasa el tren sobre el cráter.

Puede ser que el relleno se vaya sumiendo por grietas hondas y haya que seguir echando más, hasta que ese pueblo de muertos enterrado bajo las vías, se aquiete de una vez.

En todas partes, alrededor, se notan todavía los lengüetazos de la metralla, los vagones destrozados, restos de lava negra sobre la tierra roja, coágulos de la erupción. Porque aquello fue realmente como si reventara un volcán bajo los pies de la gente.

Hay muchas paredes parchadas con adobe, techos de paja o de cinc remendados con troncos de palmera partidos por la mitad y con mazos de paja brava, que van tomando hacia las crucetas el color del maíz maduro bajo el naciente sol.

Por el camino que viene de Costa Dulce, donde están las olerías, y que sale al pueblo costeando la vía férrea, avanzan el perro y el dueño, olvidados del desastre, indiferentes a todo.

Es decir, ahora viene el perro solo.

Los pastos bostezan su aliento de agua, el camino su aliento de tierra. El perro anda despacio, sin apuro, entre el vaho que le come las patas y lo pone soñoliento y barcino como perro de ceniza. Colgado de los dientes, el canasto de palma se bambolea a cada movimiento de la cabeza pelecha.

El pueblo puede decirse que acaba de despertarse a su paso.

Los carreteros han salido hace rato hacia las capueras, cuando el lucero desteñía su fuego en el último cuarto de cielo. Los hacheros también hacia el monte, con el ojo del hacha al hombro brillando entre dos luces. Pocos hombres, porque los que no fueron liquidados por la explosión y por la degollina y los fusilamientos que siguieron después, se dispersaron a los cuatro vientos. Las olerías de Costa Dulce quedaron despobladas por completo. Nadie quedó allí, porque todos se habían plegado a la rebelión de los agrarios. Nadie después, en mucho tiempo, tuvo interés en seguir cortando adobes y quemándolos en los hornos para nuevas construcciones en ese pueblo, que desde el momento mismo de su fundación, el año del cometa, parecía cargar sobre sí un destino aciago.

Ciado, aigüé, decían los naturales, pensando en el signo nefasto.

Así que para esta hora temblorosa del alba, también las mujeres, los viejos y los chicos se van a las chacras, a los plantíos, al corralón del faenamiento. Por un rato, a esta hora más que a ninguna otra, el pueblo quedaba desmayado, como muerto, con el solo chirriar de alguna roldana sobre un pozo o el monótono retumbo de algún mortero en el ñembisó a dos palos del maíz para el locro o la mazamorra de alguna casa principal.

Fuera de este taquicárdico corazón de madera o el insistente pespunte de los gallos, el alba en Sapukai no tiene el sonoro despertar de otros pueblos, pese al taller de reparaciones del ferrocarril, que ahora está cerrado.

No hay repiques en la iglesia, desde que la explosión descuajó también el campanario y volteó la campana, que ahí quedó de boca enterrándose a medias entre las ortigas, manchada por las deyecciones de las palomas.

A esa hora muerta del pueblo, cuando el sol se trepa a la cordillera de Itakurubí hinchando como un forúnculo morado el Cerro Verde, pasa el perro cerca de las vías. Y si no sale el sol pasa lo mismo. Todos los días, haga tiempo bueno o malo, temático el animal estrena el camino que viene del monte donde se halla abandonado a medias el tabuco del doctor, rodeado por los ranchos de los leprosos, entre el cementerio y las olerías de Costa Dulce.

Ni las lluvias consiguen detenerlo.

—*¡Allá va el Doctor!*

No lo dicen con palabras; lo dicen sin ironía, sólo con el pensamiento acostumbrado ya a esa sombra familiar y en cierto modo benéfica todavía, a pesar de lo ocurrido.

Porque un tiempo el Doctor fue el amigo, el protector de Sapukai.

Había caído allí cuando aún no estaban cicatrizadas del todo las marcas del luctuoso acontecimiento, de modo que sin proponérselo quizá contribuyó primero a desviar la atención de los sapuqueños absortos todavía, a pesar de los años, más de un lustro, en su desgracia. Luego se dedicó a ayudar a los más necesitados y desvalidos, sin que en eso hubiera tampoco cálculo o interés, llegando a fundar a la vera de su rancho esa leprosería que ha ido prosperando.

Un hombre así era el Doctor. Casi lo ven andando todavía tras el perro.

2.

Recostada en un horcón del rancho que está cerca del cementerio, la María Regalada también lo mira pasar con los ojos dormidos para afuera, recordando.

Detrás del perro ve la sombra alta y delgada, que para ella no es sombra. Como tampoco para el perro. Pero no hay sombra. Va el perro solo, lento, neblinoso, husmeando por el camino un rastro que sólo él entiende, que ya no está, acompañado por el olor de su dueño, los ojos legañosos, sin más que la canasta rota y sucia, donde gotea su baba sin soltarse en dos largos hilos de plata. Ida y vuelta la legua y media, desde el monte al almacén de don Matías. Sosa, pasando por el cementerio, cerca del cual está el rancho de la María Regalada.

Así desde hace seis meses, que se van a cumplir para la primavera, justo los seis que falta el Doc-

tor de Sapukai y que está nadie sabe dónde, pues se
ha ido como el humo, dejando su sola presencia pegada el íngrimo perro que viene todos los días con la
canasta entre los dientes, como cuando él estaba y
venían juntos, a esta hora, a comprar las escasas pro-
vistas pagadas con el misérrimo dinero de las curaciones.

Sigue haciendo el mismo camino con una rara
puntualidad; pequeño planeta lanudo dando vueltas
en esa órbita misteriosa donde lo vivo y lo muerto
se mezclan de tan extraña manera. Al llegar al almacén, suelta el ayaká de mimbre sobre el suelo, delante
de la puerta, se espulga pacientemente o se queda
con las orejas lacias. Las moscas revuelan a su alrededor. La cabezota gira de pronto como el rayo y
atrapa alguna de un lengüetazo. ¡Buen tiro!, diría si
lo viera don Matías. Se queda quieto con la cabeza
gacha, como avergonzado o con remordimiento, hasta
que el ruido de la tranca y el rechinar de la puerta lo
empujan de su inmovilidad.

—¡Buen día, Doctor! —lo saluda el bolichero,
sin asomo de burla, con la opacidad de la costumbre,
como si junto al perro estuviera de verdad el dueño
silencioso—. ¡Mi mejor cliente, cómo podía faltar!
¿Qué le ponemos hoy? ¿Harina y caña? —pregunta
aspirando la hache, en un tosco remedo—. No. Se
acabó la harina. Caña solamente, ¿ayepa? ¡Jha…, ni
el pelo!

El perro lo mira con los ojos tranquilos, cre-
mosos. Sacude la cola y las orejas. Se pone confian-
zudo, sin perder su gravedad.

—¡Jho…, perro loco como tu patrón!

Don Matías trata ahora al perro, según su humor. Ya no se siente obligado. A veces le arroja dentro de la canasta un pedazo de carne con hueso, más
hueso que carne, unas galletas enmohecidas o la punta

de tal butifarra averiada. Otras, le obsequia sólo un puntapié; las más de las veces se olvida de él y no le da nada.

El perro recoge el ayaká con los dientes y regresa por el camino, resignado a todo, a las patadas del bolichero, a los bodoques que algún mitaí le dispara con la goma para ensayar la puntería, o a las culebras y sapos muertos que otros le cargan al descuido en la canasta. El ni se da cuenta, ocupado en su rastro. Se ha olvidado hasta de ladrar. Sólo ese aullido finito que a veces, en ciertas noches de cuarto menguante, le sale todavía de la garganta, antes de dormirse hecho un ovillo junto a la puerta de la cabaña vacía.

La María Regalada lo espera siempre en el cruce del camino al cementerio, para ayudarlo, para suavizar los abusos. Pasa la mano por la piel apelechada, masca y pega con saliva hojas de llantén sobre el raspón de los bodoques, limpia la canasta de bichos muertos y, si está vacía del todo, pone en ella algún alimento. Luego se van juntos hacia la vivienda solitaria, pues la María Regalada siente, como el perro, que el Doctor está con ellos, que puede regresar de un momento a otro y saborea su esperanza.

Esto es lo que hermana a la muchacha y al perro y los identifica en eso que se parece mucho a una obsesión y que no es tal vez sino una resignada y silenciosa manera de aceptar los hechos sin renunciar a su espera.

La María Regalada, pese a su gravidez, continúa realizando los quehaceres que ella misma se ha impuesto: la limpieza del rancho, la comida para los leprosos, el cuidado de la huerta donde crecen tomates colorados como puños y donde la enredadera de los porotos, llena de vainas repletas y gordas como dedos, dobla con su peso la quincha de tacuarillas, que ella misma levantó cuando todavía estaba el Doctor.

Lo único que no puede arreglar son las imágenes degolladas.

No se ha atrevido a tocarlas, ni siquiera con la rama de ca'avó que utiliza como escoba. Teme que si las mueve, puedan echar de pronto sangre de su negra madera, una sangre negra, emponzoñada por el castigo de Dios.

3.

—*¡Allá va el Doctor!*

Creen haberlo conocido. Pero no saben de él mucho más que cuando llegó al pueblo, algunos años después de aplastada la rebelión de los campesinos en aquella hecatombe que provocaron las bombas.

Lo bajaron poco menos que a empellones de un tren, en medio del alboroto de los pasajeros y los gritos e insultos de las guardatrenes.

En la estación se rumoreó que había querido robar el chico de una mujer, o que lo había arrojado por la ventanilla en un momento de rabia o de locura. Nada cierto ni positivo, para decir así fue, esto o lo otro, o lo de más allá, y poder abrir desde el principio un juicio, una sospecha o una condenación basada en algo más consciente que las meras habladurías surgidas de los comentarios de los soldados o las chiperas de la estación.

Estuvo detenido dos o tres días en la jefatura de policía, tumbado en el piso de tierra de la prevención, callado, sin responder siquiera a los interrogatorios, quizá porque no sabía expresarse en castellano y menos en guaraní, o simplemente porque no quería hablar ni justificarse ni explicar nada. Acaso porque

era realmente inocente y a él no le importaba su inocencia o su culpa.

Finalmente lo soltaron. Pero él no se fue. Se
quedó en el pueblo, como si cualquier lugar le resul-
tara ya indiferente.

Durante un tiempo anduvo dando vueltas,
mientras sus ropas y sus botas de media caña se le
acababan de deteriorar.

Tomó una pieza en la fonda y posada de Ña
Lolé Chamorro, una casa semiderruida en las orillas,
donde pernoctaban los troperos de Paraguarí de paso
a las Misiones y los inspectores de impuestos inter-
nos, los que a veces se regalaban con las sirvientitas
conchavadas para «todo servicio».

El forastero no hablaba con nadie, ni siquiera
con la vieja charlatana, gorda como un pipón. Se pasaba todo el tiempo encerrado en el húmedo cuartucho no más amplio y cómodo que el calabozo de la
prevención.

No salía más que para ir al boliche.

4.

La primera vez que entró, don Matías dijo
por lo bajo a sus parroquianos:

—Parece que al gringo le falta el aire.

—Lo que le ha de faltar es guaripola —dijo
Dejesús Altamirano, secretario de la municipalidad,
que también empinaba el codo en lo de don Matías y
vivía de las coimas que sacaba a los propietarios de
alambiques clandestinos.

Se aproximó al mostrador.

—¿Qué se le ofrece, don? —preguntó el bolichero, obsequioso, menos por el posible gasto del
extraño que por la curiosidad.

—Caña —fue lo único que dijo, sin saludar ni pedir amistad, ni siquiera cordialidad o comprensión, como hace todo hombre acorralado, por encima de los idiomas, las razas, por encima de las intransferibles y comunes desdichas.

Bebió el vaso de un sorbo. Pagó y se fue.

—Veremos hacia dónde tira —dijo don Matías Sosa.

—Ya se sabe —dijo Altamirano—. La cabra al monte, el chancho al chiquero.

—Este no es ni cabra ni chancho —dijo el bolichero—. No es un vagabundo cualquiera. Me huele a poguasú juido de algún país de las Uropas. A mí no me engaña. Ya se irá amansando. Lo haré entrar en confianza. Ya hablará. Un cristiano no puede callar tanto tiempo sus cosas.

—Si es cristiano —dijo Dejesús Altamirano.

—Yo le haré hablar.

—Si no le hace hablar Ña Lolé, me parece medio difícil.

—Este es especial. No es para ella.

—Vamos a ver...

Poco es lo que vieron; no más que el forastero seguía dando vueltas. No parecía decidido a largarse. Volvió al boliche varias veces. Siempre pedía caña, en la misma actitud de indiferencia pero no de altanería, de desesperanza quizá, pero no de orgullo. El y su silencio. No poseía otra cosa. Aun el perro y la canasta vendrían después. Y todo lo demás.

5.

Por aquellos días comenzó la construcción de la estación nueva y reabrieron el taller de reparaciones del ferrocarril. Por encima del cráter, que era un osario bajo las vías, por encima de todo lo que había pasado, Sapukai estaba tratando de dar un salto hacia el progreso, luego de ese plantón trágico de más de un lustro.

También la comisión pro templo, presidida por el cura, pudo iniciar la refección de la torre destroncada. Remontaron la campana con un complicado sistema de poleas y hasta un reloj mandaron traer de Asunción, un extraño reloj que marcaba las horas hacia atrás, porque el albañil lo empotró en la torre al revés.

Por un tiempo, pues, los estacioneros tuvieron motivos de diversión y comentarios y se olvidaron del gringo.

Había dejado la fonda. Dejó también de ir al boliche. Se le habría acabado el dinero. Dormía bajo los árboles o en el corredor de la iglesia, cuando llovía. El fue quien compuso la marcha del reloj cangrejo. En pago, el Paí Benítez le permitió ese privilegio, contra las protestas de la comisión de damas que no miraban al forastero con buenos ojos, porque él las ignoraba por completo.

Por entre los rasgones de la camisa se le veían ya tiras de la blanca piel ampollada por el sol. Se iba poniendo cada vez más flaco. Le creció la barba, los cabellos rubios se le enmelenaron sobre los hombros, bajo el sombrero de paja que había reemplazado al de fieltro, cuando este acabó de destrozarse contra las lajas y los yuyales, pues también lo usaba de almohada. Las botas se cambiaron en unas alpargatas, compradas también como el sombrero y el ponchito en el almacén de don Matías, tal vez con el último patacón, porque dejó los reales del vuelto sobre el mostrador. Y tuvo que pasar algún tiempo para que volviera.

Parecía otro hombre. Unicamente los enrojecidos ojos celestes permanecían iguales, con miradas de ciego, por lo fijas y opacas.

6.

Entre tanto, algo había llegado a saberse del forastero.

En las tertulias de la fonda y del almacén, entre Ná Lolé, don Matías, el jefe político Atanasio Galván y Altamirano, barajando y canjeando datos, impresiones, conjeturas, sacaron en limpio que el forastero era un emigrado ruso.

El que más sabía era Atanasio Galván, el ex telegrafista, que por haber delatado a los revolucionarios había ascendido desde entonces a máxima autoridad del pueblo. Estaba en contacto directo con el Ministerio del Interior.

—Yo vi el pasaporte —dijo, tamborileando sobre la mesa el mensaje de la delación cristalizado ya en un tic nervioso bajo la yema de los dedos—. Estaba en regla, visado por el cónsul de su país en Buenos Aires. Su nombre es Alexis Dubrovsky —lo deletreó con esfuerzo—. ¡Cerrado el gringo! No le pude sacar una sola palabra, aunque lo amenacé con el teyú-ruguai.

Una de las chivatas de Ñá Lolé, mientras él estaba en el boliche, había visto una arrugada fotografía entre sus papeles. Se la mostró a la patrona; luego la volvieron a guardar.

—Era él —dijo inmensa y arrepollada, desembuchando el secreto con los ojos en blanco—. Sin barba, mucho más joven. Pero era él. Vestía un complicado uniforme de gala, parecido al del coronel Albino Jara. Más buen mozo que él todavía, con lo buen mozo que era el coronel. ¿Se acuerdan cuando pasó hacia Kaí Puente a inaugurar el ferrocarril? Bueno, pintado. Bajó al andén con los señores de la comitiva. Parecía un San Gabriel Arcángel de bigotito negro. Todas las muchachas se quedaron sin poder respirar. Hasta yo... Con eso les digo todo...

Hizo una pausa para cargar aire.

—¿Y eso qué tiene que ver con el gringo? —dijo Altamirano.

—Es para contar que se parecía al coronel Jara. Pero en rubio. También las muchachas de allá habrán suspirado por él. Pero es casado. En la fotografía está de pie junto a una mujer joven, muy linda, que tiene en brazos a una criatura.

—¿Qué habrá venido a buscar aquí? —dijo el juez de paz, Climaco Cabañas.

—Habrá escapado de la revolución de los bolcheviques —dijo el Paí Benítez—. Allá están degollando a los nobles.

Explicó algo del zar de todas las Rusias, que acababa de ser fusilado con todos los miembros de su familia sobre el techo de una casa.

—¿Por qué sobre un techo? —preguntó el secretario municipal.

—Para ajusticiarlos en las alturas —dijo el bolichero desde el mostrador—. ¡A un zar, mi amigo, no se lo puede fusilar en una zanja! ¿No es verdad, don Climaco?

—El asunto es que allá triunfaron los revolucionarios —farfulló preocupado el juez, desplazándose a un costado de la silla.

—Allá... —dijo con desprecio el ex telegrafista ascendido a jefe político—. Porque lo que es aquí sabemos cómo tratar a los revolucionarios que quieren alzarse contra el poder constituido. ¿Se acuerdan cómo los liquidamos?

No necesitaban que el delator aludiera a aquello.

Sin mirarse, todos pensaban sin duda en el levantamiento de los agrarios. Pese a los años, a las refecciones, al cráter por fin nivelado, las huellas no acababan de borrarse. Sobre todo, las que estaban dentro de cada uno.

El penacho de fuego levantado por la bomba en la luctuosa noche del primero de marzo de 1912, había inmovilizado con su fogonazo la instantánea del desastre. Estarían viendo otra vez, de seguro, el convoy aprontado por los insurrectos al mando del capitán Elizardo Díaz, para caer por sorpresa sobre la capital con sus dos mil aguerridos expedicionarios, entre soldados de línea y campesinos. Hasta dos obuses de 75 tenían. Era la última carta de la revolución. Un verdadero golpe de azar, pero que aún podía dar en tierra con el poder central. El telegrafista Atanasio Galván, con la barrita amarilla del Morse avisó al cuartel de Paraguarí, en poder de los gubernistas, lo que se tramaba.

—¡Yo los derroté! —solía jactarse—. ¡Mi probada lealtad al partido!

Fue entonces cuando el comando de Paraguarí lanzó la locomotora llena de bombas al encuentro del convoy rebelde. El choque no se produjo en pleno campo, como lo habían previsto los autores de la contramaniobra. La huida del maquinista de los insurrectos alteró la hora de partida comunicada por el telegrafista. El gigantesco torpedo montado sobre ruedas, con su millar y medio de *shrapnells* alemanes, estalló en plena estación de Sapukai, produciendo una horrible matanza en la multitud que se había congregado a despedir a los revolucionarios. Luego vino la persecución y el metódico exterminio de los sobrevivientes. El telegrafista convertido en jefe político por su «heroica acción de contribuir a defender el orden y a las autoridades constituidas» —solía repetir a menudo con énfasis los considerandos de su nombramiento—, presidió los últimos fusilamientos en masa, el restablecimiento de la tranquilidad pública y luego, al cabo de los años, las obras de reconstrucción del pueblo de Sapukai.

Ninguno de los que allí estaban, salvo el jefe político, recordaba con gusto estas cosas. Y aun ese tic telegráfico que le hacía tamborilear a menudo con la uña, maquinalmente, no salía sin duda de una conciencia muy tranquila.

De modo que aquella noche volvieron al tema del fugitivo eslavo.

—Y si por un suponer, el gringo es un malevo internacional, ¿no es mejor echarlo a tiempo de aquí? —dijo Altamirano.

—Mientras no haga nada feo, no —dijo el juez—. ¿No sabes la Constitución?

—Digo —insistió un poco humillado el secretario—, a lo mejor se entiende con los revolú.

—¿Con los de allá? —preguntó despectivo Galván.

—No, con los de aquí.

—Eso deja por mi cuenta —le sobró el jefe sacando pecho—. Si este tipo es un espía, lo voy a saber por sus movimientos. Y entonces le daré su merecido. Yo no lo voy a fusilar sobre un techo... Ja..., ja...

Pero hasta entonces era todo lo que sabían de él. Nada más que eso: un nombre para ellos difícil de pronunciar; la sombra de un hombre quemado por el destino. Lo demás, sospechas, rumores, el polvillo de su hollín que les entraba su basurita en el ojo.

No se le vio más por el pueblo.

7.

Un tiempo después alguien vino con la noticia de que estaba levantando su rancho en el monte hacia Costa Dulce, sobre el Kaañavé, entre el cementerio y las olerías abandonadas. Un rancho redondo, distinto a los demás. Sus actos continuaban siendo incomprensibles. Se alimentaría de los pakuríes y naranjas agrias que abundaban en el monte, o cazaría mulitas y esas nutrias parduscas del estero, sabrosas al asador.

Tampoco pasaban de ser suposiciones.

El pesquisa destacado por el jefe en su seguimiento, contó que se pasaba al borde del arroyo pescando, o bien tirado en el suelo del tabuco. No le había podido tampoco sonsacar una sola palabra.

—Sea lo que sea —dijo el cura esa noche, en un intervalo del truco—. Ese hombre ha renunciado al mundo, a sus pompas y a sus obras...

—¡Pero no a la caña! —le interrumpió el coimeador de los alambiques clandestinos.

—...Como los antiguos ermitaños —concluyó algo corrido el cura.

—¿También se emborrachaban? —chusqueó de nuevo Altamirano.

Cuando se calmaron las risas, el juez se puso de costado en la silla, como lo hacía cada vez que le venían los dolores del recto, y dijo algo sentenciosamente:

—Puede ser como usted dice, Paí. Pero un hombre como este..., tiene mucha vida. Es joven todavía. Todo eso que está detrás. No sé. Me parece que no tiene pasta de ermitaño. Se puede regar sal sobre un campo para que no crezca nada, ni siquiera los yuyos. Pero es difícil matar la tierra del todo. De repente las viejas semillas prenden otra vez por los agu-

jeros que abren las lluvias…, o los gusanos, y echan
por allí todo su vicio. El hombre también.

—¡Pucha, este don Climaco sabe hablar! —di-
jo el secretario, no se sabía bien si halagándolo o burlándose.

—No es más que la pura verdad —dijo el
juez, sin darse por entendido—. Usted sabe eso mejor
que nosotros, Paí. De balde se echa uno ceniza sobre
la cabeza, si se tiene la sangre fuerte. Veremos ese
cuánto aguanta…

8.

Después sucedió aquello que iba a cambiar su
nombre y su posición en Sapukai, dando en parte la
razón al párroco.

Una tarde, al pasar por el cementerio, el gringo
vio que la María Regalada se revolcaba entre las cruces, gimiendo de dolor, ante las impotentes miradas
de su padre.

Entró a grandes zancadas, auscultó a la muchacha. La alzó en vilo y la llevó a casa del sepulturero.

El mismo puso a hervir agua, tomó un cuchillo pequeño y empezó a sacarle filo sobre una piedra,
sin pronunciar palabra y sin que el sepulturero se
atreviera a interrumpir sus rápidos y precisos preparativos.

Una sola vez preguntó:

—¿Qué va a hacer, señor?

Como el otro ni aparentó haberlo oído, el
pobre Taní Caceré se quedó mudo, revoleando los
ojos angustiados al vaivén del gringo.

La María Regalada yacía inerte; apenas alen-
tada ya débilmente. La puso sobre una mesa y rasgó

las ropas. El extranjero se lavó cuidadosamente las
manos y lavó el sitio donde haría el tajo. Retiró el
cuchillo del agua hirviendo y sajó el vientre moreno
que latía al sol de la parralera.

Lo que parecía inconcebible se realizó. Taní
Caceré, atragantándose, refirió los extraños manipu-
leos del gringo hasta el momento en que cosió de
nuevo el vientre abierto de su hija.

Nadie lo quería creer. Lo cierto fue que la
María Regalada sanó. Las mujeres vieron la herida
que empezaba a cicatrizarse con seis estrellitas a cada
lado. Ñá Lolé Chamorro vino expresamente del pueblo en una carreta para ver el prodigio. Y de allí mismo se fue al tabuco del gringo para mostrarle el loba-
nillo que tenía en la nuca.

9.

A los pocos días la muchacha pudo volver a
su trabajo, que para ella era como un juego.

María Regalada tenía por entonces quince
años. Mientras su padre cavaba de tanto en tanto un
nuevo hoyo, ella correteaba bajo las casuarinas del
cementerio, carpiendo los yuyos alrededor de las cruces de madera, arreglando y zurciendo las deshilacha-
das estolas o tirando las flores que se pudrían. Era casi
como trabajar en una chacra. Ella lo hacía con gusto.
Sabía a quién pertenecía cada una de las cruces. Entre
las sepulturas estaban la de su madre, la de su abuelo
José del Rosario, la de otros parientes, de amigos.
En el centro del campo santo se apiñaban innumerables crucecitas sobre la gran fosa común donde se habían hacinado los cadáveres que se salvaron de ser
enterrados en el cráter.

Para la María Regalada todos los muertos eran iguales. Formaban su vecindario. Ella cuidaba de su sueño y de su bienestar bajo tierra. Les tenía respeto, pero no miedo. La muerte no era así para ella más que la contracara quieta de la vida.

El puesto de sepulturero ha sido siempre codiciado en Sapukai.

El éxodo de la Guerra Grande llenó de «entierros» esta región de valles azules. Tres siglos atrás los jesuitas tenían en ellos sus estancias cuyas cabeceras llegaban hasta el cerro de Paraguarí, donde los Padres habían dejado la leyenda de la aparición de Santo Tomé, superponiéndola hábilmente, delicadamente, como lo hacían siempre, al mito Zumé de los indios, que también había aparecido por allí en tiempos en que el sol era todavía una deidad menor que la luna. Los indios hicieron como que creyeron. Pero ahora eso no importaba ya a nadie.

En una caverna del cerro, marcadas hondamente en el basalto, se ven las huellas de los pies del santo patrono de la yerba mate, y cuando hay viento se oye su voz resonando gravemente en las concavidades.

Sobre estos valles, especialmente sobre los de Paraguarí Pirayú y Sapukai, en noches de amenaza de mal tiempo suelen revolotear a flor de tierra las mariposas fosforescentes de los fuegos fatuos. Aun hoy suele ocurrir que al cavarse una tumba nueva salga desenterrado un cántaro con su tripa de monedas y chafalonías del Exodo o un santo de madera del tiempo de los jesuitas, para dar lugar al muerto.

El puesto de sepulturero en Sapukai es casi una dignidad.

Pero también desde la Guerra Grande, cuando menos, una generación tras otra, los hombres de la familia Caceré, la más pobre de todas, la más humilde e iletrada, se han transmitido esta dignidad de un modo dinástico. Y nadie les ha discutido este derecho.

El cementerio es así mucho más antiguo que el pueblo, fundado por el año del Centenario, casi todavía bajo el brillo del cometa. No es quizá el único lugar del Paraguay donde más de un pueblo nuevo ha sido fundado junto a algún cementerio secular.

Allí fue donde José del Rosario, abuelo de la María Regalada, encontró una talla de San Ignacio, al cavar una fosa al pie de un laurel macho de más de cien años.

Cuando el gringo salvó a su hija, Taní Caceré llevó la talla para obsequiársela. El otro se resistió gesticulando, pero Taní fue más terco que él.

—Usted curó a mi hija —le dijo en guaraní—. No tengo dinero. No voy a esperar a que usted se muera para pagarle con mi trabajo. Ultimamente, el santo es suyo y se acabó...

Le dejó la imagen recostada contra la tapia.

10.

Sapukai empezó a hacerse lenguas de la «zapallada» del forastero.

Poco después extirpó a Ña Lolé el quiste sebáceo del cogote. En seguida curó a un tropero, a quien había conocido en la fonda, y que incluso toda una mañana se pasó haciendo burlas del gringo con las chivatas embravecidas por la primavera.

El tropero llegó al tabuco boqueando malamente sobre el caballo, ahogado por el garrotillo. El gringo lo salvó de ir a parar a uno de los hoyos de Taní Caceré. Tampoco quiso recibir el dinero ni el revólver ni el caballo del tropero agradecido. Sólo le aceptó el perro, que durante los tres días de estar en el tabuco se había encariñado extrañamente con el silencioso morador.

Luego curó del asma a la mujer de Atanasio Galván y a él de cierta cosa que no se sabía y que demandó un largo tratamiento con depurativos a base de milhombre y zarzaparrilla. Al juez de paz le aplacó sus viejas almorranas que le tenían siempre inclinado sobre la silla, con una nalga afuera. Y hasta el mal hígado del cura mejoró con los remedios del gringo, que se reveló como un experto herbolario. Se metía en el monte y salía con brazadas de plantas y yuyos medicinales. Sus pojhá-ñaná se hicieron famosos e infalibles.

Desde entonces lo llamaron el *Doctor*.

Los recelos, las burlas, las murmuraciones, se cambiaron gradualmente en respeto y admiración. Ya nadie hablaba mal de él. Una vaga denuncia de los médicos de Villarrica y Asunción por ejercicio ilegal de la medicina, se perdió en el vacío de un largo expedienteo, parado por el influyente ex telegrafista.

Había dejado de ser el *gringo* y no era todavía el *hereje*.

11.

La gente comenzó a agolparse todos los días alrededor del tabuco redondo, cada vez en mayor cantidad. Desde las compañías más distantes y hasta de los pueblos vecinos venían enfermos y tullidos en busca de curación, a pie, a caballo, en carreta. También los leprosos. El Doctor los atendía a todos, uno por uno, calladamente, pacientemente, sin hacer distinciones, negándose a cobrar a los más pobres, que optaron entonces por traerle algunos una gallinita;

otros, huevos y bastimentos, o telas de aó-poí, para remudar sus andrajos.

Construyó un alambique rudimentario donde destilaba esencia de hojas de naranja y un bálsamo medicinal para los lazarientos, que reemplazaba con ventaja al aceite de chalmugra.

Las damas de la comisión parroquial se hacían atender, casi todas, por el Doctor, a quien en sus tiempos de vagabundo no habían querido permitir que durmiera en el corredor de la iglesia.

Por aquella época atendió también y curó a un lunático enfermo de terciana, que habitaba uno de los vagones destrozados por la explosión, en compañía de su mujer y de un hijo de corta edad. Se llamaba Casiano Amoité. Cuando regresó al pueblo después de una larga ausencia, pocos reconocieron en él a Casiano Jara, el cabecilla de las olerías de Costa Dulce.

Ese vagón fue el que más tarde parecía alejarse misteriosamente por el campo sobre ruedas de fuego.

Claro, una leyenda, otro rumor más, de los que viborreaban entre esa pobre gente a la que el infortunio había echado en brazos de la superstición.

12.

Desde que sanó, la María Regalada iba también por su cuenta a la cabaña de troncos llevando al Doctor ollitas de locro, que éste compartía con el perro, fragantes sopas-paraguayas y mbeyús mestizos.

Nunca le agradeció sus atenciones ni le dirigió la palabra, ni siquiera después de la muerte del sepulturero. A Taní Caceré no lo pudo salvar, por más que hizo, del vómito negro que lo consumió en pocos días y lo tumbó en una de las fosas que él acostumbraba cavar por adelantado, «para que el trabajo no me caiga encima de repente» —decía. No le cayó más el trabajo, pero le cayó encima la tierra. Alguien bisbiseó que el Doctor lo había dejado morir adrede.

La María Regalada ocupó su lugar, el que dinásticamente le correspondía, por primera vez una mujer, a lo largo de generaciones. No dejó por eso de ir a la choza del monte, puesto que el morador no se lo prohibía.

—Tiene mal la cabeza por él... —decía Ña Lolé en la fonda a los troperos e inspectores de alcohol, que a veces preguntaban todavía con interés por la sepulturera, a quien suponían dueña de unos buenos cántaros de «entierro».

—¿Y el gringo, qué hace?

—Nada. Ni le habla. Quiere más al perro, parece. Pero eso es lo que la tiene mal a María Regalada.

—Seguro se entienden.

—No. Lo hubiera sabido. A mí no se me escapa nada.

—A lo mejor, para casarse.

—El Doctor es casado.

—Nunca se sabe de los gringos. Saben engañar a nuestras mujeres.

—¿Y entonces qué les queda a ustedes, amancebados viejos? ¡Sinvergüenzas, que tienen engañadas a sus mujeres toda la vida!

Los interlocutores reían. La mujerona del fondín sabía poner el dedo en la llaga, pero también sabía ser agradable. Más de una de sus chivatas se había ido como barragana de alguno de sus huéspedes. Y había una, bien colocada, que le enviaba regalitos todos los años, por el día de la Virgen de los Dolores, que era el de su cumpleaños.

—El Doctor no es mal hombre...

Su voz ronca rezumaba gratitud. Después de aquel tumorcillo de sebo, le había curado una pulmonía.

La María Regalada se libró así tanto de las murmuraciones como del galanteo de los hombres de paso, que mirarían no sus ojos verdosos de moneda, sino las verdes monedas oxidadas de los cántaros sin ojos de los Caceré.

Alternaba el cuidado de sus cruces con el cultivo de la huerta, con el barrido del patio y la cocción del puchero para la veintena de leprosos, que esperaban como ella el retorno del Doctor.

No se animaba a entrar en el rancho. Sentía acaso que allí, en esa habitación cerrada y llena con esos despojos que sabía, el Doctor estaba más distante de ella que sus muertos del cementerio o que esos moribundos deformes de los ranchos. A las cruces, a sus muertos, por lo menos, podía contarles sus cosas, hablarles de él, sin vergüenza.

El vagón de los Amoité seguía avanzando imperceptiblemente. Tal vez los leprosos ayudaban a los tres moradores a empujarlo.

Cuando lo estaba por averiguar, el jefe político también murió de muerte natural con los auxilios de la santa religión.

Los únicos que estuvieron en el entierro, además de su mujer y del Paí Benítez, que hizo el responso, fueron los soldados de la jefatura, que llevaron turnándose de árbol en árbol, bajo el rajante sol, el solitario ataúd negro.

La sepulturera le asignó el rincón más distante y agreste del campo santo, casi ya en el campo campo, no en sagrado, pese a las protestas del cura y al gimoteo ininteligible de la mujer, la que después de todo parecía contenta de derramar esas lágrimas.

Era la única sepultura que no tenía paño y que siempre estaba llena de yuyos.

13.

Un atardecer la María Regalada estaba regando los almácigos de la huerta. Había llegado como siempre, casi furtivamente, por el atajo del monte, después de cerrar el portón del cementerio.

De pronto escuchó un ruido sordo como el de un cuerpo que se desploma. Se incorporó golpeada por un mal presentimiento y se quedó escuchando el silencio. Después se aproximó poco a poco y espió la choza a través de la maleza. Vio un bulto oscuro yaciendo en el piso. Pero no era el Doctor.

Se acercó un poco más entre las plantas y entonces lo que vio se le antojó un sueño.

El Doctor estaba arrodillado en el suelo. De sus manos caía un chorro de monedas de oro y plata que brillaban a los últimos reflejos, formando entre sus piernas un pequeño montón.

Le vio el rostro desencajado. Los ojos celestes estaban turbios, al borde de la capitulación, como la vez en que no pudo salvar a su padre, como otras veces en que también había sido vencido por la muerte.

La rubia cabellera, al ir agachándose sobre el montón de monedas, acabó de taparle por completo la cara. A la muchacha le pareció oír algo semejante a un quejido. Luego de un largo rato lo vio erguirse de nuevo y comenzó a recoger las monedas con los dedos crispados y a embolsarlas en unos trapos viejos, cada vez con mayor rapidez y desesperación.

A su lado estaba volcada la talla del San Ignacio.

14.

Nadie lo supo, porque desde entonces la puerta de tacuaras no se abrió para nadie, ni siquiera para la María Regalada. El salía con los ojos brillantes y ansiosos, como si ahora de veras le faltara el aire.

Cerró con una pared de estaqueo un pequeño trascuarto en la culata del rancho. Allí atendió a partir de entonces a los enfermos.

Nadie se explicó por qué el Doctor empezó a rechazar los presentes de los más pobres o el escaso dinero que aceptaba a los más pudientes, y pedía, lo exigían sus gestos y palabras febriles, que le pagaran las curaciones con viejas tallas, con las imágenes más antiguas que sus pacientes pudieran conseguir.

La gente de Sapukai creyó que el Doctor se había vuelto de repente religioso, místico; pensó que él iba también para santo con sus alpargatas rotosas, su larga cabellera, el bastón, el perro y el ayaká de palma.

—¡Si se parece cada vez más al Señor San Roque! —murmuraba Ñá Lolé al verlo pasar, tocada también ella por el hálito nuevo y tremendo que manaba del Doctor.

Pero este efecto chocaba con otro, no menos inexplicable.

Comenzó a ir de nuevo al boliche, a cualquier hora. Bebía caña hasta salir a los tumbos, tembloroso, desgreñado.

No atendía ya sino a los que llegaban al tabuco con alguna vieja imagen al hombro. El la sopesaba ávidamente en el aire, los ojos de maníaco hurgueteando las grietas de la talla. Luego la entrada con un nuevo gesto de anticipada decepción en el rostro flaco y demacrado. Sólo después miraba los ojos de sus pacientes, no con la celeste serenidad de otro tiempo, sino con turbia desgana, como ausente.

Anduvo así unos meses, borracho, enloquecido, más callado que nunca.

Al fin desapareció.

15.

La María Regalada fue la primera en descubrir las imágenes degolladas. No se animó a tocarlas por temor de que sangrasen a través de sus heridas la sangre negra del castigo de Dios.

Ignora por qué el Doctor ha querido destruirlas a hachazos. No lo supo cuando las vio así por primera vez, la noche de la víspera en que el Doctor iba a desaparecer con el mismo misterio con que llegó.

Esa noche, borracho, endemoniado, farfullando a borbotones su lengua incomprensible, la retuvo con él y la poseyó salvajemente entre las tallas destrozadas.

Fue la única vez que entró en el rancho, la última noche de su estada en el pueblo.

No sabe por qué ha sucedido todo eso. No lo supo entonces. Tal vez no lo sabrá nunca.

La imagen de San Ignacio es la única intacta entre tanto destrozo. Al caer de su peana, el choque la desfondó. Un hueco profundo ha quedado al descubierto en su interior. Por su peso, la María Regalada imaginó siempre que fuera maciza. Tampoco esto le importaba. Pero lo que no cesa de preguntarse es por qué el Doctor respetó esta sola imagen. Aun la destrucción de las otras es un enigma. Pero ella no quiere saber. Quiere seguir estando en medio de ese sueño despierto que le embota la cabeza y el corazón, pero no su esperanza de que regrese el Doctor.

16.

Al día siguiente de su huida, la María Regalada volvió al rancho. En una hendija del piso encontró un tostón de oro, sucio de tierra. Sobre él entrevió algo que se le antojó el perfil barbudo y lejano del Doctor. Lo pulió hasta que tomó el color del sol y lo guardó caliente en el seno.

Los leprosos, primero, vinieron a gemir en torno a la ausencia del Doctor.

Poco después todo Sapukai desfiló por la cabaña de troncos para ver el estropicio.

Y entonces el Doctor fue el *hereje* que, en un ataque de rabia o de locura, como cuando quiso tirar al chico por la ventanilla del tren, había degollado a los santos.

Nadie, sin embargo, se atreve a hablar mal del Doctor.

—Yo dije que no iba a aguantar... —sentencia el juez ladeándose en las disminuidas tertulias.

Algo hay en el fondo de todo esto difícil de comprender para todos. La gente de Sapukai sigue pensando que el Doctor no fue un mal hombre. Perdura su presencia, el recuerdo de lo bueno que hizo, pero también de su locura final, que parece prolongarse mansamente en la muchacha y en el perro. En ella, de otra manera.

La María Regalada no habla con nadie. Ella sólo habla de sus cosas con sus muertos. Y con el perro, cuando viene del boliche con la canasta entre los dientes, en medio de la cerrazón que el polvo y el rocío levantan por las mañanitas.

En torno al tabuco abandonado se agitan los fantasmas muermosos que van a beber al arroyo. Fuera de ellos, una paz, una inmovilidad casi vegetal, se extiende sobre la tierra negra de Costa Dulce.

Sólo el destrozado vagón parece seguir avanzando, cada vez un poco más, sin rieles, no se sabe cómo, sobre la llanura sedienta y agrietada. Tal vez el mismo vagón del que arrojaron años atrás al Doctor, de rodillas, sobre el rojo andén de Sapukai, en medio de las ruinas.

III

Estaciones

1

Toda la mañana estuve guerreando para meter en los zapatos mis pies encallecidos por los tropezones y las corridas, rajados por los espinos del monte, por los raigones del río, en todo ese tiempo de libertad y vagabundaje que ahora se acababa, como se acaban todas las cosas, sin que yo supiera todavía si debía alegrarme o entristecerme.

Me ponía las medias. Me las volvía a quitar: Los pies eran siempre más grandes que esos zapatos nuevos, que también habían salido de la venta del petiso, los primeros que iba a ponerme en mi vida, y que se retobaban como si hubieran sido hechos con el cuero del propio doradillo. Yo forcejeaba y ellos seguían mañereando. Y había que oír sus chillidos con olor a tanino renegando de mis pies. Me fui a lavarlos por tercera vez en la cocina con espuma de ceniza y agua de divi-divi, hasta más arriba de los tobillos. Pero ni el guayacán negro ni la lejía pudieron raspar la costra. Me lijé los talones con la piedra de afilar. Sólo me faltaba trozar los dedos. Los pies ya estaban más blancos y hasta más chicos, pero aún no cabían. Entonces vino la Rufina y me los bañó en almidón, con lo que entraron al fin y los zapatos dejaron de chillar.

Después del mediodía fuimos todos a la estación, yo delante empujando los zapatos para lucirlos y también para no sufrir el aire de despedida de los que venían detrás más callados, papá, mamá, mis hermanas, el viejo Donato con el maletín de cuero al hombro, la Rufa con el canasto del avío. Ella misma había asado la gallina.

Los trabajos para levantar la fábrica estaban parados. No se podían traer las maquinarias, a causa de la gran guerra que estaba rompiendo el mundo del otro lado del mar, aunque algunos decían que ya había terminado. De modo que el silencio agrandaba las cosas y los sentimentos. Yo avanzaba por el terraplén pensando en que después de todo era agradable presumir con zapatos nuevos. Lo malo estaba en la amenaza de esa escuela de la capital, a la que tenía que asistir calzado y peinado todos los días del año.

—Si quieres entrar en la Escuela Militar —me decía papá—, tienes que terminar el sexto grado. Hasta para ser milico hay que estudiar.

En Itapé sólo teníamos hasta el tercero de la primaria, desde los tiempos en que Gaspar Mora había levantado la escuelita rural de dos aguas y horcones labrados.

Mamá sufría con aquel sueño mío de llegar alguna vez a ser cadete.

—Déjalo —mascullaba papá, como si dijera «que aprenda por sus propias costillas»—. El país es un gran cuartel. Los militares están mejor que ninguno.

—Sí, pero hay una revolución cada dos años —se plagueaba mamá, mirándome como si yo ya estuviera con el fusil al hombro.

—Pero en cada revolución mueren más particulares que milicos. Después de todo, si no le gusta puede dejar. Yo fui seminarista. Agarré mal el rumbo.

Pero la tonsura no me impidió ser un buen agricultor. Hay que ver las cosas por dentro. Después se sabe. Déjalo...

A escondidas yo los oía discutir. Pero el uniforme de cadete, azul con vivos de oro, la gorra y el espadín me deslumbraban. Tenía que llegar hasta él en la ciudad desconocida a través de la escuela, a través del viaje en ferrocarril por esas vías que yo había visto tender, durmiente a durmiente, atravesando el pueblo. Para su inauguración fue precisamente cuando pasaron los cadetes de la Escuela Militar escoltando a la comitiva presidencial en el tren adornado con banderas y coronas de palmas. Pecho afuera, erguidos en las plataformas, los gallardos muchachos fueron más aplaudidos que el propio presidente. Otro tanto sucedió a su regreso de Villa Encarnación.

De esas dos veces de ver las hermosas figuras marciales, se me quedaron pegadas a los ojos.

Pensaba en todo eso mientras avanzaba por el terraplén. También en la Lágrima González, mi compañera de banco, un poco más grande que yo. Ella repicaba el riel para las entradas y salidas y me había dado un beso al terminar el año, en la velada de la escuela. El sabor de su boca tibia y esos senitos duros que se habían apretado contra mí aquella noche, entre los árboles, mientras los demás cantaban el himno, era lo que ahora hormigueaba en mí como algo frustrado y sin embargo dulce todavía, por lo mismo que lo iba a perder.

2.

En el andén nos esperaba ya la Damiana Dávalos con su crío, entre la gente que se iba aglomerando para la llegada del tren.

Las chiperas comenzaban a trajinar con sus canastas repletas y las alojeras chapurreaban en sus puestos, fumando sus cigarros, en cuclillas ante sus latas y cántaros de refresco, cubiertos de moscas y cavichuíes. María Rosa, la chipera chiflada de Carovení, vagaba con sus ojos sonámbulos, llevando a horcajadas a su hija, a la sombra del inmenso canasto vacío.

Los mellizos Goiburú se fijaban de reojo en mis zapatos nuevos. Comentaban entre ellos, se reían burlonamente y hacían correr sus zafadurías entre la chiquillada. Oía sus risas y silbidos, los inimitables bichofeos de los mellizos. Yo me hacía el desentendido, hinchándome despreciativo en mi ropa nueva. Pero en el fondo los envidiaba. Con gusto hubiera tirado el traje y los zapatones flamantes al medio de la trocha para juntarme de nuevo con ellos, quebrar trompos y jugar a las bolitas en el pica, bala y joyo, o liarme a moquetes bajo los paraísos y las ovenias de la plazoleta. Yo era un desertor. Sentía tristeza y vergüenza, a pesar de las ropas, de los zapatos, del viaje, de la escuela lejana, del futuro honor de cadete, más lejano todavía.

En eso apareció la Lágrima González del bracete con la Esperancita Goiburú, hermana de los mellizos. El orgullo apagó mi tristeza. Les volví la espalda, a pesar de que estaban más lindas que nunca; ella, sobre todo: la Lágrima, con sus larguísimas pestañas, la cara morena siempre arrebatada y esa sonrisa que le ponía hoyuelos a los costados de la boca y dejaba entrever la blancura de sus dientes. Anduve unos pasos arrastrando los zapatos como si llevara espuelas y las hiciera trastear sobre los ladrillos, igual que el jefe político Orué.

El tren apareció en el corte de Hernandarias. La máquina repechó pujando la loma. Se hizo cada vez más grande y cubrió el andén, la estación, la gente, con su ruido, con la sombra de sus vagones, con el penacho de humo que brotaba de su entraña de fierro.

Corrimos hacia los coches de segunda.

—¡Cuídalo bien, Damiana! —le recomendó mi madre.

—Sí, la señora...

Subió y se acomodó en uno de los asientos. ¡Pobre la Damiana Dávalos! Estaba apocada por la emoción del viaje, la enfermedad del crío, las noches sin dormir y el cansancio.

En medio del trajín, mi padre izó su burujaca y mi maletín, el canasto con la gallina asada y el avío de la lavandera. En su regazo el crío miraba calladito el agitado apelotonamiento.

Papá me arrancó a las despedidas y me empujó por la plataforma.

—¡Adiós..., Edelmira, Coca! —grité a mis hermanos, para que se me desinflara el pecho, pero mirando en realidad hacia donde estaban Lágrima y Esperancita.

Las muy guarangas se reían.

La pitada del tren hizo crecer de golpe el rumoreo. El zumbido del vapor aplastó las conversaciones, los gritos, el trajín. Las caras y las siluetas del andén se fueron borrando en una especie de cerrazón ácida. *Chac..., chac..., chac...* El convoy se alejó arrastrándose cada vez más rápidamente.

Miraba atolondrado por la ventanilla. La estación se deslizaba hacia atrás. Todo parecía disparar hacia tras en una creciente velocidad. El manchón de gente se fue achicando, achicando. Al rato no fue más que un manchón de hormigas destiñéndose al sol.

A los lados de las vías pasaban corriendo los postes de telégrafo y más allá, un poco más lentamente, las casas, los ranchos, los árboles, los animales pastando en las últimas calles del pueblo, el corralón, el cementerio, pasaron persiguiéndose sin alcanzarse. Volteaban a lo lejos, como si la misma tierra diera vueltas alrededor del tren. El pueblo se enterró en el campo, detrás de los montes del Tebikuary. Mojé los dedos con saliva y me agaché a lustrar un poco mis zapatos.

Cuando me levanté, apareció el cerrito en un recodo, casi al alcance de la mano. Desde su rancho de espartillo en lo alto, el Cristo leproso nos miraba pasar, clavado en la cruz negra, los cabellos de mujer moviéndose en el aire caliente de la siesta, como si estuviera vivo, en medio de las mariposas amarillas que subían del manantial, entre los reverberos.

Hubo un trueno largo y sordo. Las ruedas pasaban sobre la alcantarilla del arroyo. Damiana se santiguó con los ojos clavados en el Cristo. Las otras mujeres también.

El retumbo murió en el último vagón. El rumoreo de las charlas recomenzó.

Lo último que vi fue la cruz de Macario Francia, en la falda, entre los espinos cervales. Era todo lo que quedaba del esclavo liberto que había rescatado al Cristo de la selva y que ahora dormía allí, no en el cementerio, sino al pie del Calvario de Itapé, enterrado en un cajón de criatura.

Entre el ruido de las ruedas escuché sus últimas palabras:

—*El hombre, mis hijos, tiene dos nacimientos... Uno al nacer, otro al morir...*

3.

El cerro también disparaba hacia atrás. Al galope, al galope, pensé, con el Cristo a caballo. Desapareció por fin detrás de la masa verdeante que giraba al paso del tren, como un trompo inmenso y lento, lanzado a dar vueltas por el piolín de las vías.

Sólo entonces me fijé en el hombre que dormitaba en el asiento de enfrente. Al principio me costó distinguirlo. El sol y el polvo entraba a raudales por las ventanillas. Del otro lado del chorro polvoriento, el hombre se fue aclarando. Era un gringo delgado. No se parecía a los polacos de las colonias ni a los alemanes que habían venido a levantar la fábrica y que se habían vuelto a ir por la guerra. Pero era un gringo. Esto estaba a la vista. Sus largas piernas le hacían viajar incómodo, encogido en el duro banco de madera. Sus rodillas casi tocaban el borde del otro, por lo que Damiana no podía arrimarse a la ventanilla. Bajo el sombrero de fieltro le salían mechones de un rubio muy claro, tirando al color de las chalas. La ropa y las botas estaban bastante sufridas. Llevaba el saco de lana doblado sobre el canto de las piernas. Del bolsillo salía el borde gastado de una libreta azul, sobre la que se alcanzaba a ver unas letras doradas, que vaya a saber qué decían. La camisa se le pegaba al cuerpo, mostrando las huesudas costillas. Cuando se removía en el asiento para cambiar de posición, unas rajitas celestes brillaban entre los párpados hinchados de sueño y cansancio. Molesto por el sol, levantó los brazos y bajó las celosías, trancadas de tierra. Se aturrulló de nuevo en su rincón enrejado ahora de sombra. Entonces me di cuenta de que él había estado contemplando también el Cristo y hasta podía recordar vagamente que se había presignado. Aunque pude equivocarme, ver mal. Acaso él no se habría movido en todo el tiempo. Las rajitas celestes chispeaban de cuando en cuando entre las barras de sombra ribeteadas de polvo y luz.

Damiana lo miraba con recelo.

A nuestro costado, en la otra fila de bancos, también hablaban del Cristo. Tres hombres flacos y uno con facha de estanciero. Este contaba a los otros la historia, deshilachándola, como si pasara los dedos al tanteo por una trama rota. No la sabía muy bien o la contaba mal a sabiendas, para marear a los otros.

—Los itapeños están orgullosos de él. Dicen que hace milagros.

—Bueno —dijo uno—. Donde hay fe siempre hay milagro.

—Si eso fuera cierto, Núñez —dijo otro como con un poco de rabia en la voz—, Itapé Kaacupé, Tobatí, Kaazapá, todos los pueblitos con santos milagreros, serían los más adelantados de la república.

—Claro —dijo el interpelado—. La fe estorba al progreso. Eso lo sabemos.

—¿Viste, Itapé? —insistió el otro—. Todo está allí como hace un siglo, antes de la Triple Alianza, como antes de las revoluciones.

—Estaban levantando una fábrica de azúcar... —dijo el hacendado.

—No sería por el Cristo, seguramente.

—Aquí pudo ser distinto —dijo el estanciero, pasándose un pañuelo por la ancha cara húmeda. En uno de los dedos chipeó un anillo amelonado.

—¿Distinto? ¿Por qué distinto? —preguntó la voz amargada.

—El Cristo de Itapé al principio fue un hereje...

Se rieron como de un buen chiste. Hasta el de la voz rencorosa se rió. Y la barriga del estanciero, enchapada de plata, también saltaba de la risa que no le llegó a la cara. ¿Por qué viajaría en segunda, como nosotros?

—¿Es cierto que lo hizo un leproso? —preguntó uno de los hombres flacos—. Aquel Gaspar Mora... Un músico, creo, o constructor de instrumentos...

—Es otra de las bolas que se cuentan —dijo socarronamente el gordo.

Yo le hubiera saltado a la cara para arañarla con los diez dedos, pero no podía juntar toda mi rabia porque de tanto en tanto miraba las rajitas celestes parpadeando en la sombra, frente a mí. También me mareaba un poco la piedra engastada en el anillo del estanciero, su cinto chapeado y el 38 largo brillando en la cartuchera, bajo la blusa; con su cabo de nácar un poco amarillo de tabaco en los bordes.

Me entristecía pensando en Macario Francia, que no le habría dejado mentir.

—Y ustedes, ¿de dónde vienen? —preguntó.

—Del destierro.

—Ajá... ¿Por la última revolución?

—Parece.

—Menos mal que los cívicos les dejan volver pronto —gruñó el gordo.

—Nosotros no nos metimos —dijo uno a quien llamaba Ozuna—. En el levantamiento, quiero decir.

—El golpe los agarró de rebote, seguro.

—Núñez y yo estábamos por recibirnos de abogados. Cuéllar trabajaba en el diario *Patria*.

—Haciendo trincheras de papel —dijo Cuéllar sin reírse.

—Nos conocimos en el lanchón que nos llevó río abajo, al destierro.

—Ahora volvemos los tres juntos —dijo Núñez.

—Yo soy cívico. Tengo mi estancia en Kaazapá. Tampoco me metí. Y lo mismo me comieron las vacas. Así que...

—Las revoluciones se comen todo lo que encuentran —le interrumpió Núñez con su voz que parecía arañar el huesito de su nariz un poco ganchuda.

—Voy a Asunción a reclamar daños y perjuicios a los poguasús del gobierno. Ya que mis correligionarios son ahora los que mandan.

—Usted, por lo menos... Le comen las vacas pero puede reclamar indemnización. ¿Y los que se murieron?

—Esos ya no necesitan nada... —dijo el estanciero.

—Claro —dijo Ozuna—. A esos los come la tierra.

—Bueno, bueno... —dijo el estanciero, conciliador—. No hay que hacerse mala sangre. Es el destino, dijo el sapo que se murió bajo la tabla —la barriga le volvió a temblar con su risa subterránea—. Vamos a comer nosotros también. Estamos por llegar a Borja. Allí hay buen chipá.

4.

El tren se detuvo. Se repitió lo de Itapé. Los pasajeros subían y bajaban alborotando el pasillo.

Del otro lado, sobre el andén, las vendedoras voceaban sus mercancías. En las caras de barro seco, bajo los canastos, los puchos humeaban en los graznidos de pájaro.

Todo era igual.

El gordo taponaba, descabezado, la ventanilla. Pasó la mano hacia atrás y la metió en una cartuchera más pequeña, detrás del revólver, también enchapada con virolas de plata. Sacó un puñado de patacones y compró chipá y bananas. Por la cara de tierra de la vendedora viboreó la centellita azul que despedía el brillante. Pidió también un jarro de aloja y lo bebió sin respirar con todo adentro, las ramitas de caá-piky, las cáscaras machucadas de milhombres y las moscas. muertas.

Yo me moría de sed.

El traqueteo del tren recomenzó a disparar las cosas hacia atrás en el gran trompo verde que iba dando vueltas al revés con las casas, los campos, los animales, los montes lejanos.

—¡A merendar, los señores!

El hacendado repartió a sus compañeros las argollas de los chipás y unas tupidas manos de bananas de oro. Comieron los cuatro con hambre, amistados por el movimiento de sus bocas.

Damiana, llena de sueño y cansancio, de su vago temor, se había olvidado de nuestro avío. Así que la boca se me remojó con las ganas. Pero no pedí ni con los ojos ni con las manos. Quería mostrarle mi hombría, ser yo quien la acompañaba, no quien iba a su cuidado. Ella iría pensando en su hombre preso en la cárcel de Asunción. A veces, en el río, cuando iba a lavar la ropa, me hablaba de él. El rostro agraciado de la Damiana se ponía entonces triste y como ansioso. Su cuerpo joven quedaba inmóvil sobre el agua. Yo veía su sombra en la arena del fondo, atravesada por las mojarritas que venían a picotear los pedacitos de jabón. Pero ahora por el sueño y el cansancio parecía ajada, un poco envejecida por el polvo.

El gringo seguía dormitando. A veces sacaba los ojos del sueño y nos miraba un rato desde una nación que yo no podía saber cuál era.

El crío se echó a llorar con pujidos de rana. Damiana se cubrió con el manto y le dio de mamar. De repente un golpe de viento hinchaba el manto mostrando las mamas rosadas llenas de venas azules, mojadas por la leche. A mí se me hacía agua la boca.

Me entró un poco de rabia por el crío enfermo que desperdiciaba toda esa riqueza.

—¿Qué es lo que tiene tu hijo?

Damiana pestañeó sorprendida. Una vieja estaba sentada a su lado, echándose viento con una pantalla de mimbre sobre la que se hallaba cosida una estampa del Corazón de Jesús.

—¿Qué tiene?

—No sé —dijo Damiana a regañadientes—. Lo llevo al doctor. Vamos a Asunción.

—¡Che Dios, tan lejos! —cloqueó la vieja—. A lo mejor no es nada. A lo mejor con remedios de yuyos no más se cura.

—Ya probamos con todo. Pero el ataque volvió.

—¿Qué clase de ataque?

—Cuando le viene el pasmo se le sueltan los huesitos y echa espuma por la boca.

—Ya sé. Pilesia se llama eso. La muerte en pie. Yo sé cómo se cura. Cogollo de ruda, anís en grano y semilla de eneldo en agua hervida y enserenada.

—Ya probamos.

La vieja observó al crío entornando los ojos. Sobre la nariz chata se le formaron unas arrugas. Torció ligeramente la boca para acomodar el cigarro. Un lunar carnoso con un solo pelo largo y blanco se le movió sobre el labio. El Corazón de Jesús estaba quieto en el mimbre. No quería darse por vencida.

—Hay que darle también leche de burra en ayunas.

—Le dimos leche de cabra.

—No es lo mismo. Tiene que ser leche de burra. Los animales también traen su signo. Como los cristianos. Yo lo hubiera curado. Una lástima. Porque el inocente es muy lindo. ¡Ojalá se cure! Pero los médicos de Asunción son muy pijoteros. Lo único que saben hacer es cobrar. No sé para qué lo lleva tan lejos. Si vamos a eso, también en Villarrica hay buenos médicos.

—No es solamente por eso. Voy a ver también a mi esposo.

—¿Trabaja allá?

—Está en la cárcel.

—¡Ay..., juepete! ¿Desgració a alguien, pikó?

—No. Lo llevaron preso los cívicos, en la última revolución.

—¡Pobre! ¡Jha..., político! —furfulló la vieja hamacando fuerte al Corazón de Jesús—. ¡Cuándo van a aprender nuestros hombres a no meterse!

—A Cirilo lo llevaron de balde. No conoce todavía a su hijo. Por eso lo llevo. Para que lo vea.

—Ah, bueno entonces...

El gringo escuchaba o parecía escuchar el monótono diálogo que la vieja se empeñaba en mantener, punteándolo con la decorada pantalla.

5.

También en Borja habría subido el viejo con la guitarra. Lo llevaba a remolque de una cadena un astroso chiquilín.

El viejo se sentó al borde de un banco y comenzó a tocar, agachado, consumido, esquelético. Así emergían las ruinas misioneras de entre los árboles, forradas por el musgo y la cantárida.

Pensé en seguida en Gaspar Mora, en Macario Francia.

El sonido de la guitarra, también rajada en varias partes, subía como el zumbido de un mamangá y la crinuda cabeza volcada sobre la caja, marcaba un compás que sólo él debía sentir. Mientras el viejo tocaba, el chico lustraba los níqueles contra sus andrajos, después de pasarlos por la lengua.

—¡Así andan estos pobres! —dijo Cuéllar.

—Ya no se puede viajar tranquilo... —se quejó el estanciero kaazapeño—. Los trenes están apestados de mendigos y ladrones... —manoteó rayando los ojos de todos con la piedra de su amelonado.

—Sí —apoyó Núñez a su compañero—. Parece que han llegado a hacerse indispensables. Los grandes ladrones y criminales, sobre todo. Son los que mandan.

El gordo hizo una mueca de disgusto. Iba a hablar pero se calló.

—Yo sé quién es ese viejo —dijo Cuéllar, zanjando la situación.

—¿Lo conoce?

—No.

—¿Y entonces? —boqueó el estanciero.

—¿Oye lo que toca? Un trozo de la gavota de Sosa Escalada. Todavía se lo puede reconocer.

—Yo apenas si puedo saber cuándo tocan una polca —dijo el cívico—. Y a gatas. Lo más que sé es el Campamento Cerro León y la Diana Oré-Kuera, que es la polca de mi partido.

Entre el ruido de las ruedas sonaba apagada la música del viejo, sentado al fondo del vagón. Veíamos la cabeza caída sobre el pecho, la cadena atada con alambre al diapasón.

—Todos han terminado así —dijo Cuéllar—. Los grandes guitarristas del Paraguay han muerto o se han fundido todos en la desgracia. O por la caña. La miseria y el olvido. Gaspar Mora se escondió, leproso, en el monte. Dejó el Cristo. Agustín Barrios tuvo que dar su último concierto en una plaza y escapó. Nadie sabe dónde está. Ampelio Villagra también. Dicen que anda tocando en los cafetines de Buenos Aires, con la lengua cortada. Marcial Talavera se pegó un tiro. Vestido con su ropa de domingo, se acostó en un catre mirando el cielo a través de una parralera. Metió el caño del revólver en la boca y se hizo silencio. Yo escribí un artículo sobre la imposibilidad que tenían nuestros artistas de vivir en su patria. Me metieron preso.

—No solamente los artistas —dijo Núñez—. Este es el país de la tierra sin hombres y de los hombres sin tierra, como dijo alguien.

—Pero en el caso de los músicos, la cosa es más triste —dijo Cuéllar—. El último que faltaba es Gabriel Bermejo. Hace años me contaron que andaba ciego y borracho ambulando por los pueblos.

—¿Y usted cree que este...? —señaló el cívico.

—No sé... Qué podemos saber.

El viejo terminó de tocar. El chico tomó la guitarra, casi tan grande como él, y tironeó la cadena que la amarraba a la cintura del viejo. Este se levantó y avanzó trastabillando a lo largo del pasillo, a la sirga del chico, que iba tendiendo su sombrero de paja a los pasajeros, mientras abrazaba la guitarra. Cuando pasaban por nuestro lado, Cuéllar puso una mano sobre el brazo del viejo.

—Usted es Gabriel Bermejo, ¿no es verdad?

El viejo lo miró con sus pupilas blancuzcas. La boca desdentada se encogió, parecía silbar la muerta melodía. Pero no dio señales de haber entendido. Sólo se oía el tintineo de la cadena de roldana contra el banco. El mitaí se paró también, tocándose las orejas y los ojos.

—Agüelito ko e'sordo y ciego. No ve ni oye nada voí...

El que había sido desterrado por hacer trincheras de papel, hizo otro gesto sin sentido que hubiera podido parecer de burla si no le hubiéramos visto la cara. Sacó un billete y lo tendió al chico, que le atajó desconfiado:

—Esto niko e'papel debarte. Dame nicle, patrón...

Los otros se rieron de la salida del mitaí. En sus manos la tierra formaba vetas endurecidas sobre las chorreaduras de las naranjas. Eran manos de viejo, pero los ojos chicos y duros se clavaban en las cosas con la fuerza y la fijeza de un halconcito.

Todos les tiraron níqueles en el sombrero. Hasta el hacendado, para no ser menos, aunque de mala gana. Yo escondí mis zapatos nuevos bajo el banco.

Pasaron a otro vagón. El traqueteo de las ruedas se llevó el rejonear de la cadena.

6.

—¿Cuándo le vino el mal?

—Un poco después de nacer.

—Capaz entonces que le viene del padre. Los hombres siempre son los más enfermos.

Damiana quiso protestar. Pero no podía. Yo sabía que estaba muy enojada por la forma en que le temblaban las manos. La vieja se metía en todo, escarbaba y escarbaba como una gallina en un montón de basura.

Damiana sufría el ahogo de la vieja. Se caía de sueño, pero sólo el enojo la mantenía despierta. Y esa voz maligna que zumbaba como un tábano encerrado en un jarro de lata.

Para comprar su silencio rebuscó bajo el banco, sacó y le dio su canasto del avío. También el de la gallina asada. Yo lo vi, pero no quise protestar.

—Me bajo en Villarrica —dijo la vieja, apañando el regalo.

Damiana respiró con alivio. No le importaba el avío. A mí tampoco, con tal de que la vieja nos dejara en paz. A mí me interesaban los otros, los que hablaban entre ellos con risitas contenidas, pero que a causa del cloqueo de la vieja no los podía escuchar.

—Voy a visitar a mi nueva nuera que va a tener familia. La pobre no puede manejarse sin mí. Le he hecho nacer los tres hijos que tiene. Este va a ser el cuarto. Yo tengo muy buena mano para estas cosas. Mi nombre es Inocencia Romero. Adiós, manté, che ama mí...

7.

Una estación y otra. Siempre parecía la misma. La misma gente en los andenes. Caras de tierra en sequía. Las casas, los campos dando vueltas hacia atrás. Todo igual, como si el tiempo no se moviera sobre el trompo inmenso y lento.

En una de las estaciones subió una pareja. Eran muy jóvenes. Parecían recién casados. Se sentaron casi al fondo del coche. No se largaban las manos, entre arrumacos y besuqueos.

El sueño, el calor, el polvo, nos apretaban contra la madera del banco. Yo me dormía a remezones. El crío de Damiana empezó a llorar otra vez. Ella lo tapó con el manto, pero no le quiso mamar. Volví a sentir un poco de rabia contra el crío, rejuntándoseme de nuevo la saliva de las ganas. En medio del sueño, de la sed, del hambre, los pechos de Damiana me goteaban su jugo dulce en la boca como la goma del mamón. Los mordía con ansias en los cabeceos. Me desperté con un poco de vergüenza, aunque pensé que ella no podía adivinar mi sueño.

Vi que el gringo extendía los brazos diciendo algo que no se podía entender. Las manos se aproximaban unidas en su hueco, como una hamaca, balanceándose despacio, en actitud de recibir.

Damiana se encogió todavía más contra el duro respaldo. Entonces el gringo se inclinó hacia adelante y acarició la cabeza de la criatura. Desde ese momento dejó de llorar. Se enderezó en el regazo de la madre y se puso a mirar al gringo, tranquilo y en silencio. El hombre también contemplaba a la criatura. Algo como una sonrisa jugaba en la cara del extranjero, en la boca fina, en los ojos celestes, mientras las aletas de la nariz prensaban ansiosamente el aire espeso de polvareda y humo.

Me fijé de reojo en Damiana. Entendí que el miedo la volvía a acobardar y que ahora se lamentaba de que la vieja ya no estuviera a su lado. El silencio del gringo la aturdía más que la habladuría de la comadrona.

Me recosté contra ella para que me sintiera.

La vi borronearse. Igual que en el río, cuando su sombra caía sobre la arena del fondo y las mojarritas pasaban a través de ella con sus agallas y aletas como gotas de sangre, picoteando las espumas del jabón. Le veía las rodillas y los muslos redondos. Yo estaba tendido cerca del río. Contemplaba a la madre con un poco de vergüenza, como si estuviera haciendo algo malo. De pronto la Damiana se transformó en la Lágrima González. Yo pegué un brinco. La Lágrima dejó de lavar, se sacó la ropa de un tirón y se echó al agua desnuda.

8.

Estábamos llegando a Sapukai. Atardecía.

Desde lejos vimos la estación y las casas destruidas por las bombas, el hoyo grande como una plazoleta, que trozaba las vías.

—¡Allí están los rastros de la revolución! —bramó el hacendado, tendiendo el brazo por la ventanilla.

Eso me acabó de despertar.

Estaba contando el hecho de aquel convoy revolucionario que iba a atacar por sorpresa y que resultó volado por la locomotora que los gubernistas lanzaron contra él, desde Paraguarí.

Todos sabíamos eso, pero al gordo, por lo visto, le gustaba hablar y presumir.

—Ahora tendremos que dormir en Sapukai y seguir recién mañana, al amanecer. No sé por qué no hacen el transbordo al llegar. Por lo menos, mientras terminan de arreglar el terraplén. No costaría nada, ¡caramba digo! Así desde hace más de cinco años. Desde que está allí el agujero ese. ¡Ganas de jorobar la paciencia!

—Reclame eso también a los poguasús del gobierno —le dijo Ozuna—. Para eso son sus correligionarios.

El hacendado no se dio por aludido.

—Hasta ahora —dijo— los cuadrilleros siguen sacando huesos de cristianos de la salamanca...

En eso sentí los alaridos de Damiana. Tenía medio cuerpo fuera de la ventanilla, los cabellos enredados por el viento, gritando como una loca.

—¡Me robó mi hijo..., me robó mi hijo!

Las ruedas y el viento comían sus gritos. Los pasajeros se alborotaron. Nadie entendía lo que pasaba.

En medio del desbarajuste, a las cansadas, entró el gringo con el crío en brazos. Venía calladito, como si flotara en medio de una tormenta. Los ojos celestes del gringo eran los únicos mansos en medio del furor y del ruido.

Damiana lo atropelló con los ojos fuera de las órbitas y le arrancó de los brazos a su hijo. Los hombres se abalanzaron sobre él. Quiso explicar algo, pero no le dieron tiempo o no le entendieron. No estaban para entender nada. El estanciero de Kaazapá, que empuñaba el revólver, lo tumbó en el pasillo, de un culatazo.

Cuando el tren se detuvo ante las ruinas, lo echaron a empujones y a patadas. Cayó de rodillas sobre el andén, sangrando por la nariz y por la boca, llena la cara de moretones, la camisa rota por los tironazos. Alguien le arrojó el saco y la libreta azul. Los recogió a ciegas, se levantó, anduvo unos pasos como un borracho. Lo volvieron a tumbar. Entonces se quedó quieto, de bruces, sobre la tierra colorada, hasta que vinieron los guardias de la jefatura y lo manearon con el látigo del teyú-ruguai.

Por entre la gente arracimada en las ventanillas y los que se habían reunido en el andén, lo vimos alejarse entre los guardias, alto, encorvado, con las manos atadas a la espalda.

Damiana no miró. Temblaba todavía, friccionando al crío que dormía en sus brazos. Algunas mujeres la rodeaban zaraguteando sobre ella todas juntas, atolondradamente, mientras el resto de los pasajeros desembarcaba.

A mí me gustó la idea de pasar la noche en Sapukai. Iba a ver de cerca el pueblo que había sufrido esa cosa tan terrible, de la que aún se hablaba a lo largo de la vía férrea.

Grupos de pasajeros curioseaban las ruinas. Bajé yo también y me metí entre ellos. Vimos los vagones destrozados. Uno estaba a más de mil varas de la estación, en un desvío, como si hubiera volado por el aire para caer allí, casi entero.

La gente del pueblo andaba como muerta. Al menos me pareció.

Cuando volví, el hacendado estaba tratando de convencer a la Damiana para llevarla a dormir a la fonda. Llegué de atrás, así que pude oír lo que le decía.

—Usted es muy joven y muy linda. Necesita un compañero.

—No, gracias. Tengo un compañero...

—¿Quién? ¿Ese mita'í que venía a su lado? —le tembló el abdomen con esa risa que no llegaba nunca a la cara. Se tocó la cartuchera donde llevaba el dinero. Iba a insistir, pero entonces ella le volvió la espalda y me vio a mí.

Vino a mi encuentro y me dijo:

—Hay que bajar los bultos...

9.

Los de segunda nos acomodamos entre los escombros para dormir.

Hacía calor. Extendimos el pequeño equipaje y nos acostamos sobre una manta que sacó Damiana de su atado. Cerca de nosotros, detrás de un trozo de pared, se tendió la pareja de recién casados.

La noche cayó de golpe sobre el pueblo.

A mí me parecía oler todavía la pólvora pegada a los yuyos, a los ladrillos, a la tierra. Del otro lado del pedazo de tapia seguían los arrumacos y besuqueos. De tanto en tanto la oía quejarse a ella despacito, como si el otro le hiciera daño jugando. También oía sus risas. Por eso no pude dormir pronto.

En otra parte, la voz temblona de un viejo, posiblemente alguno del pueblo, relataba interminablemente a un pasajero detalles de la catástrofe.

Al caer en el primer sueño vi el relámpago y el trueno de la explosión. Veía correr a muchos hombres sin cabeza por la zanja, cubiertos de sangre, con las ropas en llamas. Me desperté y me encontré junto a Damiana, muy apretado a ella. Volví a sentir el hambre que se me hizo insoportable cuando noté que Damiana estaba tratando inútilmente de dar de mamar de nuevo al crío.

Procuré retomar el sueño, pero lo más que conseguía era una especie de excitada modorra que me hacía confundir todas las cosas. Damiana estaba quieta ahora, durmiendo tal vez. Cuando me di cuenta, me encontré buscando con la boca el húmedo pezón. Probé la goma dulzona de la leche. Pero ahora de verdad. La probé de a poco primero, apretando apenas los labios, con miedo de que Damiana sacara de mi boca esa tuna redonda y blandita que salía de su cuerpo. Pero ella no se movió. Tampoco a nosotros podían vernos. Nadie se iba a burlar de mí que mamaba en la oscuridad como un crío de meses. No sé por qué se me vino de nuevo en ese momento el recuerdo de la Lágrima González. No quería pensar en ella. Entonces chupé con fuerza, ayudándome con las manos, hasta que el seno quedó vacío y Damiana se volvió de costado con un pequeño suspiro.

Yo me dormí sin soñar más nada.

10.

Las pitadas de un tren en maniobras nos despertaron al alba para el transbordo. Sombras rosadas se movían ya rápidamente por los bordes del tolondrón para subir a los vagones que estaban del otro lado.

Yo no pude encontrar uno de mis zapatos. Algún perro hambriento se lo habría llevado. Así que sólo tuve que guerrear con mis pies la mitad de lo que me había costado empaquetarlos la mañana anterior.

Damiana seguía buscando entre los yuyos, con el crío en brazos. Pero el tren apuraba. Nos fuimos corriendo entre los montones de tosca y pedregullo, yo detrás con mi maletín y la burujaca de Damiana.

Con un pie descalzo iba tocando la tierra de la desgracia.

11.

De aquel viaje, de aquel cruce en el alba sobre la revuelta salamanca, de todo lo que hasta allí había sucedido, nada recuerdo tan bien como la llegada a Asunción.

El gentío se apretujaba en las pilastras del grosor de un hombre. Damiana, mareada, se me agarraba del brazo.

Nos costó salir a los corredores. Allí, los pilares eran todavía más gruesos y más altos. En grupos de cuatro sostenían los arcos mordidos por los cañonazos. Sobre el techo de la inmensa estación blanca, festoneado como un encaje, había un jardín. El olor de los jazmines, más penetrante que el humo, nos cayó en la cara.

Vimos las casas altas, las calles empedradas, los carruajes tirados por caballos, los tranvías cuarteados por yuntas de mulitas de un solo color, que avanzaban entre los gritos de los mayorales.

Enfrente había una plaza llena de árboles. De trecho en trecho, algunas canillas de riego escupían chorritos de agua. Dejé a Damiana en la balaustrada y me metí corriendo entre los canteros. Lleno de sed, me agaché a beber junto a una de las canillas. En ese momento, boca abajo contra el cielo, entreví algo inesperado que me hizo atragantar el chorrito. En un rincón, entre plantas, una mujer alta y blanca, de pie sobre una escalinata, comía pájaros sin moverse. Bajaban y se metían ellos mismos chillando alegremente en la boca rota. Se me antojó sentir el chasquido de los huesitos.

IV
Exodo

1

Avanzan despacio en la maciega del monte. Más rápido no pueden. Empujados por el apuro, por el miedo ya puramente animal, se cuelan a empujones. Por momentos, cuando más ciegas son las embestidas, la maraña los rebota hacia atrás. Entonces el impulso de la desesperación se adelanta, se va más lejos, los abandona casi. El hombre machetea rabiosamente para recuperarlo, para sentir que no están muertos, para tajear una brecha en el entramado de cortaderas y ramas espinosas que trafilan y retienen sus cuerpos como los grumos del almidón en un cedazo, pese a estar tan flacos, tan aporreados, tan espectrales.

La mujer lleva al crío nacido hace poco. Su cabeza, para contrapesarlo, se tuerce a un costado con los cabellos hirsutos, en el cansancio atroz que la derrenga. Ya no siente los brazos, que se le han puesto como de madera, con ese cuerpecito que late arriba.

Los tres van casi desnudos, embadurnados de arcilla negra. Menos que seres humanos, ya no son sino monigotes de barro cocido que se agitan entre el follaje. Bajo la costra cuarteada, sus cuerpos humean en el húmedo horno de la selva que les va chupando los últimos jugos en la huida sin rumbo.

El sol debe estar tumbándose poco a poco hacia el poniente. La maraña ralea desteñida de su verde furioso, teñida por la rojiza claridad. Al final salen a una antigua picada en desuso. La siguen un trecho, hasta que oyen apagado y cercano el sonido del río. En el semblante terroso del hombre se marca una mueca indefinible. Se detiene y se vuelve hacia la mujer. Al fin le habla, por primera vez desde quién sabe cuánto tiempo.

—¿Oís, Natí? —dice la voz raspada por la sed.

—Sí... —murmura la otra máscara en la que sólo se mueven los ojos.

—¡Puede ser el Monday!

—Puede ...¡Tamó-ra'é!

—Hemos andado mucho... —masculla el hombre con un resto de orgullo, que por el momento lucha y se sobrepone a su temor.

—¡Un poco más y podemos salvarnos!... —agrega.

Continúan avanzando con renovada energía por la picada invadida de maleza. A poco, sin embargo, es la mujer la que deja escapar un pequeño grito.

—¿Oís, Casiano?

Vuelven a detenerse. A sus espaldas, más fuerte que el retumbo del agua, se escucha el rumor de unos caballos.

—¡Por Dios..., nos alcanzan! —gime la mujer.

La máscara del hombre está lívida, surcada de arrugas.

—¡Vamos a escondernos en el monte!

Corren hacia la enmarañada espesura.

—¡Sabía que nos iban a agarrar!... —susurra el hombre entre dientes, sin que le oiga la mujer.

Se filtran agachados, encogidos, empujados por el ponzoñoso miedo que sólo les ha dado un momento muy corto de alivio. El hombre va regando un líquido negruzco. La mujer corre combada sobre el crío, cubriéndolo con la cabeza. De nuevo parecen animales acosados, embretados en una trampa sin salida.

2.

Ningún «juido» ha conseguido escapar con vida de los yerbales de Takurú-Pukú.

Esta certeza, esta leyenda, fermentada en la sangre, en la imaginación de los «mensúes» como las miasmas palúdicas de un estero, se levanta ante los que soñaban con escapar y ponían hueras sus esperanzas. De modo que pocos soñaban con eso. Pero si alguien se animaba a cumplir el sueño, el desertor quedaba a medio camino. Y la leyenda engordaba con ese nuevo «juido», pescado por los colmillos de los perros y los Winchesters de los capangas.

Nadie había conseguido escapar.

A veces alguno volvía medio muerto delante de los caballos y las traíllas, como escarmiento, para acabar en el estaqueo, ante el terror impotente de los demás.

Ni los niños se salvaban de las balas, del cuchillo o del lazo.

Takurú-Pukú era, pues, la ciudadela de un país imaginario, amurallado por las grandes selvas del Alto Paraná, por el cinturón de esteros que forman las crecientes, infestados de víboras y fieras, por las altas barrancas de asperón, por el río ancho y enturbionado, por los repentinos diluvios que inundan en un momento el bosque y los bañados con torrenteras rojas como sangre. Pero, sobre todo, por la voluntad e impunidad de los habilitados. Estaban allí para eso. Tenían carta blanca para velar por los intereses de las empresas, aplicando la ley promulgada por el presidente Rivarola, un poco después de la Guerra Grande, «por la prosperidad y progreso de los beneficiadores de yerba y otros ramos de la industria nacional...» Actuaban, pues, legalmente, sin una malignidad mayor que la de la propia ley. El artículo 3.º decía textualmente: «El peón que abandone su trabajo sin el consentimiento expreso de una constancia firmada por el patrón o capataces del establecimiento, será conducido preso al establecimiento, si así lo pidieren estos, cargándose en cuenta al peón los gastos de remisión y demás que por tal estado origine.»

De modo que muy pocos eran los que se arriesgaban a correr el albur de que estos gastos de «remisión» se le cargaran en cuenta.

Lo más que había conseguido escapar de Takurú-Pucú eran los versos de un «compuesto», que a lomo de las guitarras campesinas hablaban de las penurias del mensú, enterrado vivo en las catacumbas de los yerbales. El cantar bilingüe y anónimo hablaba de esos hombres que trabajaban bajo el látigo todos los días del año y descansaban no más que el Viernes Santo, como descolgados también ellos un solo día de su cruz, pero sin resurrección de gloria como el Otro, porque esos cristos descalzos y oscuros morían de verdad irredentos, olvidados. No sólo en los yerbales de la Industrial Paraguaya, sino también en los demás feudos. Enquistados como un cáncer en el riñón forestal de la república, a tres siglos de distancia prolongaban, haciéndolas añorar como idílicas y patriarcales, las delicias del imperio jesuítico.

La voz del mensú se quejaba:

Anivé angana, che compañero,
ore korazö reikyti asy...*

Ni los perros ni los capangas, ni los montes ni los esteros habían conseguido atajar el Canto del Mensú.

Era el único ««juido» del yerbal.

3.

Casiano Jara y su mujer Natividad llegaron a Takurú-Pukú en uno de los arreos de hacienda humana que hicieron los agentes de La Industrial, un poco después de aplastado el levantamiento agrario del año 1912, aprovechando el desbande de los rebeldes y el éxodo de la población civil.

Casiano y Natí se engancharon en Villarrica. No hacía mucho que se habían casado. Eran de Sapukai.

Casiano Jara estaba en el convoy rebelde, entre los expedicionarios del capitán Elizardo Díaz, que iban a caer sorpresivamente sobre la capital. Natí se hallaba entre el gentío que se había reunido en la estación para despedirlo al grito de *¡Tierra y libertad!*, aquella trágica noche de marzo. La delación del telegrafista frustró los planes. Los gubernistas lanzaron contra el convoy una locomotora cargada de bombas.

No todos los sobrevivientes de la terrible masacre consiguieron escapar del degüello y de los fusi-

---

* No más, no más, compañero,
rompas cruelmente nuestro corazón...

lamientos en masa que remataron la acción punitiva del gobierno. Casiano y Natí se salvaron por milagro. Las rachas de fugitivos de la vencida rebelión anduvieron vagando varios días por los montes del Guairá, desesperados y hambrientos. Huían hacia el sur, en busca de las fronteras argentinas, siguiendo la vía férrea, pero a distancia, para no caer en manos de las comisiones militares.

En Villarrica tuvieron noticias de que la represión había amainado y de que los rafladores de la Industrial estaban tomando gente para el «trabajado» de Takurú-Pukú.

Casiano Jara y su mujer, casi todos los de su grupo, se enrolaron en la columna de carne de cañón para los yerbales, contentos, felices de haber encontrado esa encrucijada en la que a ellos se les antojó poder cuerpear a la adversidad.

Además recibieron la plata pirirí del anticipo.

—¡Es la cimbra de la rafla! —alertó uno—. No hay que agarrar...

Nadie le hizo caso. Estaban deslumbrados.

Con los billetes nuevos y crujientes, Casiano compró ropas a Natí en la gran tienda «La Guaireña». Ella se las iba probando y vistiendo en un trascuarto del registro. Cuando se levantó el ruedo para ponerse el calzón de mezclilla, Casiano entrevió, después de mucho tiempo, qué firmes y torneados muslos morenos tenía su mujer. Hasta un collar de abalorios, una peineta enchapada con incrustaciones de crisólitos y un frasco de perfume le compró. La sacó de allí emperifollada como una verdadera señora de capilla. El se compró un par de alpargatas, un poncho calamaco, un solingen, un pañuelo para'i y un sombrero de paño.

En un espejo manchado del registro se vieron las figuras. Un hombre y una mujer paquetes, emperejilados como para una función patronal.

Salieron que no eran ellos.

Con los últimos patacones comieron también a la cajetillo en una fonda céntrica. La primera comida decente después de meses de comer raíces y sandías podridas arrancadas al pasar en los cocués hechos taperas.

Iba a ser también la última. Pero aún no lo sabían. Su ingenuo entusiasmo por el nuevo destino les tapaba los ojos.

—A lo mejor, Natí, no es tan malo allá como se cuenta —dijo Casiano, satisfecho, mirando la calle a través de las rejas de la ventana.

—¡Dios quiera, che karaí —murmuró Natí con la cabeza gacha sobre el plato vacío, como si dijera amén.

4.

Al amanecer, la columna se puso en marcha para cubrir las cincuenta leguas que había hasta el yerbal, después de cruzar la serranía de Kaaguasú.

Tardaron menos de una semana en llegar, arreados por los repuntadores a caballo, que a gatas los dejaban descansar algunas horas por noche. Pronto consumieron sus provisiones. Tomaban agua al vadear los arroyos, como los caballos de sus cuidadores.

Antes de entrar en la selva virgen, cruzaron por un vado el río Monday. Era el portón de agua de los yerbales. Algunos todavía hacían bromas.

—¡Mondá... y! ¡Agua de los ladrones! ¡Enjuáguense la boca, los mitá!

Los hombres quisieron bañarse. No los dejaron. Había apuro.

Los perifollos de Natí habían vuelto a su condición de andrajos. La paquetería masculina de Casiano y de los otros, también. La selva igualadora arrancaba a pedazos toda piel postiza, toda esperanza. Las puntas de las guascas trenzadas y duras como alambre, las picaduras de garrapatas y mosquitos, de víboras y alacranes, los primeros temblores de las fiebres, los primeros remezones del temor, los despertaron a esa realidad que los iba tragando lenta pero inexorablemente.

Algunos quedaron por el camino interminable. Los repuntadores probaban a levantarlos a punta de látigo, pero el vómito negro o la ponzoña de la ñandurié era más fuerte que ellos. Los dejaban entonces, pero con un poco de plomo en la cabeza, para que se quedaran bien quietos y no se hicieran los vivos, así de entrada.

Los que marchaban delante oían de tarde en tarde, a sus espaldas, el tiro del despenamiento. Era un compañero menos, un mártir más, un anticipo que se perdía en un poco de bosta humana.

Ahora lo sabían. Pero ya era tarde.

—¡Erramos, Natí! —dijo Casiano mientras marchaban—. Caímos de la paila al fuego...

—¡Qué cosa..., che karaí!

—Pero no te apures... ¡Sólo estaremos un tiempo!

Los ojos verdosos de ella estaban turbios. Dos hojas estrujadas, como esas que iban pisando los caballos de los repuntadores sobre la tierra negra de la picada rumbo a Takurú-Pukú.

5.

El yerbal era inmenso. Nadie conocía sus límites. Cualquier rincón podía ser el centro. El poder del habilitado Aguileo Coronel se extendía implacable sobre toda la extensión del feudo, a través de mayordomos, capataces y capangas, a lo largo del río, de los esteros, de las picadas, de los puestos más lejanos.

Del otro lado del Paraná comenzaban los yerbales de las Misiones argentinas. Los mensús paraguayos pensaban en ellos con nostalgia, como los condenados del infierno deben pensar en el Purgatorio.

Aguileo Coronel surgía de pronto en los desmontes, la cara oscura bajo el casco blanco, erguido en su tordillo manduví, vigilando el paso de los mineros que desfilaban por el pique de a veces más de legua y media, doblados bajo su carga de hojas de ocho arrobas, dos veces más alta y diez veces de más bulto que la piltrafa de piel y hueso que jadeaba debajo.

A menudo se le ocurría controlar el pesaje del raído desde el caballo, siempre flanqueado por Juan Cruz Chaparro, comisario de la empresa, que también lo era del pueblo de Takurú-Pukú. Tuerto y corpulento, picado de viruelas, Chaparro era la odiosa sombra del habilitado, tal vez más odiada que él mismo. Lo apodaban a sus espaldas Juan Kurusú, o Kurusú, simplemente, porque era eso: la sombra de la cruz en que penaban los peones. Y también porque la punta del látigo de Chaparro sabía vibrar rápida y mortal como la víbora de la cruz.

El romanaje era donde la autoridad de Aguileo Coronel resplandecía en todo su poder. En ese momento, más que en ningún otro, porque allí se tasaba el precio del sudor y del esfuerzo que eran necesarios para raer de la mina esas ocho arrobas de hojas y acarrearlas de picada a picada, por leguas y leguas, en un fardo atado a la frente con coyundas de cuero crudo.

Solo cuando las agujas de las romanas se hundían hasta el fondo, el diente de oro del habilitado brillaba en una mueca. Las libras de más eran despreciadas. Pero si faltaba una sola, Coronel mandaba rechazar la carga con grandes gritos que retumbaban en el desmonte, en las espaldas, en los huesos del inútil, con los ecos de los guascazos de Chaparro.

Era un día perdido. Había que arañar más de la mina en busca de las ocho horas justas. Por eso, al final de la jornada, los mineros se alegraban cuando veían brillar en lo alto esa mueca colmilluda, ese pequeño relámpago de oro encendido desde abajo por la aguja de las romanas en el agujero de la boca del habilitado.

—¡Cabal eté, che patrón!…

Todos arrejaban por traer las libritas de más, para recibir ese premio, aunque no se anotaran en las planillas.

En las noches se recortaba, pequeño y retacón, contra el fuego de los barbacuás, viendo a los peones chamuscarse las manos en el overeo del ramaje. La sombra alta de Chaparro, detrás.

Arriba, encaramado en la boca centelleante del horno, hasta el urú los contemplaba enbrujado, como un pájaro o una serpiente de dos cabezas, descuidando su tarea de vigilar el sapecado.

Ni el urú se libraba a veces del coletazo del teyú-ruguai de Chaparro. Uno de ellos resbaló y cayó una noche al fuego, en medio de una discusión con el comisario. Nadie intentó rescatarlo porque ya al caer, el 45 de Chaparro lo había fulminado de un tiro en la sien. Mientras el cuerpo del urú se retorcía y crepitaba en las llamas, Kurusú aullaba que el miserable, el muy desgraciado, el hijo de mil putas había querido saltar sobre el patrón machete en mano. Todos sabían que el urú, arriba, no tenía machete.

Aguileo Coronel lo hizo callar con un gesto. En el silencio que siguió, se sentía el chisporroteo de las hojas y la respiración del fuego zumbando en la boca del horno, en medio del olor de la carne quemada y del humo verde y ácido que hacía llorar los ojos a las sombras agachadas. Contra el resplandor del barbacuá, el ojo tuerto de Chaparro brillaba azul sobre el hombro del patrón, espiando la recua de fantasmas inmóviles y atemorizados que lagrimeaban en el humo.

Aguileo Coronel miraba fijamente el fuego viendo cómo se crispaba y saltaba entre las hojas el urú muerto. Ya lo reemplazarían. Siempre había uno nuevo. Nadie llegaba a viejo. No se les escapaba nadie.

6.

Al principio, sin embargo, Casiano y Natí no la pasaron del todo mal. Ella se conchavó en el pueblo, en uno de los expendios particulares de caña. El paulistano Silveira y su mujer, dueños del boliche, eran considerados con ella. Muchas veces Natí lloró a escondidas sobre el hombro de Ña Ermelinda, que la consolaba con su vozarrón machuno. La tenían como a una de la familia. Y Natí para pagarles su bondad trabajaba como un hombre en el alambique o en el mostrador.

A Casiano lo pusieron a canchar la yerba en una de las barracas de etapa. También estaba mucho mejor que los otros, aunque un poco menos bien que Natí. Atacaba mboroviré durante todo el día y muy frecuentemente hasta la medianoche, si es que no lo mandaban trepar de imaginaria a la boca del horno, en reemplazo del urú, para vigilar la quemazón. El vio caer al fuego al capataz herido de muerte por el balazo de Chaparro. Así que sabía a qué atenerse. No se podía cometer el más ligero descuido.

Como canchador o como imaginaria del urú se desempeñaba a satisfacción de los capataces. Por eso al comienzo los peones le tomaron cierta ojeriza. Pero él seguía trabajando con algo muy semejante a buena voluntad, sin mezquinar el cuerpo al trabajo, sin reparar en las agotadoras jornadas de 14 y 16 horas, porque había un momento de la noche o de la madrugada en que después de andar más de una legua al trote, podía tumbarse junto a Natí, en el galpón del expendio, entre las bordalesas, cerca del embarcadero.

Ella se levantaba a calentarle el yopará frío, cubierto por la pella de sebo, o le asaba sobre las brasas unas tiras de charque, o le tostaba una espiga de maíz. Casiano comía sin ganas, mareado por el tufo del fuego que había respirado durante horas, tundido por el esfuerzo que se le emposaba en los tendones haciéndolo temblar de la cabeza a los pies con ramalazos de chucho. O tal vez fuera ya la malaria que le estaba pudriendo la sangre con sus huevos malignos.

Natí le pasaba las manos por los pegoteados cabellos. A la luz de los carbones encendidos hablaban más con los ojos que con las palabras, y en la oscuridad con solo estar juntos. No necesitaban más para comprenderse, puesto que entre un hombre y una mujer todo está dicho desde el comienzo del mundo. Ellos se juntaban y apoyaban en esa humilde comprensión de plantas, de animales, de seres purificados por la desgracia. Sus vidas podían romperse juntas, pero no separarse. Eso era lo que tal vez su cariño les hacía creer.

Se acostaban muy apretados sobre el pirí sintiendo el pulso de la correntada entre las toscas, entre sus dos cuerpos, hasta que el sueño los encajaba, los mezclaba aún más el uno en el otro, y se iban como piedra hasta el fondo.

Así transcurrió el primer año. Fue como un siglo. Pero ellos por lo menos estaban juntos.

7.

Al comienzo del verano llegó a Takurú-Pukú uno de los dueños de la compañía en visita de inspección.

Los mensús lo supieron por el arribo del barco blanco y afilado que habían visto remontar el río a ras del agua como una garza real con las alas desplegadas.

El habilitado, el comisario, la cadena de capataces y capangas, a lo largo y a lo ancho del yerbal, todos se pusieron muy activos, más torvos y exigentes que nunca.

Sólo por eso sabían que el gran patrón había llegado.

A él no lo vieron. Desde la administración a las minas más lejanas se rumoreó el nombre del gringo. En labios de la peonada sonaba igual al nombre del santo patrono de la yerba, que había dejado la huella profunda de su pie en la gruta del cerro de Paraguarí, cuando pasó por el Paraguay, sembrando la semilla milagrosa de la planta, de esa planta antropófaga, que se alimenta de sudor y sangre humana.

—¡Oú Santo Tomás!

—¡Oú Paí Zumé!

Se susurraban unos a otros los mineros bajo los fardos de raído, con un resto de sarcasmo en lo hondo del temor casi mítico que difundía la presencia del gran Tuvichá extranjero. El patrono legendario de la yerba y el dueño de ahora del yerbal se llamaban lo mismo.

El yate de míster Thomas volvió a irse aguas abajo, esquivando como al vuelo las rompientes.

8.

Apenas se apagó su estela, Aguileo Coronel mandó que las expendedurías privadas de caña pasaran a poder de la administración. No iba a haber más mostrador que el de la empresa.

Algunos se resistieron, entre ellos Silveira, quien por ser paulistano creyó poder capear la situación. Pensó que era un capricho de Coronel y que se le pasaría.

—Es cosa del gringo —dijo Ña Ermelinda—. Coronel no hace nada sin orden del míster.

—Eu fico aquí —bravateó Silveira, en su media lengua luso-guaraní.

—No te van a dejar, Alfonso —le previno su mujer con el vozarrón extrañamente ahuecado por un presentimiento—. ¡Ellos quieren quedarse con todo!

—¡Eu fico aquí..., aunque sea cabeza pr'a baixo!...

Lo mataron a tiros una noche cuando cerraba la puerta del boliche. Quedó, pero *cabeza pr'a baixo*. Como los que no eran extranjis y se animaban a desafiar el poder de Coronel.

Natí contó en secreto a Casiano que había visto al propio Chaparro, detrás de un árbol, disparando contra el brasilero. Como cuando asesinara a mansalva al urú en el barbacuá. Las huellas de su 45 eran, por otra parte, inconfundibles, tanto que como en una agüría maliciaban que el ojo izquierdo y azulenco le daba al comisario Kurusú su endiablada puntería.

—No necesita apuntar —dijo un mensú, y su frase se convirtió en refrán—. El ojo empayenado ve más que el ojo del urukuré'á...

Las demás familias del pueblo también fueron ahuyentadas por la tolvanera de violencia que levantó la venida del pájaro blanco.

Algún nuevo tiroteo en la noche, alguna quemazón como de casualidad en las casas de los que se empeñaban en quedarse, apuró al resto. Tuvieron que malvender sus cosas y soltarse como el camalote, aguas abajo.

Aguileo Coronel confiscó así, casi de balde, alambiques, pipones, pilas enteras de bastimento, montones de cecina agusanada, para sus proveedurías. Se le podía ver en la ventana de la administración contemplando el éxodo con aire de triunfo. El colmillo de oro brillaba en la penumbra.

Con el último grupo de familias que cruzó el río y emigró hacia Foz de Yguasú, se fue la viuda del paulistano.

9.

Casiano y Natí envidiaban a los que se iban. Ellos no podían. No tenían para malvender más que su sudor, pero el débito de la cuenta chupaba íntegro los jornales de Casiano. No había forma de achicarlo, de hacerlo desaparecer. A todos les pasaba lo mismo. por más que hacían, sólo ganaban para salvar los gastos de comida y de ese poquito de olvido que era la caña. Las ropas costaban más de diez veces de su valor real. Por eso la deuda del anticipo quedaba siempre intacta. Estaba allí para atramojar al mensú. Era su cangalla. Ya no lo soltaba. Solo bajo tierra podía zafarse de ella.

Ahora lo sabían. Pero ya era tarde.

Casiano y Natí tuvieron que levantarse un toldito con ramas y hojas de pindó. Ella pasó a trabajar en la proveeduría.

Y una noche entra acaso y le dice:

—Voy a tener un hijo.

Casiano no sabe si alegrarse o ponerse más triste. Encuentra al fin una cara alegre para su tristeza.

—Bueno... —dice solamente.

Ha olvidado que puede tener un hijo. ¡A buena hora le daban la noticia! Sin embargo, debe de ser bueno tener un hijo. La sangre se lo dice con ese nudo en la garganta que no le deja hablar. Debe de ser bueno, aunque sea allí en Takurú-Pukú, donde solo las cruces jalonan las picadas. Ve sobre los carbones los ojos oscuros de Natí enredados en ese misterio que está germinando en ella, lo único eterno que pueden hacer un hombre y una mujer sobre la tierra, aunque sea en tierra de cementerio.

Entonces dice:

—Ahora hay que pelear por él.

—Sí —dice Natí.

—Si es hombre lo vamos a llamar Cristóbal. Como su abuelo...

El anciano de barba blanca, que había fundado Sapukai con otros agricultores el año tremendo del cometa, atravesó la crujiente pared de palmas y les sonrió en la oscuridad. Se tomaron las manos. Natí sintió que las de él estaban húmedas. También los ojos del mensú suelen echar su rocío, que es como el sudor del ánima sobre las penas cuando todas desde adentro le pujan por ese poquito de esperanza atada al corazón con tiras de la propia lonja, más difícil y más pesada que el fardo del raído.

Sí, la vida es eso, por muy atrás o muy adelante que se mire, y aun sobre el ciego presente. Una terca llama en el barbacuá de los huesos, esa necesidad de andar un poco más de lo posible, de resistir hasta el fin, de cruzar una raya, un límite, de durar todavía, más allá de toda desesperanza y resignación.

Ahora Casiano y Natí lo saben sin palabras, entre un anciano muerto y un niño que aún no ha nacido. Ahora también saben por qué su pueblo lejano se llama *Grito,* en guaraní. Recuerdan la última vez que vieron a Sapukai, agujereado salvajemente por las bombas.

Están bien despiertos. El viento de la noche araña las paredes de pindó. La correntada pulsea las barrancas.

—A lo mejor, podemos llegar a tiempo para que te desobligues allá...

Por eso Casiano trabajaba con ahínco. Hago con todo mi cuerpo un brazo, una mano, un puño..., pensaba. Vivo apretando los dientes. Quiero que el haber de mi cuenta gane al débito. A lo mejor, puedo saldar al fin la deuda de aquel anticipo de 300 patacones. A lo mejor, la trangalla queda desarmada y vamos a poder escapar, regresar, sin nada, pero con ese hijo que está por nacer.

—¡Tan lindo sería, che karaí! —murmuraba Natí, como aquella vez en la fonda, con la cabeza gacha sobre el plato vacío, aunque ahora sin tanta seguridad, solamente para que Casiano no sufra.

—Y se habrán olvidado de lo que pasó.

—Tal vez. Van para dos años, Casiano.

—Puedo trabajar otra vez en la olería. O de no, en nuestra kapuera. Estará dando bien el algodón y el maíz. Puedo probar también el arroz en el bañado.

—Sí...

Tratan de engañarse, como si soñaran despiertos. Pero el tolondrón de las bombas se abre delante de ellos tragando esa kapuera llena de maleza o de seguro recuperada por el fisco, con todo lo clavado y plantado por el puerco revolucionario Casiano Jara.

No paró aquí el despinte para ellos. Se podía decir que recién comenzaba.

10.

En el pueblo abandonado sólo quedaron unas cuantas mujeres. Avejentadas prostitutas al extremo de su degradación, o viudas que se volvían tales para seguir subsistiendo.

Natí clareó entre ellas, joven, robusta, de nuevo lozana por la naciente maternidad que aún no salía de caja.

Juan Cruz Chaparro le echó encima el ojo tuerto.

Kurusú no era un atarantado. Tenía paciencia. Sabía tomarse su tiempo. Si habían pasado casi dos años para descubrir a la guaina del sapuqueño entre el rezago del mujerío, bien podía esperar un poco más. Total el tiempo en Takurú-Pukú no pasaba para él. Además, en medio de la abyecta sumisión del hembraje, le gustaba esa hembra un poco dura de boca al tirón de la rienda. Se la iba a poner blandita como la boca de una yegua parejera. Pero despacio, sin dar mucho que ver; no fuese a despertar la voracidad siempre pronta de Coronel, abriéndole los ojos sobre la presa.

El primer resultado fue que a Casiano lo mandaron a acarrear leña para los barbacúas, el trabajo más cruel del yerbal; más todavía que el acarreo del raído. El peso de la carga era también de unas ocho arrobas como mínimo, pero en lugar del fardo de hojas aterciopeladas, los troncos hacían sangrar la espalda del mensú a lo largo de su caminata de leguas por picardas y remansos selváticos.

Casiano ya no podía venir por las noches a tumbarse junto a Natí en el toldito de palmas. Se tenía que construir pequeños refugios de ramas donde le tomara la noche en medio del monte, o los torrenciales aguaceros. Sólo alguna que otra vez llegaba desgajado por las convulsiones de las fiebres, con los hombros y las paletas enllagados, comido por las uras y los yatevús.

El todavía no sospechaba lo que estaba ocurriendo. Creía en un cambio desgraciado de su suerte. Lo había estado temiendo siempre.

—Tenía que suceder. Vivimos bien mucho tiempo... —dijo a Natí, tratando de consolarla y consolarse.

Pero ella sabía la causa del cambio. Cuando curaba con remedios de yuyos y unto sin sal las espaldas llagadas de su hombre, no veía las huellas de los troncones sino el rastro sangriento de las espuelas de Chaparro, que se estaba poniendo cada vez más cargoso, aunque todavía le daba por ese galanteo lento del mata-mata que disfruta con el mareo de su presa, mientras la va atando e inmovilizando con hilos de baba.

11.

Una tarde, en el monte, salió al encuentro de Casiano. Estuvo a punto de pecharlo con el caballo.

A boca de jarro también le dijo:

—Jara, me gusta tu mujer. Te doy por ella 300 patacones...

El ojo tuerto tenía el color de la ceniza. Casiano, doblado bajo los troncos, empezó a tiritar.

—Y puede ser también que te deje ir de aquí —agregó el comisario con un gesto amistoso—. Si pagas tu deuda.

La carga de leña de Casiano era ahora la que parecía temblar en un ataque de malaria. El, abajo, tenía la boca amoratada, con aquellos dientes que le crujían como si estuvieran mascando tierra.

—Habla. ¿No te gusta el trato?

—No..., no... —tartamudeó Casiano con una voz tan débil y lejana, que Chaparro se dio vuelta creyendo que le hablaba otro.

—¿Por qué?

—Es... mi... mujer... —castañeteó la boca agarrotada.

—Ya sé, vyro. Por eso te estoy ofreciendo 300 patacones... Ni uno más ni uno menos. Tu deuda en la administración. Podrás pagar y volverte a tu valle. A nadie se le ha presentado una bolada como ésta en Takurú-Pukú. Por lo menos desde que yo soy aquí autoridad.

—No...

—¡Hay que aprovechar! ¡Que es una concubina, últimamente!

—No es mi concubina... Estoy casado con ella...

Chaparro tuvo una explosión de risa.

—¡Casado con ella! ¡Ja!... ¡Es lo mismo, vyro maleta! Concubina o esposa, aquí es lo mismo. Mujer, al fin y al cabo. Con un agujero entre las piernas. Eso no más es lo que vale..., si es linda...

—Va a tener...

—¿Qué es lo que va a tener?

—¡Un hijo!... —tembló la voz bajo la carga de monte.

Era una confesión ridícula, absurda; algo así como la debilidad sentimental de un condenado a muerte. Sin embargo, surtió su efecto; un efecto también absurdo y ridículo.

—¿Un hijo?

—Sí... Está de cuatro meses...

—Entonces quiere decir que yo estoy tuerto de los dos ojos. Para no ver...

Parecía una charla de comadres a la puerta de una iglesia.

—Vamos a esperar entonces un poco más.

Se fueron los dos por la picada. Chaparro delante, con la pierna enganchada en la cabeza del recado. Detrás, el fardo de troncos arrastrándose casi a flor de tierra, sobre las patas de una cucaracha.

12.

—¡Tenemos que escapar de aquí! —le dice esa misma noche.

Se lo repite varias veces, mientras tiembla. Ella piensa al principio que es el delirio de la fiebre. Pero después de pasarle el ataque, él continúa insistiendo roncamente.

—¡Tenemos que escapar de aquí! ¡Cuanto antes!...

—¡Cómo, che karaí!

—¡No sé..., pero tenemos que escapar!

La cara de tierra lívida tiene esa burbuja obsesiva sobre la grieta de la boca.

—¡Imposible! —murmura Natí, de rodillas sobre la estera, junto al cuerpo de su marido que parece deshuesado.

Está empezando a comprender. Como un eco de su propio pensamiento, oye que Casiano le dice:

—Kurusú me habló...

Sus ojos se encuentran como al regreso de una enorme distancia, colmados de vergüenza los de ella, de una desesperación casi rastrera los de él.

—¡Me trateó para comprarte! ¡Por trescientos patacones!...

Se carcajea furiosa, desemparadamente.

—¡El anticipo!... ¡El precio de nuestra deuda!...

Ríe como loco. Los espumarajos de rabia le llenan la boca. Nuevas contracciones lo cortorsionan con un oleaje tardío de fiebre, hasta que la cabeza empapada en un sudor viscoso se derrumba a un costado y se queda exánime, con solo ese pujido de su anhelar que le araña la garganta como una uña.

Natí trata de calmarlo. Le fricciona todo el cuerpo con vinagre y lo arropa en el calamaco andrajoso y las cobijas de bayeta, más destrozadas todavía que el poncho comprado en la tienda guaireña.

Por encima de Casiano, que respira débilmente bajo ese sueño más pesado sin duda que una selva entera de troncos, los ojos húmedos de Natí se tienden hacia adelante, escrutan el silencio, la oscuridad implacable del yerbal. Pero nada hay tan negro y callado como su desgracia.

Mira fijamente dentro de esa noche hasta sentir que se apagan los latidos de su corazón, hasta no sentir más nada.

Nada más que esas pataditas que de tanto en tanto le pulsan las entrañas.

13.

La obsesión de la fuga se incubó en Casiano como otra fiebre. Él se la contagió a Natí. En los escasos momentos en que se veían la cultivaban como una enfermedad secreta que podía ser más mortal que la otra, pero que también era la única de la cual podían esperar una problemática salvación. Por lo menos no atacaba con los espasmos, los sudores fríos y el desmadejamiento de huesos y tendones que demolían a Casiano en el estaqueo de la terciana.

Esta otra fiebre por lo menos no salía para fuera. Sólo esa temperatura alta y constante, enloquecedora, que quemaba el borde del ojo, cosía la boca y salía por el aliento.

Trataron de convencer a otros. Pero los demás estaban muy acobardados. Además, no se habían aplacado del todo los recelos con que en un comienzo habían mirado a Casiano, favorecido con casuales ventajas. De cabecilla de la rebelión en las olerías de Costa Dulce, allá lejos, había ascendido en cierto momento a imaginaria del urú en los barbacuás. En los yerbales nunca se sabía cuál era el momento en que el hombre más hombre se doblaba.

—Lo ablandó su mujer —comentaban a sus espaldas algunos compueblanos.

Ni siquiera oír hablar del asunto. Era realmente una locura. Los más amigos trataron a su vez de disuadirlos. Por eso Casiano y Natí decidieron arrejar ellos dos. Por el hijo.

—No quiero que nazca aquí... —pensaba y decía continuamente Casiano.

En eso también los dos estaban de acuerdo.

Por su parte, Juan Cruz Chaparro parecía decidido igualmente a esperar; se lo había dicho al mensú en el monte. Miraba engordar tranquilamente a Natí del ombligo para abajo, sin molestarla más. A veces no más que una sonrisa burlona; la de quien se divierte a solas con su propio pensamiento. Otras, daba incluso la impresión de haberla olvidado por completo. Pero en ocasiones la insultaba en la proveeduría, sobre el jarro de caña, como si su gravidez le molestara tanto o más que la degradación de las prostitutas, a quienes también injuriaba soezmente cuando se le cruzaban en el camino.

Casiano y Natí planearon minuciosamente cada detalle de la fuga. Estudiaron los movimientos de los capangas, el mecanismo de la vigilancia, las rutas posibles, las tretas que se podían emplear, las probables debilidades de sus centinelas, sus propias limitaciones. Sólo esa impotencia evidente les daba cierta ventaja. Si hombres probados no habían podido burlar la inmensa trampa de ríos, montes y esteros, menos aún lo podrían un hombre comido por la malaria y una mujer encinta.

Durante días y noches se movieron mentalmente en ese laberinto del que solo ellos tenían la clave. Pero también a ellos a veces se les escapaba la punta del hilo y entonces caían en una oscura desesperación, sintiéndose ya perdido en la selva, acorralados por los perros contra los esteros, cazados a tiros por los perseguidores.

Cuatro meses habían pasado desde el encuentro de Casiano y Chaparro en la picada.

El momento propicio pareció llegar cuando Aguileo Coronel bajó a Villa Encarnación para unas diligencias, nadie sabía de qué carácter, y Juan Cruz Chaparro fue a Foz de Yguasú para vigilar con el jefe del desguardo el contrabando de yerba que se hacía periódicamente por allí.

Si perdían esta oportunidad, no habría de seguro otra en quién sabe cuánto tiempo. Era mucho más de lo que Casiano y Natí hubieran podido esperar. Tal vez demasiado. Una tentación que parecía fabricada por el mismo Añá. No se recordaba en Takurú-Pukú, en muchos años, una ausencia simultánea del habilitado y del comisario. Siempre solía quedar uno de ellos. Podía incluso tratarse de una emboscada.

Casiano y Natí se escaparon esa noche.

14.

Al amanecer el capataz del acarreo notó la ausencia del sapuqueño. Pensó en el ataque de malaria, aunque no era su día. Por las dudas avisó a los capangas de la comisaría.

Por las dudas, las comisiones se movilizaron en su busca.

No tuvieron que rastrear mucho. A pocas leguas del poblado lo encontraron en un desmonte viejo, arrodillado junto a Natí, que se estaba retorciendo con los dolores de la parición.

Al principio no la vieron a ella. De cara al sol, Casiano gesticulaba implorando ante los negros caballos. A su lado estaba el hacha. No había ninguna matula de viaje, ni avíos para una larga marcha. Sólo esa parturienta que se revolcaba en la maleza con los dientes apretados por entre los cuales se filtraban sus quejidos.

Los capangas se sintieron un poco desconcertados. Eso no se parecía a una fuga. Así que no tuvieron necesidad de balearlos. Por las dudas, sin embargo, uno quedó de guardia. Los demás se volvieron, riéndose a carcajadas del chasco. Por un momento, las risas de los capangas que se alejaban y los estertores del parto tejieron un extraño contrapunto en ese agujero del monte.

A mediodía llegó una carreta. Casiano no podía salir de su asombro, ante ese inconcebible rasgo de humanidad. Pareció que iba a ponerse a llorar de la emoción.

Con el picador, un mensú como él, alzaron a Natí, que seguía retorciéndose, y la pusieron en el plan. Regresaron. El capanga iba detrás, vigilando.

Durante el traqueteo del viaje, nació la criatura. Casiano se sacó los sudados despojos de su camisa y envolvió con ellos al recién nacido.

—¡Cristóbal, Natí!...

Los vagidos eran fuertes, como pequeños gritos.

—¡Jho..., che rá'y!

Hasta el rostro del capanga a horcajadas en el caballo, volvía a tener una expresión vagamente humana, mientras su sombra caía sobre la cuna rodante del carro.

A Casiano lo metieron preso en el cepo de la comisaría. Por las dudas. Hasta que llegaran de regreso el patrón y el comisario, pues, a pesar de todo, había algunos indicios sospechosos en la actitud del mensú.

En el cepo, por tres veces, los temblores de la terciana descuajaron sus huesos. Pero ni aun así lo soltaron. Tampoco le dejaban ver a su mujer ni a su hijo.

Entre uno y otro temblor volvió Chaparro. Pero sólo diez días después llegó el habilitado en una lancha que traía a remolque una chata corral donde se hacinaba el nuevo cargamento de mensús enganchados en los puertos de abajo.

15.

Una silueta ensotanada entró en el calabozo. La mancha negra se movía a ciegas en la oscuridad buscando al preso.

—¿Dónde estás, mi hijo?... —farfulló en voz baja.

Los pies tropezaron contra la pesada madera del cepo. Se le escapó una palabrota, que estranguló en un siseo piadoso. Al trastabillar, para no caer se apoyó con las manos sobre la masa yacente y blanda del cautivo. Se acuclilló junto al hedor. Las manos tantearon el cuerpo. La cabeza en el cepo silbaba penosamente a través de la boca rota por una patada del comisario durante los primeros interrogatorios.

Se agachó sobre ella.

—Soy el Paí de Encarnación, mi hijo —susurró la voz deformada como por un exceso de piedad—. Me han traído para confesarte...

Esperó un rato. El preso seguía inmóvil, con su penoso estertor.

—Te van a ajusticiar al amanecer por haberte querido escapar. Yo he procurado salvarte la vida, defenderte. Pero parece que no hay caso. Están muy enojados... —se interrumpió de nuevo—. Todos tenemos que morir, mi hijo. No se muere en la víspera, sino el día marcado por Dios. Es necesario que te prepares. Me vas a contar todos tus pecados..., con toda confianza. Para que pueda perdonarte y rezar contigo por la salvación de tu alma... Te van a estaquear sobre las hormigas, para que te coman vivo. Si me cuentas quiénes se iban a escapar contigo, te prometo que voy a conseguir con ellos que no hagan esa barbaridad. Y si me cuentas todita la verdad, a lo mejor te perdonan la vida...

El preso sólo echaba a la cara del otro el aliento rancio de su boca rota. El cura se apartó un poco y escupió con asco.

—¿No vas a hablar? ¿No vas a confesarte? —se corrigió en seguida.

Entonces el preso empezó a balbucir palabras a borbotones, agitándose en el cepo. Largos párrafos incoherentes, voces de mando, reconcentradas frases de despedida. El nombre de Natí surgió muchas veces. Luego otra vez las órdenes frenéticas como para un asalto. El cuello se le hinchaba por el esfuerzo en el orificio del cepo, que parecía a punto de ahorcarlo. Las palabras morían en los espumarajos de los estertores.

Con un ademán de fastidio, no colérico ni siquiera irritado sino aburrido, el otro se levantó y salió dejando al preso que volvía a desbarrancarse en su chapurreo de enajenado.

Afuera lo esperaba Chaparro.

—Lárguenlo... —ordenó el habilitado con la cara chorreada, sacándose a tironazos la sotana—. Ese está más loco que mi abuelita. Perdemos el tiempo con él.

—Aunque sería bueno liquidarlo ahora —sugirió el comisario—. Ya está sobrando aquí. Tiembla más que trabaja. Y más ahora, si se le reviró el juicio. Un buen estaqueo serviría como ejemplo.

—No —dijo Coronel—. No es un ejemplo propasarse con un infeliz.

—Para aprovechar la bolada no más... —insistió Chaparro.

—¡Lárguenlo, he dicho! —bramó Coronel poniendo punto final a la discusión. Sus labios gruesos y lampiños de mestizo temblaban de ira.

Los hombres estaban extrañados.

Un rato después, entumecido por los quince días de cepo, el cuello quemado por el agujero de la madera, Casiano Jara salió tambaleando de la comisaría. Hacía extraños visajes con los ojos cocinados por la luz.

16.

A Coronel le daba a veces por rasguear la guitarra y cantar desentonadamente algunas polcas, para «recordar sus tiempos».

Esa noche estaba en vena. Se empeñaba en sacar de la guitarra y de su memoria una nueva canción, de la que todavía no se mostraba muy seguro.

Chaparro y los demás capangas, que se habían reunido para celebrar el regreso del patrón, lo escuchaban entre serviles y dicharacheros. Chaparro hacía bromas sobre el cura y sobre el mensú que había perdido el juicio en el cepo. Se notaba que quería borrar la mala impresión de la tarde, rehabilitándose festivamente con el patrón. Pero éste no le hacía caso, luchando con la guitarra.

El jarro de guaripola andaba de mano en mano en el ruedo machuno del corredor.

Afuera, la tiniebla empezó a tiritar en un suave aguacero.

—Escuchen esto, lo'mitá... —dijo Coronel—. Un nuevo compuesto que aprendí en Villa Encarnación. Nuevito. Recién se canta por allá. Especial para nosotros... El Canto del Mensú. Todavía no sé muy bien, pero algo va a salir...

> *... Anivé angana, che compañero,*
> *oré korazó reikyti asy...*

Balbuceó la voz aguardentosa, llena de tristeza. Acaso el cantor recordaba su juventud, sentía su vida muerta, más muerta y perdida aún que la de los mensús. Volvía una y otra vez torpemente, tal un escolar desaplicado, al estribillo del canto, mezclando las palabras que faltaban o sobraban en las divisiones de la melodía.

—¡Nos hacen la propaganda! —dijo Chaparro—. ¡Para fomentar el turismo hacia los yerbales!...

Se rieron a carcajadas. Coronel sudaba y se desgañitaba sobre el brazo de la guitarra, buscando la medida del Canto del Mensú, entre muecas y pucheros como si de pronto fuese a llorar.

Acodada en la ventana, una mujer contemplaba el ruedo, escuchando el canturreo. Los largos cabellos le caían sobre el hombro. No se le veía el rostro. El reflejo de un farol empujaba su sombra y la echaba a los pies de los hombres. La miraban de reojo de tanto en tanto, sin atreverse demasiado.

Después desapareció.

El canto estropajoso se perdía en la oscuridad rayada por la lluvia.

... ore korazö reikïi asy...

17.

De rodillas en el toldito de palmas, Casiano levanta al crío. Queda un momento tembloroso, aferrado al trozo palpitante y dormido de su propia carne, cuyo nacimiento ha frustrado la primera huida y ha metido su cuello en el cepo. *No quiero que nazca aquí...* Pero aquí ha nacido, en lo hondo del yerbal, como ese canto que había podido escapar, pero que ahora suena de nuevo en la boca nefanda.

El crío rompe a lloriquear. Natí acaba de atar con varios nudos el bulto con el avío para la marcha. Lo hace lentamente, como si luchara entre dos contrarios sentimientos.

—¡Vamos! —la apura Casiano.

—¿Y la lluvia, che karaí?

—¡No importa! ¡Vamos!

—¡Por Cristóbal! ¡Es demasiado chico!

—¡Tenemos que llevarlo..., sacarlo de aquí!

La mujer dobla la cabeza, contagiada por esa otra fiebre que brilla en los ojos mortecinos del hombre con una fuerza casi sobrehumana.

Salen uno detrás del otro, él con el niño en brazos, arrastrando a la lenta madre. Sus sombras agachadas y cautelosas dan un largo rodeo y se pierden en el monte.

A sus espaldas, el canto tartajea con voz de borracho:

*... Oimé aveiko ore-kuera entero
ore sy mimí jha ore valle jhovy...* *

18.

—¡Se acabó la música! —dijo Coronel levantándose.

Los otros también se levantaron.

—Ahora voy a tocar mi otra guitarra... —agregó el habilitado, ojeándolos con esa mueca entre sádica y desvalida, de la que sabía asomar el diente enchapado—. Vengan, les voy a mostrar la encarnacena que me traje...

Entró. Chaparro y los otros se quedaron en la puerta esperando.

—¡Flaviana! —llamó.

De la habitación contigua salió la mujer. Con un leve contoneo avanzó lentamente unos pasos. El vestido floreado se le ajustaba al cuerpo. Los largos cabellos negros la hacían aparecer más alta y opulenta.

—Flaviana, quiero que te vean un poco mis compís. Vení más acá... —le indicó el farol que colgaba del lecho.

Se adelantó hacia el redondel luminoso. Una sonrisa jugaba en la boca grande y carnosa, casi de

---

* *... También nosotros tenemos
nuestras madres y un valle natal...*

mulata. Los ojos debían de ser negrísimos porque no se le veían.

—¡Con esta no fallo! —alardeó el habilitado—. ¡Tiene las clavijas de seda! ¡Siempre está bien templada!... ¿Ayepa, Flaviana? —la halagó pechándola un poco con el abdomen.

—No sé... —dijo ella en un movimiento que hizo ondear los cabellos. La voz se le parecía. Cálida, opulenta, sensual.

Los hombres, apelotonados en la puerta, estaban inmóviles.

—A ver, sácate un poco la ropa. Quiero que te aprecien bien...

Ella se quedó seria. No se decidió pronto. Pensó que era una broma del patrón.

—Desnúdate, te digo... —ordenó la voz algo estridente de Coronel—. Total, ellos son de confianza. Sácate el vestido...

Él mismo le pegó un tirón que rompió los breteles. Los senos saltaron afuera. La muchacha se agachó. Los cabellos le cubrieron la cara. El vestido se deslizó a lo largo del cuerpo, se trancó un poco en las anchas caderas. Un rápido contoneo lo ayudó. Cayó al suelo, cubriendo los pies descalzos. Bajo el vestido estaba completamente desnuda.

19.

Caminaron toda la noche a marcha forzada. Cada vez que Casiano caía, Natí lo ayudaba a levantarse, le infundía fuerzas, lo empujaba sin descanso en esa marcha enloquecida y desesperada, que se abría paso en la selva por picadas y desmontes.

El alba lamió poco a poco las tinieblas, puso de pie a los árboles chorreantes, coloreó pedazos de cielo donde había cielo y mostró esas dos sombras que iban huyendo de espaldas a la creciente luz, chapaleando en los arroyitos rojos que había dejado la lluvia.

Al salir a un descampado escucharon más nítido el canto de los gallos. Se miraron a un mismo tiempo con esperanza y espanto.

—¿Oís, Casiano?

—Sí... Desde hace un rato. No quería creer.

—Seguro estamos llegando a un pueblo.

—No... Falta mucho.

—¿Y esos gallos?

—No sé...

Casiano bajó la cabeza. Estuvo a punto de derrumbarse nuevamente. Natí también comprendió de golpe. Creían haberse alejado bastante, pero ahora descubrían que habían estado dando vueltas todo el tiempo alrededor del poblado de Takurú-Pukú, como atados a un invisible malacate, embrujados por su magia siniestra. Ahora comprendían por qué durante toda la noche los ladridos de los perros se apagaban a la distancia en la lluvia y reaparecían una y otra vez en distinta dirección. Igual que el retumbo del río. Y esa rara sensación de que la tierra era la que caminaba bajo el agua, girando gomosa sobre sí misma sin ir hacia ninguna parte.

Era el único detalle que no habían previsto en sus planes, lo único que no habrían podido siquiera imaginar o soñar.

Tal vez eso a pesar de todo los salvaba por ahora, pues las partidas iban a buscarlos sin duda mucho más allá de ese radio de apenas una legua, donde ningún «juido» se hubiera atrevido a permanecer. Pero estaban los perros y ellos no se engañaban tan fácilmente.

Siguieron corriendo a la deriva, siempre de espaldas a la claridad que crecía con los rumores, de espaldas a esas lúgubres clarinadas que anunciaban a los fugitivos el amanecer de su perdición.

Se internaron en un bañado crecido con el chaparrón de la noche. Las aguas cenagosas fermentaban bajo las veteaduras rojizas que habían dejado los raudales.

Los dos fugitivos avanzaron en dirección a una franja de monte, hundiéndose hasta las rodillas en el barro, sofocados por los miasmas, sin intentar defenderse siquiera de las picaduras de los insectos que flotaban en miríadas entre el vapor escarlata de las emanaciones. Natí llevaba al crío envuelto en los andrajos empapados de su manto. Casiano iba delante abriéndose paso con el machete entre las cortaderas.

—¡Es un karuguá! —gimió Natí en un soplo, con la visión anticipada de tembladeral tragándose a los tres.

—No... Hay arena debajo... —mintió él a sabiendas para tranquilizarla.

Se detuvieron a tomar aliento junto a un islote donde sobresalían entre el matorral varias matas de tártago y llantén. Natí con gran esfuerzo se puso a arrancar algunos cogollos. Casiano la miraba boqueando, hundido hasta las caderas en el caldo pestilente e hinchado del tremedal.

—¡Vamos ya! —dijo.

—Voy a llevar esto. Es bueno para tus llagas...

Una matraquita empezó a crepitar en la maleza del islote con un ruido semejante al chasquear de varias rodajas de hueso en una vaina de cuerno. Casiano y Natí se miraron de golpe.

—¡Mboi chiní! —murmuraron al unísono.

El irritado chasquido del crótalo les erizó la piel con la urticación del pavor, arrancándolos al momentáneo descanso. Natí alzó en alto al crío instintivamente, para defenderlo de las mordeduras de la cascabel. Ya la veían saltar sobre ellos por el aire. Casiano procuró despegar los pies de la ventosa del barro. Resbaló y cayó desapareciendo por completo de la superficie.

Por un instante, que a ella se le antojó interminable, Natí no vio de él más que una o dos burbujas que se rompieron en fofas explosiones. Avanzó unos pasos y manoteó en el agua gelatinosa, tratando de no mojar al crío, pero ya Casiano se incorporaba tambaleante, negro de barro, arrojando barro negro por la nariz y la boca.

—¡Vamos…, vamos! —tartamudeó entre sus arcadas.

Se alejaron hacia la punta del monte, chapoteando en el agua negra, pechando el vaho rojizo e irrespirable del bañado, que los fue desdibujando con encanecidas pinceladas.

Las aguas se cerraron poco a poco sobre el rosario de ampollas que reventaban flemosamente sobre el barro. Junto al islote sólo quedaron los estrujados cogollos de llantén.

20.

Alrededor de las estacas del toldito destruido, los perros atraillados gruñen ferozmente husmeando y colmilleando entre los restos del pequeño hogar desmantelado a culatazos y a puntapiés.

Más que perros semejan cerdos flacos y hambrientos hozando frenéticamente sobre los vestigios de una frustrada comilona, los que recién ahora al advertirlo, al sentirse burlados como cerdos, se están transformando en perros cervales para el venteo de los fugitivos, cuyo olor acabará de seguro por llenar toda la extensión del yerbal en esos olfatos infalibles.

Los pavonados hocicos frotan los restos de ropa, el jergón de guiñapos esparcidos sobre la estera que servía de cuna al recién nacido, algún plato de barro, alguna ollita de hierro desportillada. Los perros plañen husmeando el hueco de los cuerpos esfumados, las siluetas incorpóreas estiradas allí como en el estaqueo y encarnándose de nuevo bajo el afán sanguinario de esas pupilas de ámbar que relampaguean zigzagueantes a ras de la tierra negra y húmeda.

Por encima de las cadenas de las traíllas que hinchan y amoratan las muñecas de los capangas, las caras también están hinchadas y amoratadas. Especialmente, la del habilitado, por la falta de sueño, por el exceso de caña, de cópula. Pero sobre todo, por la rabia sorda que le provoca la fuga de ese mensú a quien mandó sacar del cepo y perdonó la vida.

Juan Cruz Chaparro lo mira de reojo con un gesto de suficiencia.

Cansado de desgañitarse apostrofando a sus hombres, Aguileo Coronel está ahorquetado sobre sus cortas piernas en un torvo silencio del que sólo se mueve para lanzar un salivazo amarillo sobre los restos del ranchito. Colmillea también contra el viento echando un visteo por el contorno. El diente de oro no se apaga. Adrede lo deja secarse al aire en una mueca casi cabalística. En sus momentos de buen humor suele decir que cuando él quiere sobre el enchapado le hormiguean señales como las de una palanquita de telégrafo. Ahora no luce precisamente buen humor, pero se ve que está esperando en el morse del colmillo alguna puntada indicadora.

—¿Qué esperan, cabrones? —vocifera de pronto con un grito de lata.

Los capangas se ponen en súbito movimiento tironeando de los perros. Chaparro les aúlla rápidas órdenes, entre los ladridos de la jauría.

—¡Rastreen hacia el sur! ¡Toda la costa del río! ¡Seguro procurarán pasar al otro lado! Un chasque irá a Morombí avisando a todos los puestos del interior!... ¡Usted, Lovera! ¡Vamos..., listos, pues!

—¡A su orden, mi jefe! —dice el interpelado.

Los hombres corren hacia la comisaría donde ya están ensillados los caballos.

—¡Leguí!... —grita aún Chaparro.

Un hombre de gran sobrero pirí se para en seco y regresa.

—¡Nosotros iremos hacia el Paso del Monday!

—¡Sí, mi jefecito!... —responde el ensombrerado, evidentemente satisfecho y orgulloso por lo que para él significa una distinción. Pronuncia las palabras con dificultad. Tiene los labios rajados.

—¡Yo le dije luego, patrón! —mascula Chaparro al pasar frente al habilitado.

Este no le responde y regresa lentamente hacia la administración.

A poco, el suelo de Takurú-Pukú retiembla en todas direcciones bajo el redoble de los cascos, los disparos de los winchesters y el ladrar de los perros.

En la comisaría, con el cuello en el cepo, está el centinela que abandonó la guardia para acercarse furtivamente a la administración y contemplar a través de la ventana la silueta desnuda de la encarnadera.

Ahora ella también, abotagada por el sueño, con cara de borracha bajo el enmarañado bosque de pelo, sale al corredor atraída por el estruendo, sin entender lo que pasa.

21.

En vez de tirar hacia el sur, los perros empezaron a rastrear hacia el norte, sobre las vueltas de ciego dadas por los fugitivos alrededor del poblado.

Los capangas estaban desorientados. Todo sucedía al revés de lo que esperaban. Algo inexplicable dislocaba el mecanismo habitual del rastreo. Los perros llegaban hasta el estero de aguas fangosas hinchadas por la lluvia, pero allí perdían el olor de los fugitivos entre las pútridas emanaciones. Y volvían a empezar. A la tercera vuelta inútil, las jaurías fueron obligadas a latigazos a costear el río hacia el sur, cada vez más lejos, para flanquear los montes y bañados impenetrables.

Las espectrales siluetas no aparecían por ninguna parte.

22.

Dentro de la isla boscosa, el estero desembocaba en un riacho. Casiano y Natí lo vadearon, sin encontrar ningún lugar que les pareciera relativamente seguro. Al fin, en un recodo, entre un denso remolino de plantas acuáticas, se detuvieron. Casiano no podía más. El ataque estaba contragolpeándolo ya por adelantado, al cabo del esfuerzo sobrehumano que había tenido que realizar.

Sobre las gruesas raíces de un ingá se sentaron, sin sacar los pies del agua estancada entre las barrosas orillas. La copa inclinada del ingá volcaba sobre ellos su goteante bóveda de follaje. El crío rompió a llorar como dentro de un pozo. Natí le dio de mamar, jadeando todavía.

En ese momento escucharon por primera vez los lejanos ladridos, del otro lado del estero. Entre las negras y viscosas raíces como entre los tentáculos de una kuriyú, Casiano temblaba delirando con los dientes apretados, bajo nubes de mosquitos y jejenes que Natí procuraba en vano espantar. Hasta el crío lo miraba, calladito, como con lástima.

—¡Nos van a agarrar!...

—¡Se van, che karaí! —musitó ella, desencajada.

—¡Nos van a agarrar... tarde o temprano!

Los ladridos se alejaban de verdad. Por dos veces más los escucharon, a intervalos parejos, en la misma dirección. Los perros seguían girando. Después no volvieron a oírlos más, salvo él en su delirio, mientras se retorcía bajo la helada y tiritante quemadura de las convulsiones.

—¡Los perros!... ¡Oís los perros..., cómo ladran!...

Natí apretaba a su hijo y se apretaba a su hombre, procurando infundirle su calor en lo hondo de la húmeda caverna de hojas que ya estaba caldeada como un horno por el sol del mediodía, aún invisible para ellos. Un tornasolado vapor humeaba en la penumbra.

Cuando se le pasó la fiebre, Casiano sintió hambre. Natí sacó de su matula un trozo de cecina y se lo alcanzó. Él lo apartó de sí con un instintivo gesto de repulsión, friccionándose aterrado las muñecas.

—¡Es charque no más, che karaí!

Poco a poco, esforzándose mucho, tomó la tira de carne seca y la empezó a masticar maquinalmente, pero cada vez con más ánimo, a pesar de los labios rotos, muy hinchados. Luego los dos se hartaron con la fruta sedosa y agridulce del ingá.

Más repuesto, Casiano se agachó sobre el agua negra y lodosa. Ella creyó que iba a beber. Sólo extrajo del fondo un puñado de arcilla y la entregó a Natí para que le masillara las llagas de la espalda en las que se cebaban los mosquitos. Después se embadurnó todo el cuerpo, de la cabeza a los pies, con esa capa nauseabunda. Finalmente, tomó el crío para que Natí también pudiera forrarse de lodo. Ella movió la cabeza.

—Todavía tengo ropa —dijo.

—No es solamente contra los mosquitos —insistió él—. Es también contra los perros... Para que no nos huelan... —parecía recuperarlo de esas ráfagas que lo enajenaban por momentos.

Entonces Natí se agachó a su vez sobre el agua y extrajo el barro saturado de catinga vegetal. Lo fue extendiendo sobre las ropas, sobre la cara, sobre los brazos y las piernas, como si revocara con adobe una tapia de estaqueo. Solo dejó limpio el lugar de los senos.

Parecían dos negros disfrazados para el torín de San Baltazar. Dos propios cambarangáes, macho y hembra, con todo y el embeleco de un niño blanco robado para el candombe.

—Tenemos que seguir... —dijo alcanzándoselo otra vez a Natí.

—¿Pero hacia dónde? —preguntó alelada.

Casiano tampoco lo sabía. Ignoraba en absoluto dónde se encontraban. Ese riacho tal vez era un afluente del Paraná. Pero podía dar a una simple laguna, a otro bañado, a cualquier parte.

Casiano apartó el brocal de hojas de la caverna y comprobó la posición del sol, parpadeando enceguecido por la salvaje claridad.

—Está cayendo hacia allá... —balbució señalando la dirección opuesta al riacho—. Vamos a seguir hacia el poniente. Puede ser que alcancemos el Monday. La costa del Paraná debe estar muy vigilada. Vamos a ir por el monte...

Se le estranguló la voz. Con la luz, el pánico tornaba a caer sobre él sofocándolo.

—Vamos… —farfulló.

Dejaron el refugio y se internaron en la selva. Dos lastimosas siluetas con su disfraz de barro hediondo, el blanco de los ojos volteando a todos lados en busca de una brecha. Una iba delante tambaleando con el machete, como ensayando una contorsión propiciatoria; la otra detrás, con una laucha humana, calladita, entre sus brazos.

23.

Ellos, pues, un hombre que apenas puede ya aguantar un machete y una mujer que ya apenas puede sostener a su hijo, están intentando por segunda vez lo imposible. Se arrastran hacia la caída del sol.

Lo que les traba el lento avance y les cierra el paso no es tanto el yavorai inextricable, no tanto la fatiga, el hambre, la sed, la consunción, los remezones del desaliento. Lo que les hace cada vez más pesada la huida es el miedo, ese miedo lleno de ojos y oídos finísimos, que crece en ellos y se derrama hacia afuera, salido de madre. Van chapoteando por dentro de un estero, un estero lleno de miasmas, con islotes poblados de víboras que hacen sonar sus colas de hueso. Talonean inútilmente para despegarse de las ventosas del tremedal. Su propio miedo es lo que ven alrededor; las imágenes de su miedo. Se arrastran soñando despiertos en una pesadilla. De pronto surge ante ellos la figura del habilitado sobre el inmenso tordillo manduví. Surge y se apaga entre los reverberos de los matorrales, con ese único y terrible diente de oro que brilla bajo el sombrero. O es la silueta del comisario Kurusú la que aparece a horcajadas sobre el lobuno. O los capangas al galope volando sobre el agua negra, atravesando el monte entre los disparos de los winchesters. Tal vez las alucinaciones de los dos son distintas, pero el pavor es el mismo como son idénticos sus destinos.

La mujer lo sigue con ese envoltorio en los brazos del que a ratos escapa un berrido. A veces se dejan caer en la maleza. Quedan largo rato acezantes evitando mirarse a los ojos, porque entonces el terror de cada uno se duplica. Después se reincorporan y continúan la marcha interminable.

Horas y horas, las de dos días y dos noches, hace que se vienen arrastrando en esta pesadilla. Pero ellos ya han olvidado el comienzo. Tal vez vienen huyendo desde la eternidad. Y ahora no saben si se alejan realmente o siguen dando vueltas de ciego alrededor del pueblo muerto del yerbal, alrededor de un cráter tapado por la selva, con esos gallos que rompen de pronto a cantar, uno sobre cada sepultura...

24.

Juan Cruz Chaparro avanza al tranco, seguido por el capanga de gran sombrero de paja. El ojo tuerto se arrastra sobre la maleza que cubre la picada.

—Esos ya habrán cruzado el Paraná... —dice aburrido el capanga Leguí—. Nadie se va a animar hacia aquí. ¿Por qué no vamos hacia Las Palmas, mi jefe?

—No te apures, cumpá... —gruñe el comisario, sin despegar la vista de la podredumbre de hojas que cubre el suelo de la picada—. Por ahí parece que hay rastros nuevos.

—Yo no veo nada —dice el capanga.

—Hay que mirar, pues, arruinado.

—Por lo menos hubiéramos traído a León...

Ahora escuchan un sofocado vagido. Los hombres se miran, prestando atención.

—Parece lloro de criatura —dice Leguí, arrojando un chorrito de saliva por la hendija del labio.

Pero casi simultáneamente al vagido, encubriéndolo y prolongándolo, como si hubiera brotado de él para hacerlo olvidar en seguida con su timbre vivo y feroz, se escucha el rugido silbante de un onza.

—¡Yaguareté-í, katú! —exclama el comisario, desenfundando el 45 y escudriñando en dirección al rugido.

25.

Acurrucados entre los espinos, el hombre y la mujer oyen las voces de sus perseguidores y los rugidos del onza. Las máscaras de tierra están desencajadas por el terror.

Ella tiene apretada la boca del crío contra sus flácidas mamas. Desde donde están pueden ver el onza agazapado en la horqueta de un tataré, gruñendo y mostrando los agudos colmillos, dispuesto a saltar de un momento a otro sobre ellos.

Están atrapados entre dos fuegos, entre dos clases de fieras. Casi prefieren que los destroce el onza.

Las pupilas relumbran en la penumbra del follaje. Los flancos manchados se inflan y desinflan nerviosamente, azotados por la cola anillada y cortona. Las crucecitas fosfóricas se clavan ahora en los jinetes, intuyendo el peligro.

El comisario también descubre al onza. Hace avanzar el montado, que se encabrita ante el husmo de la fiera.

—¡Vamos, pues, arruinado! —refunfuña el comisario, encajándole un espuelazo.

Extiende el brazo con el revólver. Apunta sin apuro, con ese ojo ceniciento que parece arrimarle los bultos. Al salir el onza, hace fuego. Herido de muerte en la cabeza por el plomazo, cae a pocos pasos del lobuno del comisario, pega un último bote y queda inmóvil con las trémulas zarpas agarradas al aire.

—¡Jhake raé! —exclama admirado Leguí, acercándose y lanzando al cadáver del onza un certero chorrito—. Si le falla el tiro, el bicho nos cae en la cara...

—Yo no fallo nunca... Agarralo. Vamos a llevarlo —ordena Chaparro, soplando sobre el tambor del 45 con una mueca de satisfecha vanidad. Por lo menos, el yaguareté-í.

El gran sombrero desmonta despacio con el hombre flaco debajo. Se arrima al onza y lo tantea de a poco, como si fuera un tizón encendido y temiera quemarse en un descuido.

—¡Py'ayú! ¡Agarralo, pues! —le grita el comisario.

El capanga se apura como si hubiese recibido un guascazo. Recoge por las patas el cadáver manchado, lo levanta con esfuerzo y lo amarrada a la argolla de recado. El tiento se suelta y entonces debe recurrir al lazo. Lo ata con muchas vueltas, irritado, a golpes, para desahogar su humillación. El insulto del comisario le ha dado en lo vivo. El onza queda colgado del flanco del caballo como una gorda longaniza, de la que solo se mueve la cabeza.

—¡Vamos, pues, Leguí! —le grita de nuevo Chaparro, volviendo grupas al lugar de la fácil muerte y regresando por la sinuosa picada comida por el monte.

El capanga monta y espolea a su caballo haciéndole pegar un brinco que expresa la vaga irritación del jinete. La goteante y colmilluda cabeza va zangoloteándose sobre el anca del caballo.

26.

Aplastados entre los espinos, Casiano y Natí no pueden comprender todavía esa extraña jugada de su suerte, en la que el onza y el comisario se han pulseado para salvarles la vida. Eso se pregunta Natí sacando la mano que apretaba la cara del crío semiasfixiado, cuyos vagidos la regresan a la realidad. A ella, porque él está de nuevo como ido, con ese delirio que le mana a borbotones por la boca. Sus ojos brillan turbios de tierra, pero no por la fiebre. Natí lo mira tristemente mientras da de mamar al crío. Piensa que eso se le ha de pasar. Es la ceniza de la muerte que le ha caído sobre el ánimo.

—¡Pronto, Natí! —clama entre dientes, con esa luz mortecina en los ojos.

—¿Qué hay, che karaí?

—¡Ya va a salir el tren!

—¿Qué tren? —tiembla la voz angustiada.

—¡Mañana caerá Asunción!...

—¡Casiano!

—¡Vamos a atacar a sangre y fuego!... —insiste tercamente el ronquido alucinado por entre los labios rotos.

—Sí... —no se atreve a contradecirlo.

—¡Vamos a luchar por un poco de tierra! ¡Por nuestra tierra!

—Sí...

—¡Para que no sigan jugando con nosotros!... —la exaltación le crispa por entero—. ¡Allá están los mandones!... ¡Vamos a aplastarlos!...

Natí se arrima a Casiano y rodea con un brazo la pobre máscara de tierra que se desploma sobre su hombro.

27.

Hacia el anochecer llegaron al río. Se arrojaron de bruces en la orilla, bebiendo largamente como bestias. Natí reconoció el vado del Monday, que habían cruzado de ida al yerbal. Recordó las palabras de Casiano. *Solo estaremos por un tiempo...* No sabía aún si había acertado.

El agua disolvió la costra de barro. Los rostros cadavéricos se fueron humanizando. Natí bañó a su hijo, en el mismo lugar donde a ellos les habían prohibido que se bañaran.

Casiano estaba callado ahora, mirando a su hijo. Pero nada decía.

Natí encendió fuego después de luchar largo rato con los húmedos fósforos de la proveeduría. En una latita que sacó de su envoltorio, hizo unos cocimientos para las heridas de Casiano. Estaban en una depresión de la barranca, pero ella se manejaba ya como en la cocina de su rancho. Tomó el machete y se internó en el agua hasta llegar a unas plantas de maíz de agua. Comieron los bulbos de las victorias-regias. Después los tres durmieron muy juntos, bajo el toldo de ramas que fabricó Natí.

28.

Al alba un tintineo de hierros la despertó sobresaltada.

Pensó al principio en los herrajes de los caballos. Por entre el claro de las ramas vio los bueyes de una carreta bebiendo en el vado. El rejón de la picana oscilaba sobre la yunta haciendo vibrar suavemente las argollitas.

Natí se levantó y se acercó corriendo al picador para pedirle que los llevara, si viajaba rumbo a algún poblado. No lo vio pronto. Estaba sentado en el cabezal de la carreta vacía, como dormido, con la quijada hundida en el pecho. Era un hombre muy viejo y muy arrugado. Natí tuvo que alzar bastante la voz para que la escuchara.

—¿Hacia dónde va, che rú?

Ella entendió como que el viejo le decía a Itakuruví. El corazón le dio un salto. Era un pueblo de la cordillera, no lejos ya de Sapukai. Pero el viejo pudo haberle dicho cualquier otro nombre. Su voz era ininteligible, más vieja que él. No parecía voz humana, sino un gorgoteo de viento o de agua en una grieta de la serranía.

—Somos dos... Mi marido y yo... Tenemos un hijito... ¿Quiere llevarnos? —preguntó a gritos.

El viejo asintió levemente. Entonces le vio fugazmente los ojos. Brillaban con una vivacidad casi juvenil que hacía chocante las arrugas, la voz cavernosa, esa lentitud de cien años enredada a sus miembros. Pero Natí no podía ahora fijarse en esos detalles. El viejo la impresionó bien. No tenía el estigma del yerbal. Eso era suficiente.

Fue a despertar a Casiano. Él ya esperaba de rodillas, detrás del toldito de ramas.

—¡El abuelo Cristóbal viene a buscarnos!... —murmuró extrañamente excitado.

Natí reparó entonces en que el viejo realmente era muy parecido al abuelo.

—¡Vamos, che karaí!

Tomó al crío, Casiano la siguió dócilmente, aunque tambaleándose todavía. Natí lo ayudó a subir. Después fue a traer el machete. Desmanteló el toldito y se trajo también la brazada de ramas que acomodó en el plan a guisa de colchón para Casiano.

Entre tanto, el viejo había tendido un cuero de vaca sobre las corredoras como toldo. Natí no lo vio hacer, así que supuso que lo habría puesto mientras ella levantaba el pequeño campamento. Tal vez también el cuero estaba allí desde el comienzo y ella simplemente no lo había visto. El viejo no daba señales de haberse movido.

29.

La carreta subió la barranca chirriando agudamente en los ejes. Los bueyes, muy flacos, uno barcino y otro oscuro, se movían a tranco lento pero infatigable. Campos, montes, llanuras, se deslizaron bajo sus patas. Los chillidos de los ejes cambiaban de tonalidad, quejándose en las arribadas con gritos de kirikiríes.

Durante tres días la carreta rodó por los caminos con ese chillido de pájaro de rapiña en los ejes y el tintineo cantarín en el rejón de la picana, que ni una sola vez tocó el lomo de los bueyes.

Sólo se detenía para que los animales y pasajeros bebieran en los vados, para sestear bajo los árboles y desde la medianoche hasta el alba, para que unos y otros descansaran. Pero el viejo no parecía tener sueño ni hambre ni cansancio. Tampoco hablaba. Natí no volvió a oír su voz en todo el viaje. A veces lo miraba encontrándolo de verdad asombrosamente parecido al abuelo muerto, pero acaso era porque lo veía con los ojos de Casiano. Cada vez estaba más sugestionada por él.

Así ese viaje acabó pareciéndole otro sueño, adormilada la mayor parte del tiempo por el suave traqueteo, entre esos dos diferentes, monótonos, incesantes sonidos y esos dos extraños y diferentes silencios, el del viejo sentado en el cabezal, el de Casiano tendido de bruces sobre las ramas, viendo pasar la tierra a través de las junturas de las tablas.

A los costados del cuero de vaca, ella veía pasar el cielo despejado o con nubes, cambiando de color con la luz. A veces se le antojaba que iban muertos los cuatro en la caja rodante de la carreta. Cuando el crío lloriqueaba de hambre, ella le daba el seno, sin levantar la cabeza, sin dejar de mirar ese cielo que caminaba sobre ellos, hamacándose en los barquinazos.

Subieron y bajaron las cuestas coloradas del Kaaguasú. Al amanecer del cuarto día, el viejo tendió el brazo. Casiano y Natí se incorporaron sobre el colchón de ramas. A lo lejos se abría ante ellos resplandeciente el valle de Sapukai con el cono del Cerro Verde en el centro. Divisaron el pueblo al costado de las vías. Vieron los escombros ennegrecidos de las ruinas, los restos del convoy revolucionario, el cráter de las bombas, sobre el que se agitaban hombres diminutos como hormigas.

El viejo les dio a entender con señas que se apearan. Natí y Casiano estaban muy emocionados para intentar siquiera agradecerle.

La carreta continuó viaje y desapareció en un recodo del camino.

Ellos bajaron hacia el pueblo. Casiano iba delante como deslumbrado, el sol ardiéndole en las espaldas llenas de cicatrices. Pronto llegaron a las primeras casas. Las gentes los miraban pasar con las miradas vacías.

—¡Vamos a Costa Dulce..., a nuestra casa!... —dijo Natí, suplicante.

Casiano no pareció escucharla. Avanzaba con las piernas rígidas, galvanizado por esa obsesión que se le había incrustado en el cerebro como una esquirla de las bombas y que había entrado en actividad el último día del yerbal.

Natí desde atrás podía adivinar el brillo alucinado de los ojos. Lo siguió sumisamente. Al final de una vía muerta, entre árboles talados y quemados por las ráfagas de metralla, había un vagón menos destruido que los otros.

Hacia allí se dirigieron.

V
Hogar

Luego de traquetear bastante tiempo por el camino de tierra lleno de baches, que culebreaba entre plantíos de algodón y caña-dulce, como a tres leguas del pueblo viró de pronto y metió el camión por un atajo hacia la isleta boscosa donde estaban las ladrillerías. Eso fue un poco después de haber pasado el leprosario. Varias figuras macilentas asomaron a los marcos sin puerta de los ranchos o despegaron de la tierra sus deformes cabezas, bajo los árboles, gritando roncamente a nuestro paso:

—¡Adiós, Kiritó!

Cristóbal Jara solo agitó hacia ellos su mano en señal de saludo.

¿Y esos? —le pregunté.

No me respondió. No pareció oírme siquiera. Me volví. Unos cuantos chicuelos desnudos, con los vientres enormes, siguieron un trecho al camión correteando y alborotando con sus chillidos de pájaros enfermos.

El hombrecito retacón que venía en la parte trasera les hacía cómicas morisquetas. Después se sacó de los bolsillos algunas galletas y las fue arrojando una a una.

—¡Vito, lo'mitaí! —gritó varias veces.

Los chicos ventrudos se dejaron caer al costado del camino y se revolcaron en la arena de las huellas disputándose las galletas.

Entre los ranchos vi la cabaña redonda de troncos levantada muchos años atrás por el médico ruso que había fundado la leprosería, un tiempo antes de su inexplicable fuga. Lo veía de nuevo arrojado del tren a golpes y puntapiés por los furiosos pasajeros, cayendo de rodillas sobre el rojo andén de tierra de la estación de Sapukai, acusado de haber querido robar una criatura.

Allí estaba su casa, intacta, acaso un poco más negra con esa costra escamosa que deposita el tiempo en la madera. No más que la casa, porque él se había esfumado y nadie sabía dónde estaba. Después de tantos años, los sobrevivientes continuaban esperando empecinadamente quizá el regreso de su benefactor. Testimonio de esa espera lo daban su desamparo, esas criaturas que iban naciendo y creciendo entre las pústulas, ese pequeño pueblo de desdichados de Costa Dulce, que se iba desarrollando a espaldas del otro, como una joroba tumefacta, entre los harapos de monte.

Pensé que en cada rancho habría de seguro como reliquia una imagen destrozada a hachazos, aquellas que el doctor degolló un poco antes de irse tal cual había venido.

Un tumbo del camión me volvió a la realidad.

—Dicen que los leprosos suelen caer a veces a las farras del pueblo. ¿Es cierto eso?

Mi acompañante volvió a ignorarme, a no oírme.

Un poco antes de la leprosería estaba el cementerio. Vimos a una mujer atareada carpiendo los yuyos entre las cruces. La ayudaba un muchacho rubio y de ojos celestes.

El hombrecito le gritó también:

—¡Adiós, María Regalada!

El camión siguió traqueteando por un buen rato. Por fin llegamos a una limpiada entre cocoteros. Debía de ser su lugar de estacionamiento habitual porque el limpión estaba cruzado en todas direcciones por las huellas viejas y nuevas de las gomas. Del otro lado de la isleta divisé el cobertizo de paja, chato y largo, de la olería, el horno para cocer los adobes, el malacate donde se molía y desmenuzaba la arcilla. A trechos se levantaban los montículos de barro seco y resquebrajado como piedra. La llegada del camión espantó a una bandada de taguatós posados en ellas. Se dispersaron chasqueando el aire con sus flojos aletazos.

No había humo ni fuego ni ruidos. Todas las olerías de Costa Dulce estaban abandonadas ahora por la sequía.

Cerró el contacto y descendió de un salto. El otro se descolgó como una oruga de una hoja. Cristóbal Jara le gruñó algo parecido a una orden. A mí, con un gesto, me hizo comprender que debíamos continuar la marcha a pie.

—¿Hasta aquí solamente? —preguntó señalando el camión, algo acoquinado por el calor.

—Está el Kaañavé —explicó el hombrecillo—. No se puede pasar.

Mi guía echó a andar. Retiré del asiento mi cinturón con el revólver, que me lo había quitado durante el trayecto. El hombrecito me miraba curioso, sin esconder su curiosidad. Mientras me ceñía de nuevo el cinto, le pregunté:

—¿Usted no se va?

—No. Yo me quedo. A guardiar un poco...
—se retrajo como arrepentido de haber soltado una indiscreción; su natural expansivo era más fuerte que él.

—¿A guardiar qué?

—Y... el camión —dijo al azar.

Me largué tras el baqueano y lo alcancé no sin apretar el tranco. Las resquebrajaduras de la tierra gredosa, blancuzca ahora con la capa de salitre calcinada por la refracción, las cortaderas duras y quebradizas con sus colgajos de polvo, indicaban la proximidad y a la vez la ausencia del agua sobre la extensión del estero evaporado.

Nuestras dos sombras se iban achicando en el sofocante mediodía, hasta que acabaron de desaparecer bajo nuestros pies, descalzos los de él, enfundados los míos en botas de campaña.

2.

Hablaba poco y de mala gana. Menos aún en castellano. Respondía con monosílabos sin volver los ojos siempre ocupados delante de sí, mirando a través de las rajaduras de los párpados zurcidos por la luz como costurones.

De él sólo sabía su nombre y algo de esa extraña historia que me habían contado en el pueblo sobre la fantástica marcha del vagón destruido a medias por las bombas.

Durante el viaje en el camión de la ladrillería, entre barquinazo y barquinazo, tenté a tirarle la lengua, traté de sobornar su silencio con esos pequeños recursos que siempre dan resultado y acaban por establecer la comunicación entre los hombres: una palmada cordial, el halago esquinado, la indirecta pregunta. Hasta conseguí que bebiera de mi caramañola algunos sorbos de caña. Pero él parecía reservar su complicidad para otra cosa. A lo sumo, la boca a veces parecía replegarse en el imperceptible amago de una mueca que no sería de burla, pero que lo parecía porque era la sonrisa de ese silencio acumulado en él y que él mismo de seguro ignoraba, pero que lo saturaba por completo.

Lo más que conseguí sacarle, cuando sesteamos en la barranca del arroyo, a la sombra de un tayí, fue el detalle de los rieles de quebracho que debían haber usado para mover el desmantelado armatoste de hierro y madera. Ensambló las manos huesudas y las desplazó sobre el suelo, despacio, sin despegarlas, con una lentitud desesperante, casi maliciosa de tan exagerada. Pensé en algo semejante a los tramos portátiles de los pontoneros. Ese detalle me trajo también el recuerdo de mi fallido examen de logística en el último curso de la Escuela Militar, una asociación absurda en ese momento, después de las cosas que habían pasado.

Pero aun esa alusión a los rieles de madera podía ser una idea mía. El gesto que quiso sugerirlo fue ambiguo. La quijada cetrina se apoyaba al hablar sobre las rodillas, mirando siempre a lo lejos al bailoteo opaco de la luz sobre los matorrales.

—¿Cómo? —le incité.

—Poco a poco... —dijo; el tajo de la boca apenas se movió.

—¿Cuánto tiempo?

Se miró los dedos de las manos sopesándolas. ¿Quiso indicar cinco o diez meses o años en la manera indígena de contar el tiempo, o tan solo la inconmensurable cantidad de esfuerzo y sacrificio que puede caber en las manos de un hombre?

—¿Por aquí fue por donde lo trajeron?

Quedó callado, encogido, rascándose con la uña el protuberante calcañar. No hubo manera de hacerle decir nada más; probablemente no sabía nada más o ya lo había dicho todo.

El arroyo, aun sin agua, me parecía en verdad un obstáculo insuperable: no tanto para el camión. Mucho más para el vagón, cuando debió cruzarlo sin puente por alguna parte, tal vez por algún vado muy playo.

—¿Se seca a menudo el Kaañavé?

—El curso principal, nunca. Este es un brazo no más.

—La sequía está durando.

—Sí.

—Así no trabajan las olerías.

—No.

Sobre el lecho arenoso centelleaban los cantos rodados y alguno que otro espinazo podrido de mojarra, cubierto de hormigas.

Pensé en el destino de ese arroyo. En el Kaañavé bebían y se bañaban los leprosos. Era el único remedio que tenían para sus llagas, el único espejo para sus fealdades. Ahora estaba seco; pero no siempre lo estaba. El afluente buscaba el tronco de agua. Luego el arroyo bajaba mansamente hacia otros pueblos. En sus recodos también bebían y se bañaban los sanos, lavaban montones de ropa las lavanderas de Akahay y Karapeguá.

Con la misma inconsciencia había pasado seguramente el vagón, indiferente a los vivos y a los muertos. Miré de improviso al Cristóbal Jara. Él pensaba sin duda en otra cosa, que no era ni el arroyo ni el vagón. Pero nada decía esperando tal vez el momento.

En eso apareció el hocico del tatú en un agujero de la barranca. Esperé a que asomara toda la cabeza, saqué el revólver y le disparé un tiro. El armadillo se hizo una bola y quedó quieto. Recogí la bestezuela que goteaba sangre y la metí en mi bolsa.

Se levantó y echó a andar de nuevo, los carapachos de los pies raspando la tierra, cada uno parecido a un achatado, córneo armadillo, como el que iba goteando a mi costado. Yo no hacía más que seguirlo pasivamente. Su espalda, llena de cicatrices, estaba aceitada de sudor bajo los guiñapos. No tendría veinte años, pero desde atrás parecía viejo. Seguro por las cicatrices o por ese silencio, que aun de espaldas lo ponía taciturno e impermeable, pesado y elástico, al mismo tiempo.

Durante horas y horas trajinamos por maciegas hervidas de tábanos y sol, espacios imprecisables entre un cocotal y otro, entre una isleta y otra de bosque, distancias difíciles de apreciar por las marchas y contramarchas. Ni una carreta, nadie, ni siquiera el pelo de algún borrado caminito entre los yukeríes y karaguatales encarrujados. Nada. Sólo el resplandor blanco y pesado rebotando sobre la tierra baja y negra, escondiendo todavía la costa del monte.

En vano estiraba los ojos. No podía ser tan lejos.

Ya había perdido la cuenta de hacia qué lado del horizonte habíamos dejado el pueblo. Tampoco podía ubicar el rancherío de los lazarientos ni la ladrillería ni el cauce del arroyo. Entré en sospecha de que el baqueano me estaba haciendo caminar más de lo necesario. Lo haría para despistarme; acaso para aumentar el valor de su trabajo. Vaya uno a saber por qué lo haría.

O quizá verdaderamente ese era el camino.

3.

Me costaba concebir el viaje del vagón por esa planicie seca y cuarteada, que las lluvias del invierno y el desborde del arroyo transformaban en pantano. Se me hacía cuesta arriba imaginarlo rodando sobre rudimentarios rieles de madera, arrastrado más que por una yunta de bueyes o dos y tres y aun cuatro yuntas en las lomadas, por la terca, por la indemoniada voluntad de un hombre que no cejó hasta meterlo, esconderlo, hasta incrustarlo literalmente en la selva.

Es decir, sí; ahora que marchaba detrás del guía impasible, sin otra cosa para contemplar más que las cicatrices de su espalda y las cicatrices del terreno, el cielo arriba turbio, una verdadera lámina de amianto, podía tal vez concebir el viaje alucinante del vagón sobre la llanura; un viaje sin rumbo y sin destino, al menos en apariencia razonables.

Podía ver al hombre eligiendo pacientemente el terreno, emplazando los durmientes y las pesadas secciones de quebracho, unciendo las yuntas de bueyes enlazadas al azar en el campo o en los potreros; podía verlo picaneándolas, exigiendo a las bestias escuálidas que cubrieran en esas pocas horas de la jornada nocturna un nuevo y corto tramo sobre los rechinantes listones, azuzándolos con su apagada y ronca voz, con una desesperación tranquila en sus ojos de enajenado. Así siempre, bajo el tórrido sol del verano o en las lluvias y las heladas del invierno, inquebrantable y absorto en esa faena que tenía la forma de su obsesión. Y esa mujer junto a él, contagiada, sometida por la fuerza monstruosa que brotaba del hombre como una virtud semejante al coraje o a la inconsciente sabiduría de la predestinación, atendiendo y cuidando los mil detalles del viaje, pero atendiendo y cuidando además al hombre y al crío de meses, esa pequeña liendre humana nacida y rescatada del yerbal, cuyos días iba marcando el lentísimo y por eso mismo vertiginoso voltear de las ruedas del vagón; el pequeño crío lactante transformado en niño, en muchacho, el hombre, a través de leguas y leguas y años y años y ayudándolos también a empujar con sus primeras fuerzas el arca rodante y destrozada, inmune sin embargo a la locura del progenitor, como los hijos de los leprosos o los sanos del pueblo no estaban necesariamente condenados a contraer el mal, puesto que las defensas del ser humano son inagotables y se bastan, a veces, para anular y transformar ciertos estigmas al parecer irremediables.

Todo esto podía entender forzando un poco la imaginación.

Yo sabía la historia; bueno, la parte pelada y pobre que puede saberse de una historia que no se ha vivido.

Lo que no podía entender era que el robo del vagón primero y el viaje después —ambas cosas se implicaban— pasaran inadvertidos. Ese viaje lentísimo e interminable tuvo forzosamente que haber llamado la atención; tuvo que haber transmitido su locura —como lo hizo con la mujer— a un número cada vez mayor de gente, pues era demasiado absurdo que el vagón pudiera avanzar o huir tranquilamente a campo traviesa sin que nadie hiciese algo para detenerlo; el jefe político, el juez o el cura, cada cual en su jurisdicción, puesto que hasta de brujería se habló. La delación de un simple telegrafista había bastado para frustrar la maniobra de los insurrectos y provocar la catástrofe. Pero en el caso del vagón todos se callaron. El jefe de estación, los inspectores del ferrocarril, los capataces de cuadrillas. Cualquiera, el menos indicado, habría podido alzar tímidamente la voz de alerta. Pero eso no sucedió. Una omisión que a lo largo de los años borronea la sospecha de una complicidad o al menos un fenómeno de sugestión colectiva, si no un tácito consentimiento tan disparatado como el viaje. Es cierto que el vagón ya no servía para nada; no era más que un montón de hierro viejo y madera podrida. Pero el hecho absurdo estribaba en que todavía podía andar, alejarse, desaparecer, violando todas las leyes de propiedad, de gravedad, de sentido común.

El espanto y el éxodo, la mortandad que produjo la terrible explosión, dejaron por largo tiempo, como el cráter de las bombas, una desmemoriada atonía, ese vacío de horror o indiferencia que únicamente poco a poco se iría rellenando en el espíritu de la gente, igual que el cráter con tierra.

Sólo se podía explicar que nadie notara el comienzo del viaje, o que a nadie le importara ese hecho nimio en sí, aunque incalculable en sus proyecciones, en su significación. La noche del desastre había durado más de dos años. Iba a durar mucho más tiempo aún para la gente de Sapukai, en esa especie de lenta, dolorosa, inexplicable ceguera, de estupefacción rencorosa en que se arrincona una mujer violada.

Sólo así se podía explicar que el hombre, la mujer y el niño al regreso del yerbal, al cabo de su inconcebible huida por páramos de suplicio y de muerte, hubieran logrado refugiarse primero en el vagón, convertido en su morada, en su hogar, y luego empujarlo lentamente por el campo sin que nadie lo advirtiera.

En un principio el hombre y la mujer habrían trabajado al amparo de la doble oscuridad, la del estupefacto y aplastante vacío, la de las noches sin luna; habrían trabajado sin duda hasta en las de tormenta, en las ateridas noches de lluvia y frío. Ahora se sabían o se imaginaban ciertos detalles.

Con cera silvestre encolaban cocuyos a los bordes de las ruedas para encarrilarlas sobre la almadía de quebracho. Ahora podía imaginarme la sonrisa implacable del hombre al ver voltear las ruedas en las tinieblas con las pestañas parpadeando por las motas fosfóricas de los muás. De esas ruedas untadas de fuego fatuo habría salido la leyenda de que el vagón estaba embrujado.

Durante el día, daba la impresión de estar siempre inmóvil; lo que se deslizaba o parecía deslizarse a los ojos de los demás sería la tierra, como en la lenta erosión de las barrancas.

Acabó por desaparecer.

La sugestión de su presencia persistió sin embargo en el corte que se había ido ensanchando hacia el campo. Espejismo, alucinación. Vaya uno a saberlo. Podía ser también, a su modo y a su escala, un fenómeno semejante al de las estrellas muertas cuya luz continúa incrustada en el cosmos milenios después de su extinción. Así se habrían habituado a ver el vagón sin verlo, durando con su presencia fantasmal donde ya no estaba. Salvo que la explosión lo hubiera hecho volar para dejarlo allí, enclavado a leguas y leguas de la vía muerta. Pero el vagón no voló. Se alejó lentamente, en una marcha imperceptible y tenaz sobre los rieles de quebracho. Y ya en la tierra salvaje y desierta, merodeadores, vagabundos, parias perseguidos y fugitivos, hasta los leprosos de la colonia fundada por el médico ruso, habrían ayudado al hombre, a la mujer y al chico a empujar el vagón para compartir un instante ese simulacro de hogar que avanzaba por la llanura o retrocedía hacia el pasado, sin rumbo, sin destino, pero desplazando una victoriosa, impávida, salvaje, alucinada atmósfera de seguridad, de coraje, de misterio, lo que también a ellos les comprometía a guardar el secreto.

Meras conjeturas, versiones, ecos deformados. Acaso los hechos fueran más simples. Ya no era posible saberlo. Sólo que habían comenzado veinte años atrás. No quedaban más que vestigios, sombras, testimonios incoherentes. Ese vagón hacia el cual me encaminaba, tras el único baqueano que podía llevarme hacia él, era uno de esos vestigios irreales de la historia. No esperaba encontrarlo; más aún, no creía en su existencia, muñón de un mito o leyenda que alguien había enterrado en la selva.

4.

El aire caldeado me pesaba en la nuca. El armadillo me pesaba en la bolsa, húmeda con su sangre y mi sudor. Contrariado lo extraje asido por las cortas patitas escamosas y revoleándolo sobre mi cabeza lo arrojé lejos. Cayó entre unos matorrales produciendo un quejido seco y sordo como el *jha*... de los hacheros al descargar el hacha contra el tronco. Cristóbal Jara giró sobre el rostro inescrutable y me miró por la rajita de los párpados, con esa leve mueca que no se podía definir si era de comprensión o de burla.

Llegamos a la picada. Atardecía, pero el calor todavía chirriaba entre el follaje. Yo me detuve un momento, tratando de orientarme. Hice correr un poco más adelante, sobre la ingle, la funda del revólver, para tenerlo a mano. El baqueano tornó a mirarme. Creyó probablemente que la picada me infundía cierto miedo o que sospechaba de él. Su semblante terroso era el paisaje en pequeño, hasta en los rastrojos de barba. Ahora el rictus de burla y lejanía se marcó más evidente a un costado de la boca. Tal vez no era eso; nada más que fastidio, simple apuro de llegar, para cumplir una tarea.

Porque menos que el de conductor de camión de la ladrillería, su verdadero oficio posiblemente era éste. Aprovechaba los viajes hasta las olerías de Costa Dulce para llevar de cuando en cuando, con permiso del patrón, a algún cajetillo curioso que quería ver el vagón metido en el monte. El propio dueño de la ladrillería era quien concertaba estos menudos gajes de turismo para su chófer, sobre todo ahora que por la sequía se pasaba la mayor parte del tiempo en la fonda y en el boliche bebiéndose el precio de las últimas quemas.

Cristóbal Jara, impasible como en todo, servía de baqueano al forastero, inconsciente quizá de que traficaba con algo que un sueño insensato había dejado en el monte como un vigía muerto: o acaso sabiéndolo a su modo y orgulloso de mostrar a los demás esa inútil cosa sagrada que tocaba a su sangre, como lo supe después.

Lo presentí esa misma mañana en que fueron a buscarme a la casa donde me alojaba, una fonda de la orilla cuya propietaria, inmensa y charlatana, la popular Ña Lolé, ejercía una especie de matriarcado vitalicio sobre la gente de paso por Sapukai.

Hacía poco que yo había llegado al pueblo. Yo no recordaba haber contratado el viaje. El hombrecito retacón entró en mi pieza y me despertó. Lo veía en la penumbra con la cabeza grande y mofletuda moviéndose a tientas alrededor del catre. Se acercó y me bisbiseó al oído:

—Vamos. Kiritó le espera...

Él mismo fue a la cocina a traerme unos mates. Oí que las muchachas de servicio le hacían bromas en el corredor. Algunas lo llamaban Gamarra; otras, *Medio-metro*. Este apodo era el que mejor lo retrataba. Los adiposos chillidos de Ña Lolé, desde su cuarto, espantaron al corro gallináceo. Poco después *Medio-metro* entró con el mate. Me vestí lentamente, mientras sorbía la bombilla, amarga la boca todavía por la caña, abombada la cabeza por la borrachera de la noche en el corredor del boliche con los parroquianos, desconocidos para mí. Por eso no quise preguntar nada al petiso.

Afuera estaba el camión, un Ford destartalado. Llevaba un tosco letrero con el nombre de la ladrillería y del propietario. Sobre el borde del techo se leía un refrán en guaraní pintado más toscamente aún con letras verdes e infantiles.

Subí junto al chófer y partimos. De paso, dejé constancia en la jefatura de mi imprevista excursión; estaba obligado a hacerlo. No fueran a creer que me había fugado a poco de llegar.

El aire puro y fresco del amanecer acabó de desperezarme. Me parecía ver el pueblo por primera vez. Como aquella lejana noche de mi infancia en que dormimos en medio de los escombros de la estación destruida por las bombas. Sapukai seguía obrando sobre mí un extraño influjo.

—¿Dónde estaba la estación vieja? —pregunté al guía.

Tendió el brazo hacia un baldío que estaba entre la estación nueva y el taller de reparaciones del ferrocarril. Se veían aún algunas piedras ennegrecidas. Allí, una noche de hacía veinte años, en mi primer viaje a la capital, me había acostado entre las piedras junto a la Damiana Dávalos a esperar con los otros pasajeros el transbordo del alba. Aquella noche lejana estaba viva en mí, al borde del inmenso tolondrón de las bombas, de donde parecía sacar toda su pesada tiniebla. La luna salió un rato, pero el hoyo negro la volvió a tragar.

Tendido entre las piedras aún tibias por el sol de la tarde, junto a la lavandera que dormitaba con el crío enfermo en sus brazos, me costó agarrar el sueño. Me apreté más a ella, pero lo mismo tardaba en dormirse. Su blando cuerpo de mujer turbaba mi naciente adolescencia. La voz tartajeante de un viejo en alguna parte se pasó todo el tiempo contando los pormenores de la explosión. Cuando se calló el viejo, del otro lado de un pedazo de tapia, empezaron a oírse los arrullos, las risitas y los sofocados quejidos de una joven pareja cuyas rodillas golpeaban sordamente el trozo de pared. Así que no era posible dormirse. La Damiana Dávalos también suspiraba y se removía débilmente de tanto en tanto bajo mis tanteos. Allí fue cuando entre la muerte y el recuerdo del horror, entre el hambre y el sueño, entre todo lo que ignoraba y presentía, succioné su pecho en la oscuridad robando la leche del crío enfermo que dormía apretado en sus brazos, traicionando también a medias al marido emparedado en la cárcel. Así yo había descubierto el triste amor en la oscuridad junto a unas ruinas, como un profanador o un ladrón en la noche.

Acaso en ese mismo momento, en un lejano toldito de palmas de los yerbales, este mismo Cristóbal Jara que ahora iba a mi lado, que era ya un hombre entero y tallado, buscaba entonces con sus primeros vagidos la leche materna, mientras el cuello del padre se hinchaba en el cepo de la comisaría. A veinte años de aquella noche, después de un largo rodeo, podía completar el resto de una historia que me pertenecía menos que un sueño y en la que sin embargo seguía tomando parte como en sueños.

Escupió su naco y se internó en la maleza que había invadido la antigua picada. De tanto en tanto descargaba a los costados certeros machetazos, franqueándome el paso.

5.

Cuando el levantamiento agrario del año 12 estaba prácticamente vencido, las guerrillas rebeldes, después de una azarosa retirada, se concentraron y atrincheraron en el recién fundado pueblo de Sapukai cuyo nacimiento había alumbrado el fuego aciago del cometa y que ahora se disponía a recibir su bautismo de sangre y fuego.

El capitán Elizardo Díaz, que había apoyado la rebelión de los campesinos con su regimiento sublevado en Paraguarí, tomó el mando de los insurrectos. Se apoderaron de la estación y de un convoy que estaba allí inmovilizado con su dotación completa. Ahora no les quedaba más que la vía férrea para intentar un último asalto contra la capital. En un plan desmesurado, desesperado como ese, sólo el factor sorpresa prometía ciertas posibilidades de éxito; podía hacer que el audaz ataque lograra desorganizar los dispositivos de las fuerzas que defendían al gobierno permitiendo tal vez su copamiento. Eran probabilidades muy remotas, pero no había otra alternativa para los revolucionarios. En cualquiera de los casos, la muerte para ellos era segura.

El capitán Díaz ordenó que el convoy partiera al anochecer de aquel 1.º de marzo, con toda la tropa, su regimiento íntegro más el millar de voluntarios campesinos, armados a toda prisa.

En su arenga a las tropas el comandante rebelde mencionó la histórica fecha de la muerte del mariscal López en Cerro Korá, al término de la Guerra Grande, defendiendo su tierra, como el compromiso más alto de valor y de heroísmo.

—¡Nosotros también —los exhortó— vamos a *vencer o morir* en la demanda!...

Casiano Jara había levantado a la peonada de las olerías de Costa Dulce, unos cien hombres, la mayor parte de ellos reservistas que habían hecho el servicio militar en los efectivos de línea. Casiano acababa de casarse con Natividad Espinoza. Tenían su chacrita plantada en tierra del fisco, cerca de las olerías. Natí cuidaba los plantíos, Casiano trabajaba en el corte y horneo de los ladrillos. Pero él no dudó un momento en plegarse al combate, contra los politicastros y milicastros de la capital que esquilmaban a todo el país. Por eso no le costó convencer a los hombres de las olerías. Se presentaron como un solo hombre en correcta formación por escuadras a ese valeroso capitán del ejército, tan distinto a los otros, que no había trepidado en salir en defensa de los esquilmados y oprimidos. Díaz los recibió como un hermano, no como un jefe; los ubicó en el plan de acción y confirmó en el mando de sargento de la compañía de ladrilleros al vivaz y enérgico mocetón, que se convirtió en su brazo derecho.

Los preparativos de la misión suicida se cumplieron rápidamente.

Entretanto, en un descuido, el telegrafista de Sapukai encontró manera de avisar y delatar en clave la maniobra que se aprestaba, incluso la hora de partida del convoy. El comando leal, ni corto ni perezoso, tomó sus medidas. En la estación de Paraguarí cargaron una locomotora y su ténder hasta los topes con bombas de alto poder. A la hora consabida la soltaron a todo vapor por la única trocha tendida al pie de los cerros, de modo que el mortífero choque se produjera a mitad del trayecto, un poco después de la estación de Escobar.

A último momento, sin embargo, surgió aquella imprevista complicación que iba a hacer la catástrofe más completa. El maquinista desertó y huyó. Esto demoró la partida del convoy. En la noche sin luna, la población en masa acudió a despedir a los expedicionarios. La estación y sus inmediaciones bullían de sombras apelmazadas en la exaltación febril de las despedidas. Las muchachas besaban a los soldados. Las viejas les alcanzaban cantimploras de agua, argollas de chipá y tabaco, cachos de banana, naranjas. Cantos de guerra y gritos ardientes surgían a todo lo largo del convoy. *¡Tierra y libertad!...* era el estribillo multitudinario coreado por millares de gargantas enronquecidas en la quieta noche de marzo.

De pronto, sobre el tumulto de las voces se oyó el retumbar del monstruo que se acercaba jadeando velozmente encrespado de chispas. Se hizo un hondo silencio que fue tragado por el creciente fragor de la locomotora. A los pocos segundos, el fogonazo y el estruendo de la explosión rompieron la noche con un vívido penacho de fuego.

Y bien, ese cráter hubo que rellenar de alguna manera. En veinte años el socavón se recubrió de carne nueva, de gente nueva, de nuevas cosas que sucedían. La vida es ávida y desmemoriada. Por Sapukai volvieron a pasar los trenes sin que sus pitadas provocaran siniestros escalofríos en los atardeceres rumorosos de la estación, única feria semanal de diversiones para la gente del pueblo.

6.

Pero no todos olvidaron ni podían olvidar.

A los dos años de aquella destrozada noche,

Casiano Jara y su mujer Natividad volvieron del yerbal con el hijo, cerrando el ciclo de una huida sin tregua. Desde entonces su hogar fue ese vagón lanzado por el estallido al final de una vía muerta, con tanta fuerza, que el vagón siguió andando con ellos, volando según contaban los supersticiosos rumores, de modo que cuando en las listas oficiales Casiano Jara hacía ya dos años que figuraba como muerto, cuando no por las bombas sino con un rasguño de pluma de algún distraído y aburrido furriel lo habían borrado del mundo de los vivos, él empezaba apenas el viaje, resucitado y redivivo, un viaje que duraría años, acompañado por su mujer y por su hijo, tres diminutas hormigas humanas llevando a cuestas esa mole de madera y metal sobre la llanura sedienta y agrietada.

Yo iba caminando tras el último de los tres. Veía sus espaldas agrietadas por las cicatrices. Pero aun así, aun viéndolo moverse como un ser de carne y hueso delante de mis ojos, la historia seguía siendo una historia de fantasmas, increíble y absurda, sólo quizá porque no había concluido todavía.

7.

Lo malo fue que el vagón apareció de golpe en un claro del monte, donde menos lo esperaba.

En la sesgada luz que se filtraba entre las hojas avanzó lentamente hacia nosotros, solitario y fantástico. Primero vi las ruedas semihundidas entre los yuyos, los grandes troncos morados de mazaré que calzaban los ejes impidiendo que ellas se hundieran del todo en el limo vegetal. Luego la carcomida estructura creció de abajo hacia arriba cubierta de yedra y de musgo. El abrazo de la selva para retenerlo era tenaz, como tenaz había sido la voluntad del sargento para traerlo hasta allí. Por los agujeros de la explosión crecían ortigas de anchas hojas dentadas. Vi las plataformas corroídas por la herrumbre, los pasamanos de bronce leprosos de verdín, los huecos de las ventanillas tejidos de ysypós y telarañas. En un ángulo del percudido machimbre aún se podía descifrar la borrosa, la altanera inscripción grabada a punta de cuchillo, con letras grandes e infantiles:

Sto. Casiano Amoité - 1.ª Compañía -
Batalla de Asunción

Un nombre cambiado a medias, como devorado también a medias por el verdín del olvido, con ese *Amoité* en lugar de Jara, que designaba en lengua india lo que era distante, no la lejanía solamente, sino lo que estaba más allá del límite de la visión y de la voluntad en el espacio y en el tiempo.

Era todo lo que quedaba del combatiente que había envejecido y muerto allí soñando con esa batalla que nunca más se libraría, que por lo menos él no había podido librarla en demanda de un poco de tierra y libertad para los suyos.

Trepé a la plataforma levantando una nube de polvo y de fofo sonido. Sentí que las telarañas se me pegaban a la cara. No pude menos que entrar en la penumbra verdosa. De las paredes pendían enormes avisperos y las rojas avispas zumbaban en ese olor acre y dulzón a la vez, en el que algo perduraba indestructible al tiempo, a la fatalidad, a la muerte. Me sentí hueco de pronto. ¿No era también mi pecho un vagón vacío que yo venía llevando a cuestas, lleno tan sólo con el rumor del sueño de una batalla? Rechacé irritado contra mí mismo ese pensamiento sentimental, digno de una solterona. ¡Siempre esa dualidad de cinismo y de inmadurez turnándose en los más insignificantes actos de mi vida! ¡Y esa afición a las grandes palabras! La realidad era siempre mucho más elocuente. Sobre los esqueletos de los asientos planeaba el polvo alveolado de destellos, como si el aire dentro del vagón también se hubiera vuelto poroso, como de corcho. Mis manos palpaban y comprendían. Sobre un resto de moldura vi una peineta de mujer. Sobre un cajón de querosén, había un ennegrecido cabo de vela; el charquito de sebo, a su alrededor, también estaba negro de moho. Allí el sargento Amoité, cada vez más lejano, habría borroneado sus croquis de campaña corrigiéndolos incansablemente. El silencio caliente lo envolvía todo. Estaba absorto en él, cuando oí su voz, sobresaltándome:

—Ellos le esperan. Quieren hablar con usted.

—¿Quiénes?... —mi sobresalto me drenó un regusto amargo en la boca.

No me contestó. Me contemplaba impasible. Con el sombrero pirí se echaba viento pausadamente. Por primera vez le vi todo el rostro. Me pareció que tenía los ojos desteñidos, del color de ese musgo que cubría el vagón. Los ojos de la madre, pensé. Salí tras él con la mano crispada sobre las cachas del revólver, por la plataforma opuesta a la que había elegido para subir.

Una cincuentena de hombres esperaban en semicírculo, entre los yuyos. Al verme me saludaron todos juntos con un rumor. Yo me llevé maquinalmente la mano al ala del sombrero, como si estuviera ante una formación.

Uno de ellos, el más alto y corpulento, se adelantó y me dijo:

—Yo soy Silvestre Aquino —su voz era amistosa pero firme—. Estos son mis compañeros. Hombres de varias compañías de este pueblo. Le hemos pedido a Cristóbal Jara que lo traiga a usted hasta aquí. Queremos que nos ayude.

Yo estaba desconcertado, como ante jueces que me acusaban de un delito que yo desconocía o que aún no había cometido.

—¿En qué quieren que los ayude?

Silvestre Aquino no respondió pronto.

—Sabemos que usted es militar.

—Sí —admití de mala gana.

—Y que lo han mandado a Sapukai, confinado.

—Sí...

—Sabemos también que estuvieron a punto de fusilarlo cuando se descubrió la conspiración de la Escuela Militar.

Miré las caras, una tras otra, compactas y huesudas caras de hombres de pueblo, de hombres de trabajo, los más tal vez analfabetos, pero seguros de lo que querían, iluminados por una especie de recia luz interior.

Sabían todo lo que necesitaban saber de mí. En realidad, mis respuestas a sus preguntas sobraban.

—Usted pudo ir al destierro, pero prefirió venir aquí.

Pensé que quizá únicamente la razón de esa elección se les escapaba. Pero yo tampoco lo sabía.

—La revolución va a estallar pronto en todo el país —dijo Silvestre Aquino—. Nosotros vamos a formar aquí nuestra montonera. Queremos que usted sea nuestro jefe... nuestro instructor —se corrigió en seguida.

—Yo estoy controlado por la jefatura de policía —dije—. Supongo que eso también lo saben.

—Sí. Pero usted puede venir a cazar de cuando en cuando. Para eso no le van a negar permiso. Jara lo va a traer en el camión.

Hubo un largo silencio. Cien ojos me medían de arriba abajo.

—¿Tienen armas?

—Un poco, para empezar. Cuando llegue el momento, vamos a asaltar la jefatura.

Los puños se habían crispado punto a las piernas. Bolas de barro seco. Tenían, como las caras, el color gredoso del estero.

—¿Qué nos contesta? —preguntó impávido el que decía llamarse Silvestre Aquino.

—No sé. Déjenme pensarlo...

Pero ya sabía en ese momento que tarde o temprano iba a aceptar. El ciclo recomenzaba y de nuevo me incluía. Lo adivinaba oscuramente, en una especie de anticipada resignación. ¿No era posible, pues, quedar al margen?

Me volví hacia Cristóbal Jara. Estaba recostado contra la pared rota y musgosa del vagón. Un muchacho de veinte años. O de cien. Me miraba fijamente. Las rojas avispas zumbaban sobre él, entre el olor recalentado de las resinas. La creciente penumbra caía en oleadas sobre el monte.

Bajé de la plataforma y le dije:

—Vamos...

VI
Fiesta

1.

El muchachito desató la cadena y empujó despacio el portón del cementerio, como si le faltara costumbre o fuese a entrar ahora furtivamente. El chirrido lo sobresaltó. Se quedó inmóvil con la mano quieta sobre el travesaño. Los vivaces ojillos celestes se fijaron cautelosamente en todas direcciones. En la siesta soleada, llena de silencio, hasta las casuarinas dormitaban cabeceando en los reflejos. Los animales sombreaban en el monte, el camino hacia el pueblo estaba desierto. El chico miró hacia el rancho semiescondido entre los naranjos. Una mujer asomó bajo el alero y le hizo una seña, empujándolo desde lejos. Más animado se sopló el mechón que medio le tapaba un ojo y siguió abriendo el portón. Lo hizo más despacio aún. El chirrido se puso grave y se apagó en seguida. Recogió entonces el atadito y la azada que había dejado en el suelo y entró.

Anduvo un rato entre las sepulturas, descargando aquí y allá distraídos golpes de azada sobre los yuyos. Luego, en un recodo cubierto de arbustos, dejó de simular que trabajaba y enfiló derecho hacia el rincón más alejado del camposanto, aspirando con fuerza el oleoso aroma de las flores de altamisa.

El hombre estaba tumbado entre las cruces, a la sombra de un copudo laurel macho. El chico se le aproximó y se quedó mirándole sin atreverse a despertarlo, pensando tal vez en que se parecía mucho a un muerto desenterrado o todavía sin enterrar. Después lo llamó en voz baja, casi como a un muerto.

—Kiritó…

Tuvo que llamarlo dos veces levantando la voz. Se incorporó de golpe arrancado a su sueño. Los ojos del hombre como verdín de canoa parpadearon y se clavaron en el chico, ansiosamente.

—¿Qué hay, Alejo?

—Mamá te manda un poco de comida —le tendió el atadito redondo. Se veía el plato envuelto en el trapo atado arriba con dos nudos. Algo de vapor se filtraba a los costados.

El hombre hizo un gesto de contrariedad.

—Es un poco de yopará no más… —dijo el chico.

—¿Por qué trajiste esto así? ¿Y si te hubieran visto? Nadie va a creer que traes comida a los muertos.

Los ojos desclavados del chiquilín se ensombrecieron. Agachó la cabeza y se puso a empujar una plantita de ortiga con el pie.

—Mamá no pensó…

—Le dije que no me mande nada. Ya se compromete demasiado al dejarme estar aquí.

—Tienes que comer algo, Kiritó. Hace dos días que estás sin comer nada —le volvió a tender su atadito que el hombre tomó de mala gana; de los bolsillos se sacó dos naranjas y también se las alcanzó.

El hombre desató los nudos. En el abollado plato de lata humeaba el guiso de porotos con charque. Había una cuchara de lata y un pedazo de mandioca. Empezó a comer ávidamente. Con la boca llena preguntó:

—¿Averiguó algo?

—A Silvestre y a los otros prisioneros los mandaron engrillados esta tarde en el tren.

—¿No sabe adónde?

—No. Seguro a Paraguarí. Los centinelas eran del escuadrón que vino de allá.

—¿Iban todos?

—Menos los que murieron...

El hombre lo miró hondo. La cuchara golpeó sus dientes.

—La gente les llevó comida, pero los soldados no les dejaron acercarse. No querían que se hablara con ellos.

A la avidez del hombre se mezcló de repente un aire como de inconsciente bochorno.

—Yo fui con mamá a la estación —continuó el chico con cierto inocente orgullo—. Vi a los presos. Silvestre sangraba mucho de la pierna, pero lo mismo lo engrillaron. Estaba engrillado junto con Gamarra. Le tiré una naranja. Le cayó entre las piernas. Cuando el tren se movió, él y Gamarra ya estaban comiendo la naranja, a un pedazo cada uno.

—¿Qué más averiguó? —preguntó el otro tragando los bocados casi sin masticar.

—Dice que a vos te siguen buscando por el monte. Ayer quemaron el vagón. Desde el arroyo todavía se ve el humo. Dice que antes de quemarlo cavaron todo alrededor. Seguro para ver si no había más armas enterradas.

El hombre pestañeó en una imperceptible vacilación, dejando quieta un instante la cuchara. Se le empañó la cara tras esa mueca, como si el humo del incendio del vagón hubiera caído de pronto sobre ella. No era más que el vapor opaco y grasiento del yopará.

—En el pueblo ya no te buscan más. Registraron casa por casa. Mataron a Cleto Rodas por equivocación. Estaba escondido en el pozo. Lo balearon desde arriba. Dice que ellos creían que eras vos. Le gritaron muchas veces... «¡Entrégate, Cristóbal Jara..., ya no tenés salvación!...» Después lo sacaron muerto y no eras vos...

—¿Qué más sabe? —urgió el hombre algo impaciente.

—Dice que todavía tienen guardia alrededor del rancherío de los leprosos.

—¡Si hubiera podido esconderme con ellos! —dijo el hombre casi para sí—. ¡Por lo menos hasta que se vayan ésos!

—Mamá fue esta mañana a llevarles la comida. Dice que vio a la patrulla rondando los ranchos de lejos.

—Claro, allí no se animan a entrar.

—Pero tampoco te dejarán entrar a vos. Tu cara todavía está muy entera, Kiritó. Te van a descubrir en seguida.

—¿No sabe si el camino al pueblo está vigilado?

—Ya no. Por aquí revisaron todo. Falta esto —señaló con la cabeza el cementerio—. Pero no van a pensar...

—¿Qué más? —masculló el hombre rascando el plato con la cuchara.

—También dice mamá que va a haber un baile en la Municipalidad.

—¿Baile? —el rostro cetrino se crispó de nuevo, los grumos de verdín resplandecieron.

—Para los oficiales del escuadrón.

—¿Y cuándo va a ser ese baile? —preguntó el hombre después de un instante, con repentino interés.

—El sábado por la noche.

—¿Mañana?

—Sí, mañana.

El hombre volvió a quedar pensativo. El chico lo miraba con curiosidad, sin atreverse a interrumpir su silencio.

—Alejo, decile a tu mamá que me consiga ropa. Voy a ir a ese baile.

—¿Al baile de los soldados? —exclamó incrédulo el chico, sin saber si podía reírse.

—¿Por qué no?

—¡Chake ra'é!

—Decile no más a tu mamá que me consiga la ropa. Después ya veremos. Tengo que salir de aquí...

El chico, que miraba distraídamente por entre las tacuarillas, se incorporó de un salto.

—¡Mirá, Kiritó!

Los ojos duros y sensibles del prófugo se fijaron también en la dirección que señalaba el chico. Por el camino, al tranco de sus montados, avanzaban tres jinetes con los fusiles en bandolera. Se notaba que hablaban y bromeaban entre sí. Por momentos se escuchaban risas y hasta el rumor de los largos sables al chocar contra los estrillos.

Tapados por los arbustos, el hombre y el chico observaban inmóviles. Desde lejos no podían ser vistos, pero ignoraban el rumbo y las intenciones de la despreocupada patrulla. El hombre enterró los utensilios con los restos de comida y se tumbó de nuevo entre los yuyos que crecían en la depresión de la vieja sepultura, hasta desaparecer por completo, como si realmente la tierra se lo hubiera tragado de nuevo. El chico se puso a carpir, alejándose poco a poco para despistar.

Los soldados iban pasando sin fijarse en el cementerio.

2.

A dos leguas de allí, otro hombre se hallaba tendido sobre el piso de tierra, en la prevención de la jefatura. La puerta entornada del calabozo le dejaba caer en mitad del pecho una polvorienta barra de sol que partía su cuerpo en dos pedazos sombríos. Tenía la cara vuelta, casi pegada, a la pared; solo se le veían los alborotados y pegajosos cabellos. Estaba descalzo; sus pies no eran los de un campesino. En el puño crispado sobre el pecho, el haz de sol dejaba ver unas delgadas falanges y el dorso veteado de venas azules. Dos hombres, uno con uniforme militar de campaña, lo observaban tensos, de espaldas a la luz. El par de botas granaderas cubiertas de barro seco y rasgones se desplazó con zancadas nerviosas a su alrededor. Las polainas civiles aguardaban más atrás. La voz del milico volvió a sonar bronca y estridente, tratando de disimular su cólera.

—Le repito por última vez. Es por su bien. Se está jugando la vida. Dígame de una vez lo que sepa y terminemos este asunto.

Las dos mitades del hombre yacente no se movieron; solo el puño crispado subía y bajaba en la respiración.

—¡Teniente Vera!... —barbotó el oficial—. ¿Me ha oído? —lo removió con la punta de la bota.

—Yo no sé nada... —dijo solamente sin volver la desgreñada cabeza; era una voz neutra que subía no del temor ni del cansancio, sino de una absoluta desgana parecida a la desesperanza.

—Usted sabe muy bien lo que le estoy preguntando. De nada le va a servir hacerse el desentendido ahora. Usted mismo contó todo aquella noche... —se volvió hacia el civil—. ¿No es cierto, señor jefe?

—¡Claro, capitán! No sé por qué se niega a dar los detalles —se agachó sobre él—. Aquella noche, en el boliche de Matías Sosa, usted estaba borracho, pero me enteró de lo principal.

—Lo que se dice en una borrachera no tiene valor... —la voz opaca se asordinó aún más contra la pared de ladrillos.

—¡Sin embargo, usted dijo la verdad! —farfulló el capitán—. ¿Quiere decir entonces que usted, borracho, es más digno que estando en su sano juicio? Usted estaba confinado aquí, por delito de sedición. Había dado su palabra de honor de respetar el Código y los Reglamentos. ¡Usted, Miguel Vera, todo un oficial de planta de la Escuela Militar! —el capitán se iba exaltando.... ¿Así cumplió con su honor de ciudadano y de soldado?... ¡Complicándose con esos bandidos que querían sembrar la muerte y la ruina en este pacífico pueblo!... —se contuvo con esfuerzo—. Menos mal que usted los delató.

—Yo no delaté a esos hombres... —dijo otra vez la voz monótona y lejana, que parecía venir del otro lado de la pared.

—No; usted los denunció. No hizo sino cumplir con su deber —dijo el oficial, como ayudándolo.

—Estaba borracho...

—¡No!... —gritó—. ¡Un borracho miente! En cambio, todo lo que usted dijo resultó cierto. La montonera existía... ¡Usted mismo se prestó a adiestrar a esos maleantes, les enseñó el reglamento de combate y hasta la fabricación de explosivos! ¡Es una falta gravísima!

—¡Usted se metía en el monte con el pretexto de ir a cazar, engañándome a mí, que respondía por su lealtad! —intervino de nuevo el jefe político—. Menos mal que en su borrachera...

—No —le cortó el oficial, mirándolo significativamente—. Usted no estuvo borracho ni es un delator. Prefiero pensar que quiso rehabilitarse ante su propia conciencia...

Algo que no se escuchó bien, un murmullo ininteligible, subió del piso.

—¿Cómo..., qué dice?

No repitió ni intentó aclarar lo que dijo, si era que acababa de decir alguna cosa. El puño cayó a un costado. En el vaivén del pecho, a la luz del sol, se marcaban las costillas bajo la sucia camisa desabotonada.

—No sé cómo no se da cuenta de que estoy tratando de ayudarle, como camarada. Tenemos que encontrar atenuantes, mejorar su posición antes de que sea tarde. De lo contrario, no creo que un consejo de guerra vuelva ahora a conmutarle la pena...

Se escuchó otra vez el gorgoteante murmullo, pero los dos pedazos del hombre siguieron inmóviles sin más que ese lento balanceo del pecho bajo la barra del sol, en la que el aliento removía diminutos torbellinos de partículas luminosas.

—Le conviene hablar, teniente Vera —apoyó el jefe político—. La confianza mata al hombre. Usted nos entregó la cabeza de la víbora. No se guarde la cola en el bolsillo.

—Lo que necesito saber ahora son las ramificaciones de este foco rebelde. Usted, que lo formó, debe saber algo...

—No sé nada...

—Tiene que saber por lo menos dónde está escondido el prófugo. No pudo haberse escapado del bolsón. Mis hombres lo vieron por última vez parapetado tras un caballo muerto, tratando de cubrir la huida de los suyos. Deme alguna pista. Ese Cristóbal Jara era de su confianza. Dígame dónde está.

—No sé nada... ¡Déjenme en paz! —tornó a repetir la voz incolora con un resabio de amargura y de asco.

—¡Usted es un miserable! —barbotó el capitán—. ¡Lo entregaré a la justicia militar! ¡Veremos cómo se defiende! —salió haciendo crujir los zancajos, seguido por el jefe político.

El número trancó la puerta del calabozo y su ocupante volvió a quedar a oscuras.

3.

La persecución continuó incansable. Tres días atrás había sido capturado el último grupo que resistió en un horno hasta que se le agotaron los proyectiles. Fueron cazados a tiros. Entre los sobrevivientes se hallaba Silvestre Aquino, el cabecilla de la montonera, con el muslo atravesado por un balazo. Lo torturaron bestialmente; hubo hasta simulacros de fusilamiento, pero no sacaron en limpio gran cosa.

Desde entonces los efectivos del escuadrón de caballería batían a todas horas los bañados y las selvas del Kaañavé, en un radio de varias leguas en torno a las ruinas del vagón, que había sido el cubil clandestino de los montoneros. Los restos carbonizados seguían humeando en medio del monte. Frente al esqueleto de hierro, que ahora sí se parecía a un vigía muerto aunque todavía erguido, había un puesto de guardia. Los retenes se escalonaban de trecho en trecho formando en torno a los bañados un verdadero cordón, mientras las patrullas barrían los recovecos de un lado a otro con los cascos de sus caballos.

Hurgaron uno por uno los ranchos de Costa Dulce. Sólo ante las inmundas cabañas de los leprosos se detuvieron, pero las vicheaban a distancia, los oficiales con sus gemelos, desde los puestos de centinela que las flanqueaban.

El cargamento de carne rebelde puesta en vagón, ya estaba en viaje. Pero seguían buscando a ese único hombre que había hecho la hazaña de escapárseles de las uñas, desluciendo un poco la fulminante acción de la caballería de Paraguarí.

Procuraron hacer hablar a los viejos, a las mujeres y a los chicos de la olería y los arrozales, con amenazas y hasta con promesas de bastimentos y de dinero. Pero nadie sabía nada o nadie podía despegar los labios, esos dientes apretados por el encono muy nuevo de lo que habían visto hacer y por aquel otro resentimiento más antiguo, agrandado ahora por la salvaje represión tan semejante, en la memoria de los adultos, a la del año 12, con la que se aplastó el levantamiento de los campesinos y que volvía como entonces a despoblar de sus hombres al estero.

Allanaron también las casas del pueblo. Lo revolvieron todo, de arriba abajo. Registraron la iglesia, los corrales, los pozos, hasta el último aljibe. En determinado momento daban la impresión de que estaban buscando un botín muy valioso, escondido por la complicidad general, y no al hombre que solía conducir el destartalado camión de una de las ladrillerías, cuyo dueño naturalmente tampoco sabía nada. Don Bruno Menoret andaba más borracho que de costumbre. Se lo podía ver todo el santo día esparrancado en una de las sillas del boliche de Matías Sosa, quejándose con lengua tartajeante de lo mucho que la sublevación de las olerías le estaba perjudicando. Lo más que pudo sacarle el comandante del escuadrón no era un secreto para nadie.

—Vea usted, general... —le había dicho el catalán testarudamente, con sus *eles* muy guturales.

—Capitán..., capitán Mareco —corrigió fastidiado el otro.

—No se enoje porque le regale dos o tres graditos más... Pronto los va a tener de todos modos. ¡Salud! —empinó una copa imaginaria—. Bueno, vea, capitán... Ese Cristóbal Jara era un buen muchacho, sabe usted. Trabajador como él solo. Me cumplía al pelo. No sé cómo pudo malearle. De vez en cuando solía llevar también en el camión a los turistas y cajetillas que vienen aquí para conocer el vagón metido en el monte. Pero lo hacía con mi permiso, para ganarse unos pesos de propina. ¡Yo qué iba a saber de lo otro!... Ese vagón transportado sin rieles, hace veinte años, por Casiano Jara, el padre de Cristóbal, es el recuerdo de la otra insurrección. Usted sería un rapaz entonces, pero debe haber oído hablar de ella, ¿verdad? Ese vagón es la curiosidad del lugar... Nadie sabe cómo aquel loco pudo hacerlo. Los extraños pagan con gusto sus patacones para verlo y para el hijo es un orgullo mostrarlo. Yo no le podía prohibir eso...

—Lo que le pregunto es si llevaba a ese oficial confinado aquí —le interrumpió colérico el capitán de labios gruesos y rostro mate, con los ojos encarnados por los días sin sueño y la nerviosidad de la lucha, imbuido de su autoridad, con una pasión y un orgullo de mando muy juveniles.

—Lo llevaba, sí... Creo que lo llevaba con permiso del propio jefe político. No lo sé. El mismo teniente contó aquí lo que preparaban los muchachos en el bañado. ¿Por qué no se lo preguntan a él? El jefe también lo oyó... Por eso están ustedes aquí, ¿no es cierto? Yo no sé nada... ¡Qué voy a saber de esas cosas! Yo soy un hombre de trabajo... ¡Jamás me he metido en política!

El capitán se levantó de golpe y salió del boliche, sospechando sin duda que el catalán se refugiaba en una simulada borrachera para burlarse de él.

Montó en su brioso doradillo y se fue al galope a recorrer los retenes.

4.

Cerca de los hornos estaba el camioncito vacío, en el mismo lugar donde lo habían dejado la tarde que precedió al ataque. Al costado de la cabina se leía el tosco y orgulloso letrero:

```
┌─────────────────────────────────────┐
│  Ladrillería LA ESPERANZA           │
│           Sapukai                    │
└─────────────────────────────────────┘
```

En el reborde del techo, campeaba en letras más toscas todavía, como pintadas a dedo, el lema:

Mba'evé nda cheapurai...,
avavé nda cheyokoi... *

Ese nombre y ese refrán sobre el cascajo abandonado entre los cobertizos y malacates desiertos, en medio del desolado paisaje del estero con sus montículos de lodo seco y sus zanjones como cráteres lunares, sugerían una broma, la inminencia de una sorpresa o de un juego preparado por muchachones. De un momento a otro, saltando de detrás de los mon-

* Nada me apura... nada me ataja...

tículos, podía aparecer riendo el conductor. Pero los dos centinelas del retén, adormilados en el asiento, con los fusiles entre las piernas, anulaban esa impresión volviéndola casi fúnebre. Asegurados por torzales a un guayabo, los caballos sin desensillar pastaban los raquíticos yuyos resollando fuerte a cada rato para expeler las chinches de monte que se les metían por los ollares.

—No sé hasta cuándo nos va a tener aquí el comando... —dijo uno de los conscriptos, rascándose de pronto enérgicamente bajo la gorra; el largo sable que le colgaba al costado tañía con sus movimientos en la chapa del camión—. ¡No podemos ni bañarnos en el arroyo por culpa de los lázaros!

—Al capí le da rabia que haya volado ese peón —contestó el otro—. Habrá volado de veras, porque ni el rastro dejó... —la blusa desgarrada en varias partes mostraba el pecho lampiño.

—¡Y qué a nosotros!

—Recién no más ascendió y quiere acreditarse.

—Ya agarramos a todos. ¿Qué más quiere?

—Ese uno que escapó le pica en el forro. ¡Parece un pombero luego!

—Nos está dando más trabajo uno solo que haber agarrado vivos a los noventa —las uñas del pulgar y del índice esculcaban los duros y negros cabellos; abajo, el sable seguía machacando tenuemente.

—Ya estará llegando al Alto Paraná donde hay más montoneros esperando el momento de levantarse todos juntos.

—Pero allá también hay más destacamentos del ejército rastrillando los focos revolucionarios. ¿No te acordás que mandaron al sur a otro escuadrón de nuestro regimiento como refuerzo?

—Entonces va a caer por allá —dijo el de la guerrera rota, sin convicción, como no deseándolo—. Lo van a agarrar sin falta. Por qué se apura entonces.

—Pero nuestro escuadrón es el mejor de Paraguarí. Por eso el capí está enojado. Lo quiere agarrar él. ¿Oíste lo que dijo ayer? ¡Cómo un triste peón se va a escapar de nosotros!

—El capí Mareco es de escuela y de buena familia. Por eso es muy orgulloso.

—Él será muy orgulloso pero yo tengo todo el culo roto ya por el apero, ¡qué joder! —dijo el que se buscaba piojos bajo la gorra, destripando con los dientes el que acababa de cazar.

El otro se rió. Luego los dos se quedaron en silencio contemplando cómo ardía la tarde entre los cocoteros, con el sol inmenso que parecía llenar todo el cielo sin una nube. A lo lejos, por encima del monte, se levantaba derecha una columnita de humo.

—Tarda en quemarse todo ese vagón, ¡ch'a! —dijo el más joven—. ¿No estará empayenado de veras?

—¿Viste, Juandé, que no hay mujer joven aquí en Sapukai? —dijo el de los piojos, mudando de tema.

—Ha de haber, pero están asustadas. Parecen todas viejas.

—O se habrán escondido por miedo a nosotros.

—Matamos a diez de esos peones de las olerías. Donde mueren los hombres las mujeres envejecen de golpe. En la última revolución pasó lo mismo en mi pueblo. Yo era chico, pero me di cuenta. Cuando lo mataron a papá, a mamá se le volvió todo blanco el cabello.

El otro sólo atendía al reclamo sordo e insistente.

—Me hubiera gustado encontrar alguna de quince para divertirme un poco, sí... —se tiró la gorra sobre los ojos y se retrepó apretando el fusil entre las piernas—. Dicen que entre los leprosos hay una maestra de Karapeguá, la hija de un francés. Parece que todavía es muy linda. Algunos la vieron allá en los ranchos, cuando bajaba hacia el arroyo. Nosotros estábamos enterrando los cadáveres.

Hubo otra pausa más larga que las anteriores, en la que solo se escuchó el crujir de los dientes de los caballos. Los moscardones zumbaban acosándolos.

—Yo no sé por qué vinimos a matar a estos prójimos —dijo el del pecho lampiño, casi para sí—. ¡Meta bala sin compasión! No habían hecho nada todavía.

—Orden es orden —replicó el otro, que parecía dormido bajo la gorra—. Nosotros estamos sirviendo a la patria y se acabó. Para qué vamos a plaguearnos de balde.

—No entiendo eso, Luchí. ¿Servir a la patria entonces quiere decir matarnos los unos a los otros?

—Estos se quisieron levantar contra el gobierno.

—Porque el gobierno aprieta desde arriba.

—Para eso es gobierno.

—Pero no aprieta a sus correligionarios.

—¡Guaúnte! Papá es liberal y abuelo también era liberal. Pero nunca salieron de pobre. Nuestra chacrita de Limpio cada vez es más chica porque hay más que comemos y la tierra no crece.

—Papá no era ni liberal ni colorado. Y lo mataron. Porque quiso esconder su caballo de los gubernistas, como ser, de nosotros ahora.

—¿Esconder su caballo?

—Un parejero malacara que no tenía contrario en todo Kaaguasú. Lo metió en la pieza cuando llegaron las fuerzas, como nosotros aquí, de repente. Papá se escondió junto al malacara en el trascuarto. Durante tres días estuvieron allí, esperando que se fueran las tropas. Una tarde el malacara relinchó. Los soldados entraron y se quisieron llevar a los dos. Papá se retobó y entonces lo balearon y se lo llevaron al parejero. Todavía me acuerdo de mamá lamentándose sobre el cadáver y retando a los soldados. Papá tenía los ojos abiertos. Miraba hacia afuera. Yo pensé que estaba mirando cómo el sargento hacía tornear a su malacara mientras lo llevaba, sin poder decir nada. Pero ya estaba muerto y las moscas se estaban juntando sobre su sangre en el suelo.

—Si hubiera sido liberal, Juandé, por lo menos no le hubieran matado.

—No. Luchí. No hay liberal ni colorado. Hay paquete y descalzo solamente. Los que están arriba y los que están abajo. Eso no más es lo que hay... —el pecho lampiño se agitaba bajo la blusa desgarrada.

—¡Y qué vamos a remediar nosotros! —farfulló la voz bajo la gorra.

—Te dan un máuser y te ordenan: ¡meta bala! Y hay que meter bala contra los contrarios del gobierno. Aunque sea contra tu propio padre.

—Para eso estamos en el ejército, vyro...

—Sí, orden es orden. Y uno no es más que un conscripto... —los ojos pardos del muchacho se fijaron animándose un poco en el compañero amodorrado; después de una pausa, entre confidencial y receloso, agregó—: Te voy a contar una cosa, Luchí...

—¿Qué?

—Yo metí bala en el estero... —dijo señalando con un gesto el opaco resplandor que bailoteaba entre las cortaderas—. Metí bala, sí, pero no contra ellos.

El otro se incorporó pestañeando.

—¿Contra quién entonces?

—Disparé todos los tiros hacia arriba. Nadie se dio cuenta.

—Pero... —no encontraba palabras para su extrañeza, entre furibundo y asustado—. ¿Por qué... hiciste eso?

—Maliciaba no más que de repente iba a aparecer papá en su malacara, de cualquier parte. Me arrastré entre los karaguatá para no verlo. Sabía que si abría los ojos lo iba a ver mirándome con sus ojos de muerto y el pecho lleno de sangre. Por eso tiraba con la trompetilla del mosquetón bien alta, para no acertarle...

—¡Pero vos estás loco, Juandé! —bufó el otro—. ¡Si llega a saber eso el capí no te va a perdonar!

—Podés contarle si querés. Ya no me importa...

—Yo no le voy a contar. ¿Y si te hubiera visto? Después de todo, era un asunto de matar o morir. Los montoneros pudieron matarte.

—¿Pero por qué vinimos a matarlos nosotros? Somos descalzos como ellos...

—Ahora no —le interrumpió Luchí—. Llevamos los reyunos del ejército...

Juandé se quedó mirando la centelleante lejanía, sin encontrar dónde descansar los ojos.

5.

Los prisioneros iban hacinados en el vagón de carga, a cuyas puertas corredizas habían echado las precintas y los candados. En la penumbra espesa de polvo y resonante por el fragor de las ruedas, apenas se veían las caras. Los más, tumbados sobre el plan, procuraban dormitar jadeando; algunos, sentados gibosamente, se recostaban contra los rugosos tabiques de hierro y madera de esa celda traqueteante que los llevaba con rumbo desconocido. Cuando se movían escuchaban en medio del estruendo el opaco sonido de las cadenas que los amarraban de dos en dos, con los extremos remachados a trozos de riel. Esos rudimentarios grillos forjados con soldadura autógena en el taller de reparaciones del ferrocarril hacían superfluos los candados y las precintas, que solo parecían tener por objeto preservar a los prisioneros de alguna contaminación exterior.

Hacía varias horas que no comían ni bebían. Estaban encerrados en el vagón desde la noche anterior. Los habían ido metiendo por parejas; mientras los plomeros alemanes del taller remachaban los grillos bajo la supervisión del propio Mareco, los custodios les dieron de beber del mismo balde pringoso de aceite de máquina con el que apagaban las soldaduras junto a los tobillos arrancando con sus chorros furiosos chasquidos. La operación duró toda la tarde. Desde entonces no masticaban sino esa rabia impotente que les fluía en la boca con la saliva cada vez más escasa. La atmósfera sofocante del encierro, fermentada de sudores y orines en una fetidez insoportable, aumentaba su sed. El tufo del polvo filtrándose sin cesar les desecaba la boca, les arañaba la garganta y les hacía toser, como si se tratara de un cargamento de asmáticos y tuberculosos. Los heridos gemían sordamente buscando, más que desahogar su sufrimiento, facilitar la respiración.

Al llegar a Escobar, la estación siguiente a la de Sapukai, se dieron cuenta de que iban enganchados a la cola del tren de pasajeros. El convoy se detuvo algunos instantes. Los prisioneros escucharon el runrún de la poca gente reunida en el andén, pero especialmente el vocear de las alojeras. Les había parecido oírlas desde una desesperante lejanía.

Ahora los tamizados chorritos de polvo iban tiñéndose de rojo en las junturas. Estaría atardeciendo. Entre las apelmazadas siluetas una se distinguía por la fijeza con que contemplaba, de espaldas en un ángulo, las rendijas del maderamen. El rostro barbudo se hallaba hincado en el pecho. No había renunciamiento en sus ojos ni temor y tal vez muy poco de era murria crispada e impotente de los cautivos que ignoraban su suerte; tan solo una especie de mansa y casi irónica ferocidad, como si estuviese considerando a solas el lado divertido del fracaso. Debía ser un hombre alto y corpulento, a juzgar por el tórax. Una pierna se hallaba pegoteada a la altura de la rodilla bajo los trapos que la envolvían. Junto a él estaba tendido el compañero de «traílla» muy pequeño y retacón, friccionándose lentamente el tobillo hinchado por la presión de la cadena.

—Adónde nos llevarán... —dijo de pronto, pero su voz se perdió entre el ruido de las ruedas.

El barbudo seguía mirando con absorta fijeza un agujero luminoso en el lugar de la grampa de donde había caído un remache. Después de un largo rato, cuando ya parecía que se hubiera olvidado del asunto, el hombrecito rechoncho volcó la cabeza hacia el otro y volvió a preguntarle:

—¿Adónde te parece, Silvestre?

—No sé —dijo sin mirarlo—. Ya te dije, *Medio-metro*. No te apures. Hay que esperar para ver.

—Para mí que nos dejan en Paraguarí. Dicen que en el cuartel de caballería hay buenos calabozos.

—Nos hubieran traído a pie. De Sapukai a Paraguarí no hay ni diez leguas. No nos hubieran puesto este tramojo —dijo Silvestre, recogiendo la pierna sana y haciendo sonar la cadena.

—¡Ojalá nos bajen en Paraguarí!

—¡Qué te importa! ¡Como si fueras a una función patronal o qué! Ahora cuanto más largo el viaje, mejor. Total, no pagas el boleto.

—¡Tengo demasiada sed!

—En Paraguarí la caballería no te va a convidar con cerveza.

—También me preocupo por tu pierna.

—No te apenes por mi salud.

El hombre apodado *Medio-metro* se quedó en silencio con los brazos cruzados sobre el pecho. Algo se movía en su boca entreabierta; la lengua andaría juntando saliva. Luego se chupó los dientes con fuerza.

—Pienso en Kiritó —dijo un momento después, sin abrir los ojos—. ¿Qué habrá sido de él? Ya lo habrán agarrado, seguro.

—A él no lo van a agarrar —dijo el barbudo.

—¡Es zambo Kiritó! —elogió el petiso.

—Semilla de melón es para él la caballería. Escapó de cosas peores. Desde su nacimiento vive escapándose. Estos perros uniformados con el kaki la patria no lo van a agarrar. Tienen que ser más zambos que Kiritó, para eso.

—¡Pensar que yo los quise joder cuando me apuraron mucho con el asunto del fusilamiento! ¡Yo te voy a mostrar, mi capitán, dónde se escondió Jara!, le grité, apretando con alma y vida las arrugas de atrás, curado de mi estreñimiento. ¡Por lo menos, eso les debo!

Otras siluetas habían vuelto las cabezas y escuchaban. Algunas caras hasta sonreían en la oscuridad rayada de intersticios humeantes.

—¿Se acuerdan de aquel timbó quemado por el rayo, que está junto a los zanjones de Camachokue? —continuó incorporándose al sentir que tenía auditorio y buscando a sus oyentes con los ojos—. El timbó ese está hueco.

—Ya sabemos, Gamarra —dijo uno.

—Hasta allí fuimos, yo como baqueano de la patrulla. Con el yatagán que me dieron limpié la embocadura, tapada por el yavorai. Aquí se escondió, le dije por decir. A lo mejor el capitancito ese me creía. ¿Te querés reír de nosotros, chopeto?, me dijo con sus colmillos de chancho bien afuera. Sentí que las arrugas se me mojaban otra vez con la diarrea del miedo. ¡No, mi capitán! ¡Aquí lo vi entrar a Jara!... —procuró imitar los gestos y la voz ronca del comandante del escuadrón—. ¿Cómo iba a caber ahí? ¡Pero sí, mi jefe!, le dije. Jara sabe meterse hasta en el agujero de un tatú... ¡En el de tu hermana, seguramente!, me dijo. Yo sentía que no lo iba a convencer y que ahora podía hacerme fusilar de veras. ¡No tengo hermana, che ruvichá!... ¡Jara se escondió aquí..., después no lo vi más!... El capitán me largó una patada. ¡Entrá vos también entonces!, me dijo y me siguió pateando, ante las risas de los otros, como si hubiera querido embutirme a la fuerza en el agujero del árbol.

—¡Y te hubiera dejado embutido no más allí! —farfulló sin reírse Silvestre Aquino, extendiendo de golpe la pierna amarrada a la del petiso, con un tironazo de la cadena—. ¡Por alcahuete!

—No, Silvestre. Yo le mentí al capitán: Para sarearlo más todavía...

—No le mentiste —le interrumpió el barbudo—. Kiritó se escondió allí al anochecer, cuando ya todos estábamos listos.

—¡No!... —dijo Gamarra con los ojos desmesuradamente abiertos.

—Si lo hubieran agarrado, habría sido por tu culpa.

—Yo creí...

—Te debieron poner en yunta con el teniente Vera —farfulló Silvestre, casi con asco—. ¡A él no le cuesta entregar a sus compañeros!

—Pero a él también lo apresaron...

—¡Para taparlo! ¡Cajetillo disfrazado de revolucionario! Debí desconfiar de él desde el primer momento.

—Silvestre... —dijo aplanado el hombrecito—. ¿Te parece de veras que él pudo entregarnos?... Él, que estuvo a punto de ser fusilado por conspirador...

El barbudo no respondió. Miraba de nuevo fijamente el agujero del remache que vomitaba hacia adentro una mecha de humo cada vez más pálido. Los demás también estaban en silencio. El vagón tronó de pronto sobre alguna alcantarilla.

Un rato después el convoy aminoró la marcha. Se detuvo al fin con un entrechocar de hierros que se propagó por toda la ringlera de vagones. Afuera rumoreaba de nuevo la gente en el andén. Se oían los gritos de las vendedoras de aloja y chipá, esta vez más cercanos. Las silutas se irguieron en la agria penumbra, entremezclando sus cadenas e imprecaciones. El ansia les pegó las caras a las rendijas. Gamarra espiaba hincado ante el agujero del remache. Parecía un hombre mocho de la cintura para abajo. Vio el inmenso cuartel que se extendía a la sombra morada del cerro.

—¡Eh..., llegamos a Paraguarí, Silvestre! —dijo sin despegar el ojo—. Parece que no nos van a bajar aquí. Ya hubieran venido a abrir la puerta.

El barbudo gruñó algo ininteligible, removiéndose con un sofocado quejido.

—¡Jhim..., esa lata de aloja, che paí! —exclamó Gamarra, pasándose la lengua por los labios—. ¡Yo solito me hubiera vaciado toda la lata de un solo kamambú!

Otra silueta se acercó también a gatas y lo desplazó de la mirilla. La tiniebla del vagón bullía con esos cuerpos y rostros anhelantes que se aplastaban contra las tablas. Veían pasar muy cerca a las alojeras y chiperas. Tendían hacia ellas sus manos. Algunos arañaban y golpeaban las paredes del vagón desgañitándose en un salvaje clamor.

En una pausa escucharon que alguien, uno de los soldados de la custodia, decía a las vendedoras, pavoneándose, mientras masticaba pedazos de chipá que se le atragantaban:

—Guapeamos por ellos en los esteros del Kaañavé. Ahora se pudrirán en la cárcel de Asunción. O de no, los mandarán al destino, en el Chaco, para que no se metan otra vez... —no se escuchó bien lo último que dijo.

—¡Para qué los llevan así! ¡Ni que fueran animales! —protestó una.

—¡Son bandidos! —masculló el custodia.

—¡Los que forman montoneras no son bandidos, che karaí! —dijo la mujer.

No la veían, pero sentían su presencia. Trataban de ubicarla a través de las fisuras, sin conseguirlo. Solo notaron que se estaba reuniendo más gente alrededor del vagón, en una actitud que no era de simple curiosidad. Les pareció que la voz de esa mujer, quienquiera que fuese, les estaba haciendo llegar la adhesión de todos. Los guardias no intentaron dispersar a los mirones. Masticaban ávidamente con aire de despreciativa prepotencia.

—¡Son prójimos nuestros, hombres como ustedes! —continuó la mujer.

—¡Que no te oiga mi coronel Ramírez! —barbotó el guardia, un poco en broma un poco en serio, señalando con la cabeza el cuartel.

—¡Tu coronel Ramírez es muy amigo voí! —retrucó la mujer—. ¡La señora no toma luego su mate dulce sin mi chipá!

—¡Te vamos a llevar presa a vos también! —intervino el cabo de la custodia, ante la hilaridad general.

La conversación había cambiado de tono; era ya un franco voceo entre la vendedora, cada vez más irónica, y los guardias del contingente.

—¡Para qué pikó me vas a llevar presa! ¡Cómo vas a comer de balde entonces mi chipá!…

Se aproximó al vagón destacándose en el ruedo cada vez más numeroso. Era una morruda campesina de edad indefinible. La luz del atardecer daba de lleno en su rostro moreno y cuarteado. Cargaba sobre la cabeza el enorme canasto a cuya sombra los ojos chispeaban por momentos con una mordacidad pícara y suave. En una mano llevaba la lata llena de aloja. Se acercó poco a poco al vagón, como quien no quiere la cosa.

—Dicen que los paranaceros se largaron anoche contra Villa Encarnación y Kaí Puente… ¿Es cierto que se está levantando todo el sur? —preguntó simulando un aire de cómica inocencia y desagrado.

Los prisioneros se miraron entre sí y dejaron un instante de martillar con los puños en las tablas.

—¡Oyen, lo' mitá! —dijo Gamarra de rodillas ante el ojo polvoriento.

Se hizo una pausa trémula en la que se oía tintinear las cadenas y ondeaba el polvo. Las caras se pegaron de nuevo a las grietas. Vieron que el cabo se arrimaba a la mujer.

—Mejor es que te calles de una vez. Dame sí un jarro bien lleno de tu aloja —oyeron que le dijo.

—Sí. Te voy a dar. Pero me vas a dejar dar también a los presos.

El cabo estuvo a punto de darle un culatazo, pero se contuvo ante la actitud tranquila de la mujer, dominado por las miradas que brotaban del semblante cobrizo.

—¡E'á, un mozo tan buen mozo y tan enojado! ¡Mandá sí abrir el vagón! ¡Nei pue, che karaí!

Silvestre Aquino hizo un gesto a los suyos. Los gritos y los golpes de puño arreciaron dentro, en una especie de delirante zafarrancho. Empezaron a golpear con las cadenas y hasta con los trozos de riel. Las caras oscuras se arracimaban en los resquicios del machimbre. Veían gesticular en medio del barullo a los hombres de la custodia y a las vendedoras. Se había formado una pequeña pero compacta multitud. Un oficial de caballería llegó al galope y se abrió paso en el ruedo con el caballo. El cabo corrió hacia él, informándole con trémulos ademanes. Las vendedoras con sus canastos y latas de aloja estaban frente al vagón y la gente, en su mayoría mujeres, se apiñaba expectante detrás. La alojera se acercó al oficial. La vieron accionar otra vez con sus ademanes contenidos pero firmes, llenos de simpatía, de poder. Podían adivinar lo que le estaría diciendo. El oficial miraba a uno y otro lado, indeciso, irguiéndose sobre los estribos y sacando pecho. Se notaba que la mujer, desde abajo, se le estaba imponiendo, como al cabo. Al fin dio a éste una orden con un gesto inequívoco. El cabo, gacha la cabeza, extrajo de su cartuchera las llaves y se encaminó de mala gana hacia el vagón que conti-

nuaba cajoneando sordamente como un inmenso ataúd
con cien resucitados dentro, ululantes de sed. Algunas de las tablas ya comenzaban a ceder y a astillarse
bajo los golpes de los rieles utilizados como arietes.

Se callaron de golpe cuando el cabo introdujo
la llave en un candado. El piquete de la custodia se
alineó junto a él formando un cordón. El silencio fue
tan completo, que se escuchó el chasquido del cerrojo
y luego el rechinar de la pesada puerta que se trancó
a poco sobre sus correderas, obstruidas de tierra. Tuvieron que forcejear entre todos. Por fin la puerta se
abrió con un chirrido largo y metálico, como si también aullase de sed.

La suave luz del atardecer cayó de golpe sobre
las sombras escuálidas deslumbrándolas como un fogonazo. Se apelotonaron hacia el hueco, en un revol-
tijo de cadenas, con los ojos parpadeantes y ansiosos.
Los soldados los hicieron retroceder con las culatas de
los fusiles, pero ya las alojeras se interponían alzando
sus latas al piso del vagón. Varios chicos treparon
como monos para ayudar y dos o tres soldados para
imponer orden. Entonces se los vio beber, como si
lo hubieran hecho por primera vez en su vida. Algunos mordían el borde de las latas y la aloja chorreaba
sobre las caras desencajadas y tumefactas. Al poco
rato, el plan del vagón se puso gomoso y resbaladizo.
Los corritos de aloja caían por entre las junturas sobre el pasto. Silvestre Aquino quiso beber el último.
Gamarra le sostuvo la lata y la fue volcando poco
a poco con el resto del líquido. Entre tanto, las mujeres repartían las fragantes y doradas argollas de
chipá, que los prisioneros devoraban a dentelladas.
El rostro moreno y poderoso de la que habían logrado
hacer abrir el vagón, estuvo todo el tiempo en el hueco, animándolos con sus frases picarescas y jocosas,
como si en lugar de prisioneros engrillados se tratara,

realmente, de una bulliciosa reunión de hombres en una carpa de lotería, en alguna función patronal. Los chicos estaban bajando con los canastos y las latas vacías.

Desde la puerta del cuartel, un gordo militar enfocaba sus prismáticos sobre el vagón. Debía ser el jefe de la guarnición. A su lado estaba el oficial que había dado la orden. Un rato después, la puerta volvía a cerrarse. El jefe entró. La guardia presentó armas rígidamente.

El tren de pasajeros, muy demorado por el imprevisto incidente, reanudó la marcha alejándose y repechando a toda máquina la cuesta de Cerro León, sobre la que iba cayendo la noche.

6.

Los lazarientos se libraron de los interrogatorios. Era una especie de privilegio del que sacaban cierto aire de dignidad. Como si lo hubieran hecho adrede, se pasaban todo el día fuera de los ranchos, exhibiéndose semidesnudos con sus humanidades sancochadas por el mal, que era al mismo tiempo su salvoconducto.

Desde los retenes los veían bajo los árboles o bajar hacia el arroyo con esa apariencia de altanera y casi burlona inmunidad. Ya no buscaban entre las hinchadas siluetas la figura elástica y juvenil de Cristóbal Jara, ni su rostro huesudo y entero entre las caras carcomidas, que los prismáticos acercaban excesivamente a los ojos de los oficiales. Sabían de antemano que no iban a verlo allí. No era difícil que hasta se hubieran olvidado ya un poco del fugitivo. Continuaban mirando, no obstante, hacia los ranchos —especialmente los clases y soldados, con obsesiva fijeza—, acaso porque esperaban ver de nuevo a esa mujer de rubia cabellera que desde lejos parecía estar aún en el esplendor de la juventud y la belleza.

La habían entrevisto una sola vez, yéndose al arroyo, en el atardecer de uno de los primeros días. Desapareció en seguida por el caminito que entraba en el monte. Los números exploraron sigilosamente los alrededores. Sólo vieron a los enfermos bañándose o lavándose sus llagas. Ella no estaba. Les quedó en los ojos la visión fugaz; las formas esbeltas y esa sedosa cascada de pelo eran increíbles en una lázara. La leyenda de Iris, la hija del francés, ex maestra de Karapeguá y arrojada allí implacablemente por los suyos, fue la comidilla de los retenes. La imaginación hizo el resto. La soledad, el aburrimiento, los vestigios de la muerte que enloquecen el instinto, socarraban los nervios de los soldados. De noche contemplaban salir la luna con las manchas verdes en su cara y también se les antojaba enferma como esa mujer. Pero no volvieron a verla.

La tardecita en que despachó a los cautivos en el vagón de carga, se hallaba precisamente el capitán Mareco en uno de los puestos que vigilaban la leprosería. Hubo un pequeño revuelo entre los hombres. El cabo hizo una seña al superior.

—¡Mire, mi capitán! ¡Allá se va!

Mareco giró vivamente sobre el caballo. A lo lejos, la mujer salía de un rancho y se iba pausadamente entre los cocoteros. Las caras de los números estaban inmóviles. La mueca de disgusto del capitán, que seguramente había esperado encontrar otra cosa, se fue alisando y acabó por cambiarse en la expresión absorta de sus subordinados.

A contraluz de la puesta de sol, embellecida por la distancia y los días de espera, la mujer semejaba realmente una aparición que podía desvanecerse otra vez con su intacto misterio. El andar transmitía a sus largas extremidades un cadencioso movimiento. El aire removía los cabellos que le cubrían la espalda. Los harapos dejaban entrever las corvas, los muslos gruesos, la delgada y flexible cintura. Los cocoteros echaban sobre ella, al pasar, la sombra de sus penachos, de modo que la silueta a intervalos se volvía nebulosa. Indudablemente, a los ojos de los que miraban, la ilusión y la realidad luchaban por superponer y fundir sus encontradas imágenes.

En ese momento la mujer entraba en un recodo del caminito; así que se estaba volviendo de frente hacia ellos, paso a paso, lo que aumentó la expectativa. Otras siluetas se distinguían junto a los ranchos, pero todos los ojos se hallaban clavados en esa mujer que iba pasando ante ellos con su andar ondulante y la cabeza levemente inclinada. Ya la veían de perfil; un poco más y le verían el rostro, antes de entrar en el boscaje.

El capitán Mareco enfocó los prismáticos y graduó el angular, empinándose sobre los estribos. Los labios carnosos le temblaban ligeramente y las aletas de su nariz aguileña se contraían palpitando entre los tubos. Después de un instante los dejó caer sobre el pecho con una mueca de indecible repugnancia profiriendo una palabrota. Los hombres se arrancaron atontados a su contemplación y el cabo se cuadró haciendo sonar fuertemente los tacos, creyendo que el superior los llamaba al orden.

La mujer había desaparecido. Sólo en ese momento percibieron otra vez el olor nauseabundo que las ráfagas traían desde los ranchos.

El capitán picó espuelas y se alejó mohíno del retén en dirección al pueblo, escoltado a distancia por los relevos.

Cuando estaba llegando al cementerio, que queda a medio camino entre los bañados y el pueblo, ya anochecía. En medio de su distraído enfurruñamiento pudo distinguir sin embargo, en un atajo, un bulto sospechoso. Detuvo de golpe su cabalgadura y desenfundando la pistola le intimó el *¡Alto!* con voz resonante. El bulto se recató cautelosamente. Entonces el capitán le disparó un tiro. Debió de errarle, porque el bulto atravesó la maleza a los brincos y se alejó por el campichuelo culebreando de una manera impresionante, como una sombra agachada que quisiera ofrecer el menor blanco posible. En su excitación, el capitán vació el cargador contra ella, casi sin hacer puntería, tumbándola con los últimos disparos, cerca del alambrado del cementerio. Se aproximó al galope. La sombra se agitaba aún en las convulsiones de la agonía. Los relevos que llegaban en tropel, la remataron con sus tiros.

—¡Por fin cayó ese miserable! —gritó el capitán con la voz descompuesta.

Todos sabían a quién se refería. De momento, sin embargo, quedaron un poco desconcertados. En la primera tiniebla, el bulto quieto no daba la impresión de tener el tamaño de un hombre, por lo menos del hombre que buscaban. Creyeron quizá que achicharrado por los balazos se había encogido bajo esa especie de poncho que lo cubría enteramente.

—¡Bajen a identificarlo, pues, carajo! —bramó el capitán.

Dos números desmontaron de un salto y a tironazos descubrieron el cadáver. Aparecieron las patas flacas y quebradizas, luego el vientre muy hinchado y, por último, la puntuda cabeza con las barbas enchastradas de baba sanguinolenta.

—¡Es un chivo, mi capitán! —tartamudeó uno de los números, con el extremo de la empapada lona en las manos.

Al comandante del escuadrón se le estranguló en la garganta un ruido de furia. Por primera vez, los subordinados lo vieron perder literalmente los estribos. Las puntas de las botas buscaban a ciegas en qué apoyarse haciendo sonar los herrajes y encabritando al caballo.

—Ese es mi animal —dijo una voz de mujer a sus espaldas.

El capitán viró en redondo.

—¿Quién sois vos?

—María Regalada Caceré.

La silueta oscura y pequeña se erguía impávida entre los caballos y los hombres.

—¿Te quisiste burlar de nosotros? —refunfuñó feroz el comandante.

—No. El chivo es mío —repitió sin que se le alterase la voz.

—¿Cómo sabes que es tuyo?

—Por la bolsa.

—¿Para qué lo tapaste? ¿Tuviste miedo de que te robáramos tu animal?

—Andaba el pobre muy asustado por los tiros —dijo la María Regalada, después de pensar un poco—. Por eso lo tapé y lo encerré.

—Y ahora lo largaste en mi camino. Para reírte de mí.

—No. Se escapó no más. Soltó su manea y se escapó.

—¿Dónde está tu casa? —la voz del capitán se iba apaciguando.

—Allí.

—¿En el cementerio?

—Al lado.

—¿No tenéis miedo?

—No. Nací aquí. Soy la sepulturera.

—¡Caramba! ¡Mujer de pelo en pecho! —se carcajeó el jefe y los inferiores se sintieron obligados a corearlo con sus risotadas.

—Sí, mi capitán —confirmó uno de los relevos—. Es la sepulturera.

—¿Y ahora vas a enterrar el chivo?

—Puedo carnearlo y hacer cecina de él. Ya que lo mataron.

—¿No te parece que es mucho para una sola persona?

—Yo atiendo a los enfermos también. Por estos lados no hay carne. Hay mucha miseria. Y ahora va a haber más.

En la pausa latió el silencio del monte. En un árbol cercano, un suindá rasgó la tela de su chistido. La luna comenzaba a subir con su cara leprosa sobre el bañado.

—Lleven el chivo a su casa —ordenó el capitán, arrancando al trotecito.

Media hora más tarde llegaba al pueblo. Al pasar frente a la Municipalidad, observó un inusitado trajín. Varias mujeres daban los últimos toques al arreglo del salón, decorado con profusión de banderines tricolores y ramos de kaavó. Del techo y también de las parraleras, en el patio, pendían gallardetes y farolitos chinescos todavía sin encender.

Al notar que el capitán pasaba por la calle, las muchachas se pusieron aún más hacendosas, aunque ya todo estaba listo. Se atropellaron al tuntún y menudearon los inconscientes gestos de coquetería.

El jefe político salió a su encuentro.

—¿Qué tal, mi capitán?

Mareco, adusto, gruñó una especie de saludo.

—Hace unos momentos oímos tiros hacia el cementerio. ¿Alguna novedad?

—No. Nada. Falsa alarma.

El jefe señaló el edificio que las activas mujeres habían emperifollado.

—¿Vio, mi capitán? Hay mucho entusiasmo para la fiesta de esta noche.

—¿Fiesta? —repitió maquinalmente.

—¡Cómo! ¿Ya se olvidó? ¡El homenaje que el pueblo de Sapukai les ha preparado!

—¡Ah!...

—Las damas de la comisión pro templo y las maestras han trabajado como negras. Quieren lucirse con usted. Las más jóvenes se hacen ilusiones con sus oficiales. ¡Las mujeres, ya se sabe, no pierden la oportunidad! ¡Van a venir hasta las damas de la Orden Terciaria!... —rió obsecuente, andando al lado del caballo y golpeando con los nudillos sobre la bota del capitán.

—¿Me acompaña al boliche? —dijo éste por todo comentario—. Siento la necesidad de mandarme un buen medio litro de guaripola.

—¡Pero cómo no!

Las muchachas, decepcionadas, vieron alejarse por la calle, encorvado sobre el caballo, al vencedor del estero.

7.

Al humoso destello del farolito que arrinconaba sus sombras bajo el alero del rancho, la María Regalada adobaba los costillares del chivo. A un costado, sentado en cuclillas ante una batea, su hijo abría y limpiaba las menudencias.

La cara del chico se torció de pronto en un visaje, mientras hurgaba con el cuchillo en el hígado del animal.

—¡Aquí hay otro plomo más! —lo extrajo y lo arrojó lejos, en la penumbra.

La María Regalada manipulaba diestramente las piezas de la res. Los ojillos del chico se alzaron hacia ella, buscando una comunicación más directa; el silencio y las sombras gravitaban sobre él con su peso sutil y oprimente.

—Al principio creí que lo habían agarrado a él. Los tiros parecían dentro mismo del cementerio...

La madre le hizo un gesto.

—Pueden oírnos..., ya te dije, Alejo —bisbiseó.

Después de echar una mirada de reojo a su alrededor, el chico prosiguió en voz más baja, parecida también ahora a un murmullo.

—Yo venía con los otros mitaí de la escuela. Cuando oí los tiros, casi se me escapó el nombre de Kiritó. Los otros se fueron corriendo y yo me quedé solo. Cuando venía pasando por el cementerio, me picaba todo de querer entrar. Pero vi los caballos junto al alambrado. Me acerqué despacito en la oscuridad y te vi hablando con ellos. ¿No tuviste miedo, mamita?

—No.

—¿Y si te hubieran llevado?

—¿Por qué me iban a llevar a mí?

—Los soldados llevan a cualquiera... —las pupilas celestes parecían dos manchitas acuosas en la penumbra, fijas con encandilada admiración en la madre.

—Si no hubiera ido sí que hubiera sido feo.

—¿Por qué?

—Hubieran buscado al dueño del chivo. Lo hubieran registrado todo otra vez. Capaz que entonces lo encuentran a Kiritó. Me presenté para que se fueran.

—Y hasta te dieron el chivo.

—El chivo es nuestro.

—Sí, pero el milico estaba enojado. Yo oí cuando te dijo que te habías querido burlar de él. Podían haberlo carneado para ellos.

—Me ayudaron a traerlo. Y a Kiritó no le pasó nada.

El chico vaciaba ahora maquinalmente las tripas, llenas de sanguaza y porquería.

—Yo no sé cómo no le encontraron hasta ahora... —dijo el chico en un tono agorero—. ¡Ahí solito no registraron todavía!

—Él sabe lo que hace.

—¿Sabe que allí no lo van a buscar?

—Sabe. Cuando lo encontré esa mañana entre los yudos, me asusté. Creí que se había desenterrado alguno. Pero no había habido lluvia ni nada. Entonces él me dijo... No te asustes, María Regalada. Si me dejas estar aquí, no me van a encontrar. Ellos andan buscando a un hombre vivo, pero aquí están los muertos solamente, me dijo... Y de veras se parecía a un muerto en tierra de los muertos. Por eso no lo buscan allí.

La cabecita del chico digería con esfuerzo la endiablada táctica del fugitivo, incomprensible para él.

María Regalada sacaba ya de un muslo las tiras para el charque. Sabía sacarlas tan finitas como peladuras de naranjas; pero allí sobre todo, había que esmerarse porque la carne del chivo era flaca, pura espuma. Estaban, además, esos agujeros quemados que cortaban la tira a cada ratito.

La catinga del chivo llenaba todo el patio, apretado por los naranjos sombríos. Alejo fue a arrojar los desperdicios. Se apagó un rato. La madre le oyó orinar también en la zanja. Reapareció arrastrando los pies, con esos cabellos que azuleaba la luna, las pecas como lentejuelas de mica pegadas a los pómulos, todo el rostro untado de ese aire de misterio que tienen los niños en vigilia cuando ya deberían estar dormidos.

Continuaron trabajando hasta más tarde, hasta que la luna se acostó del otro lado del cielo y se escondió, según sabía Alejo, en el fondo del lago Ypoá, más allá de los montes lejanos. De tanto en tanto, hacia el estero, se escuchaban tiros aislados en los retenes y sus fogatas temblaban en la tiniebla, tan chicas como la lengua de un fósforo.

María Regalada fue aún a inspeccionar el horno encendido a fuego lento. Se trajo algunas brasas en un ladrillo y puso a caldear sobre ellas un trozo de fierro bruñido que tenía un tosco mango de madera.

Entonces entraron. En la habitación del rancho había una talla grande de San Ignacio, cuya antigüedad se medía por las grietas de la negra madera. Había otras imágenes más pequeñas, mordidas a hachazos, las huellas de aquel hombre, de aquel médico extranjero que había fundado la colonia de lázaros y que desapareció después, dejando en su reemplazo la sombra benéfica y atroz de su locura, su presencia, su recuerdo tenaz en la mujer. María Regalada seguía esperando, sin duda, a Alejo Dubrovsky. Incontables cabos de vela y la tabla de la repisa chorreada de sebo, atestiguaban, más que una paciente devoción, esa esperanza irrevocable, que remitía a un futuro incierto la certidumbre de una fe más fuerte sin embargo que toda adversidad, porque su objeto era demasiado simple y demasiado humano. ¿Y qué era realmente la esperanza para María Regalada sino «el recuerdo de aquello que no había poseído jamás»? Un recuerdo hecho carne en ese niño que maduraba a su lado esperando también a su padre a quien no conocía.

María Regalada revolvió en un arcón de cuero y extrajo unas prendas de hombre. Levantó de las brasas el trozo de riel recalentado que hacía de plancha, y comenzó a quitarles las arrugas. Alejo la miraba hacer con un repentino interés que reanimó sus facciones adormiladas.

—¿Esa ropa era de papá?

—No. De tu abuelo.

El chico ignoraba también que la dinastía de los Caceré, cuyos hombres habían sido uno tras otro, desde la Guerra Grande, los sepultureros del cementerio de Costa Dulce, se habían bifurcado en él. Ahora le preocupaban otras cosas y el cementerio no era ya la tierra de los muertos sino el escondrijo del hombre del bañado, que debía escapar a toda costa de la muerte.

—¿Le vas a dar a Kiritó?

—Sí.

—¿Se va a ir no más al baile?

—Sí.

—¡Pero esa fiesta es para el escuadrón, mamita! —exclamó íntimamente sublevado—. ¡Lo pueden agarrar allí!

—Él quiere ir. Él sabe lo que hace y hay que ayudarlo. En el cementerio no se puede quedar más tiempo. Si muere alguno en el pueblo, van a venir a enterrarlo. Don Clímaco Cabañas anda luego muy enfermo. Puede morirse de un día para otro. Y como es juez de Paz, su acompañamiento va a ser grande.

—¡Si va a la fiesta, lo van a agarrar! —repitió el chico, con esa honda preocupación que parecía avejentarlo.

—Allí no lo van a buscar. El camino del pueblo es el único que no está vigilado.

—¿Y si le pasa lo que le pasó al chivo? —dijo sin asomo de ironía, pero con lógica inobjetable.

—Él sabe lo que hace —insistió ella, reticente; se notaba que quería ponerlo al margen del insensato proyecto, tan semejante sin embargo por su sentido al disparatado juego de un niño.

—Kiritó me dijo ayer que hubiera querido esconderse con los lázaros. Por lo menos hasta que se vayan las tropas, me dijo.

—Pero allí no puede entrar. Están los retenes. Solamente a mí me dejan ir a los ranchos.

—Entonces... —bostezó el chico como resignado a lo inevitable—. Seguro entonces que esta noche quiere ganar los cerros, del otro lado de las vías...

—Sí, che karaí. Él tiene que vivir para cumplir su obligación.

—¿Cuál es su obligación, mamita?

—Luchar para que esto cambie... Andá a dormir ahora...

Alejo se levantó pesado de sueño y fue a tumbarse en su catre.

Se durmió en seguida. Había algo de anunciación en ese niño, guarnecido en la soledad de su sueño como en una región inaccesible, donde pasado y futuro mezclaban sus fronteras. Engendrado por el estupro, estaba allí sin embargo para testimoniar la inocencia, la incorruptible pureza de la raza humana, puesto que en él todo el tiempo recomenzaba desde el principio.

La madre lo miró un instante. Al terminar de planchar la blusa y los pantalones, abrió de nuevo el arcón y sacó un vestido cuyos pliegues se puso a asentar, pensativa. El silencio le oprimiría las sienes, porque mojó un dedo con saliva, y se lo pasó por ellas. Después probó la plancha, que ya no soltó ningún chirrido.

Salió a lavarse en una tina, en la oscuridad. El rancho cabeceaba lleno de sombras. Las fogatas de los retenes ya no palpitaban a lo lejos. Por el camino se oía pasar en grupos a los números relevados, rumbo a la fiesta. Sus risas y el rumor de los cascos rebotaban contra el rancho.

Empezó a vestirse. Se peinó maquinalmente con el oído atento a la noche. Luego de cubrir a su hijo con la deshilachada cobija, tomó la ropa de hombre, apagó el farol y salió, trancando la puerta. Dio un rodeo y se encaminó hacia el cementerio.

8.

La fiesta se hallaba en su apogeo, con el salón y el patio atiborrados por la concurrencia. En una y otra parte, predominaban netamente los hombres de uniforme; todos barbudos de varios días, sucios de barro seco los kakis y las botas, hediendo a sudor de caballos, al propio sudor, a las fétidas aguas del estero, pero todos asimismo muy alegres y jactanciosos, como si alardearan, bañados de un exquisito perfume, con el tufo del vivac; lo que bien mirado daba su sabor especial a la fiesta. Era el homenaje a los héroes del bañado y ese husmo viril constituía desde luego su mejor gala, alborotando a las mujeres con su atmósfera penetrante, como el olor del zorrino a los gallineros.

En el salón deslumbrante por las lámparas de carburo, estaban los oficiales y suboficiales, rodeados por la mejor sociedad del pueblo. Se habían dado cita todos los ganaderos de la zona, los arrendadores y comerciantes que formaban la Junta Municipal. No faltaban siquiera los empleados del ferrocarril. Y por supuesto, también el cura se había hecho presente. En la cabecera del salón formaban un corrillo obsequioso en torno al comandante del escuadrón, que tenía los ojos inyectados en sangre y la lengua estropajosa.

Las damas de la comisión pro templo hacían los honores y atendían solícitas el ambigú, secundadas por las maestras y las demás muchachas que se turnaban para servir a los invitados. Las más jóvenes acorralaban a los tres tenientitos y coqueteaban con ellos, sonrientes y excitadas en sus vaporosos vestidos de organdí, de modo que los tenían bastante ocupados. Las menos jóvenes y atractivas se contentaban con los suboficiales, más numerosos y accesibles. Las de turno en el ambigú viboreaban entre las parejas mirándolas con envidia y buscando el momento de zafarse de los vasos de bebidas o de las bandejas de croquetas y pastelitos, en cada uno de los cuales se hallaba clavado un escarbadiente con un diminuto banderín.

El capitán Mareco no bailaba, lo que no dejaba de extrañar a jóvenes y viejos, pues él mismo no era más que un muchacho, a quien el mando y las circunstancias comunicaban una forzada madurez; habían visto que el capitancito era de agallas y suplía su juventud con el típico aire de superioridad de los «de arriba». Se limitaba a observar la fiesta y a echar de reojo, entre charla y charla, una rápida mirada de conocedor sobre las muchachas que bailaban, sin detenerse en ninguna. Le renovaban continuamente el vaso y él tomaba y tomaba, pero nadie podía decir que el comandante del escuadrón no sabía comportarse en sociedad.

El rumor de la gente ahogaba la música de la pequeña orquesta, un violín, un arpa y tres guitarras, que instalados sobre una tarima soltaban sin descanso una polca tras otra; el arpista, que parecía ciego, era el más animoso de todos, pues aun en los intervalos seguía preludiando su instrumento con la cara pegada al cordaje, como si además de ciego fuera sordo.

En el patio se aglomeraban los mirones y la gente de segundo pelo, que habían concurrido a la fiesta por diversos motivos, pero especialmente para ver de cerca a los de la caballería. Allí bailaban los soldados; había no menos de cien de ellos, desembarazados apenas de su impedimenta, los corvos sables colgando de los tahalíes. En la parpadeante penumbra de la parralera, coloreados por los farolitos chinescos, bailaban apretados a las mujeres descalzas. Las vaharadas de polvo subían del piso de tierra lamiendo sus siluetas muy juntas, borroneando las caras barbudas o lampiñas y las caras impenetrables de las mujeres que se movían en brazos de los soldados como si bailaran en sueños con la muerte en algún sombrío campo de batalla.

Allí apenas se escuchaba la música que se filtraba avaramente del salón, de suerte que los soldados bailaban casi de memoria, al solo compás de su instinto, con esas manos que ceñían las cinturas o que se crispaban de pronto sobre las grupas, turbios de deseo los ojos brillantes. Allí y a esa hora, el acre olor del campamento brotaba con más fuerza de los hombres uniformados y sudorosos.

Allí y a esa hora fue cuando don Bruno Menoret, que andaba mironeando lo que él llamaba el «farrón castrense», descubrió de repente, o creyó descubrir, al débil parpadeo de los farolitos de colores, una figura conocida, la única que jamás habría esperado encontrar allí. Se acercó aún más y entonces vio de verdad, estupefacto, a su chófer bailando con la sepulturera, entre los pocos paisanos que bailaban descalzos y con los sombreros metidos hasta los ojos como si tuvieran vergüenza de estar allí. El catalán se alejó trastabillando como si se hubiera vuelto borracho de golpe, lo que no podía extrañar a los que lo conocían. Algunos lo oyeron balbucear entre dientes, mientras se iba «¡Está loco..., está completamente loco!»

Cerca de medianoche sería, porque el cura se levantó entre una y otra pieza y se despidió del homenajeado principal.

—La fiesta está muy linda. Pero mañana tengo que decir misa muy temprano.

—Comprendo. Le agradezco que haya venido —dijo el capitán.

—Celebraré el santo sacrificio por sus intenciones —le dio un apretón de mano muy cordial—. Para que Dios le siga dando su bendición.

—Muchas gracias, Paí —se cuadró militarmente.

Salió el cura y tras él emigraron también con aire devoto las hermanas de la Orden Terciaria, que habían estado comadreando animadamente en un rincón.

Se cruzaron con don Bruno que venía entrando y buscaba con miradas de loco al capitán. Se abrió paso a empujones y por fin llegó hasta él, lo llevó aparte tomándole del brazo, en una actitud a la vez sibilina y acobardada, que los ediles y comerciantes no dejaron de notar.

—Vea, capitán... Sé dónde está ese hombre —le dijo a boca de jarro.

—¿Quién? —los ojos encarnados del capitán se clavaron en él, como si trataran de ver claro una desvaída silueta.

—Es Cristóbal Jara..., mi chófer. El hombre que ustedes buscan...

—¿Dónde está?

El catalán dudó, echando los ojos muertos al cielo, como si de improviso hubiera visto abrirse una grieta muy profunda y llameante. Nadie supo, tal vez ni él mismo lo supiera, si en ese momento iba a delatar a Cristóbal Jara o si por el contrario estaba tratando de urdir en su favor una loca patraña, alguna increíble y absurda coartada, más increíble y absurda todavía que el hecho mismo de haber venido ese hombre allí, a inferir él solo a todos sus enemigos la enormidad de esa afrenta con un coraje demoníaco y desesperado. Tal vez el catalán comprendiera de golpe la magnitud de esa locura y había decidido jugarse la vida él mismo para defenderla y hacerla triunfar más allá de las posibilidades permitidas.

Nadie lo supo y nadie va a saberlo nunca, porque en ese momento un revuelo indescriptible llenó de gritos y corridas el salón, el patio y hasta la aglomeración de los mirones.

—¡Los lázaros..., los lázaros! —se oyó chillar despavoridas a las mujeres.

Hubo un desbande vertiginoso que incluyó en sus remolinos a los oficiales, a los soldados, a los músicos. Solo el arpista continuó tocando, sordo y ciego a lo que ocurría. El capitán Mareco también permaneció parpadeando un instante más en medio de la ululante escapada. Entonces vio, como en una gran pesadilla, a varias parejas de leprosos bailando grotestamente con sus cuerpos hinchados y roídos a la lívida luz.

En la penumbra de la parralera, Cristóbal y María Regalada se encontraron bailando entre las cabezas leoninas y los cuerpos deformes. El tufo del vivac estaba desapareciendo, tragado rápidamente por ese otro hedor salvaje y dulzón. Se apretujaron a su alrededor. Acaso Cristóbal distinguió alguna sonrisa de complicidad en las máscaras purulentas que se iban acercando en un ruedo cada vez más pequeño. María Regalada tenía una expresión plácida y misteriosa.

Salieron sin apurarse, protegidos por esa guardia de corps de fantasmas de carne, mientras el arpa seguía tocando vivamente una galopa en el salón desierto.

VII
Destinados

. . . .

1.º de enero (1932)

Año nuevo. Aquí, en el destino militar de
Peña Hermosa, apenas nos apercibimos del paso del
tiempo. Los días transcurren monótonos, iguales, para
la cincuentena de presos confinados en el islote. Estamos fondeados en medio de la lenta y atigrada corriente, de más de un kilómetro de anchura, que ahora, por la bajante, hiede a limo recalentado por el
sol. Cuando se la mira fijamente, a ciertas horas, parece también detenida, inmóvil, muerta. Entonces se
tiene la sensación de que el peñón remontara el río,
entre las centelleantes y lejanas barrancas.

La lancha del Resguardo hace su arribo men-
sual con los víveres y la correspondencia. A veces
trae también algún nuevo pensionista. El mes pasado
llegó el último, Facundo Medina, dirigente universi-
tario, a quien llaman el *Zurdo* por sus ideas de iz-
quierda. Parece que estuvo complicado en los sucesos
de octubre, en Asunción, que culminaron con el ametrallamiento de estudiantes frente al palacio de gobierno, cuando acudieron en masa a reclamar la de-

fensa del Chaco ante la progresiva ocupación por los bolivianos.

Con el Zurdo Medina, los presos civiles suman la media docena. Son algo así como supernumerarios. Pero, como casi todos andamos en calzoncillos, las diferencias no se notan.

Anoche hubo comilona y beberaje para todos. Carnearon las tres ovejas compradas a contribución, que trajo el lanchero la semana pasada. Penados y guardianes fraternizamos en una mesa común. Hasta el comandante estuvo a comer y a beber con nosotros. Se despachó una perorata patriótica cerrándola con sus augurios «a los camaradas en desgracia que esperen su rehabilitación…» En seguida se largó a chupar como los demás. Al filo de la medianoche, ya muy alegre y fanfarrón, apagó de un balazo uno de los faroles, dando la señal de ataque al asado. Al capitán Zayas le gusta compadrear sobre sus tiempos de campeón de pistola, ahora que lo han pasado a la reserva y lo han puesto a cuidar presos. El turno de guardia también disparó sus fusiles. El nutrido tiroteo debió despertar al guacamayo cuyos chillidos angustiosos solo se calmaron poco a poco.

Después del asado, Miño tocó su acordeón, chamburreando lo que saliera. Un conscripto lo acompañó con la guitarra. Meta polca y caña. Se formaron parejas. Una grotesca parodia de baile entre machos. Los ojos turbios, las manos algo rabiosas, a pesar de las bromas, dejaban transparentar la ausencia de la mujer. Aquí ni siquiera se consiguen las indias chulupíes que abundan hacia Puerto Casado. El prominente abdomen de Zayas se bamboleaba de risa, hasta que se retiró a dormir, llevado casi en peso por el cabo y dos números.

Yo miraba la farra desde la oscuridad, sentado contra un árbol. Me escabullí para no seguir tomando.

La caña me cae mal, aun antes de probarla. Acaso por aquello que pasó. Devolví los tragos, bebidos para no desairar, y me sentí mejor. Al verlos así borrachos, pensé en el proyecto de la fuga planeada hacía algún tiempo. Anoche tal vez era la oportunidad. Todo se juntaba a favor. La guardia hubiera podido ser reducida con relativa facilidad y una buena partida, por lo menos los que no sabían nadar, habría cabido en el chinchorro del penal. Pero los promotores estaban tanto o más borrachos que los guardias.

Junto a mí se quejaba alguien despacito entre los yuyos, con un quejido sordo y persistente de boca aplastada contra el suelo. Tuvo algunas arcadas y siguió quejándose. No me acerqué. Sabía que era Jiménez. Lo de él no tiene remedio. Le han dado cinco años por la muerte del ordenanza a quien baleó al descubrir que se había liado con su mujer. Hay noches en que sueña con ella en voz alta, o se queja bajito, como anoche. Escribe largas cartas, que nunca envía. Cada tanto aparecen en la letrina los menudos trocitos de una nueva.

—¡Lindo buzón para esas cartas de amor! —dijo una vez Noguera.

Se burlan a sus espaldas. Pero a él por lo menos no lo desprecian.

Mientras duermen como muertos, he bajado a darme un chapuzón. Nadé hasta cansarme, hasta sacarme el regusto amargo de la boca. Desde el puesto de centinela, el imaginaria me vigila. No sé para qué. No pienso fugarme. Estoy bien aquí. Ahora me sentiría bien en cualquier parte. Sapukai o Peña Hermosa, todo me da igual. No espero nada, no deseo nada. Vegeto simplemente. Debo oler a limo, a sudor.

Ni una gota de aire. Silencio pesado, total, agujereado de vez en cuando por los ásperos gritos del gua'á. Tengo la sensación de hallarme en un islote desierto. Veo el vapor que mana de mi cuerpo, mientras anoto estas cosas en mi libreta. ¿Por qué lo hago? Tal vez para releerlas más tarde, al azar. Tienen entonces un aire de divertida irrealidad, como si las hubiera escrito otro. Las releo en voz alta, como si conversara con alguien, como si alguien me contara cosas desconocidas por mí. Sin embargo, hasta escribir me cansa. No siempre me entran ganas.

El agua fría me ha quitado el dolor de cabeza pero ha aumentado mi flojera. Hoy ni siquiera podría leer. No he tocado aún el paquete de libros que me enviaron de casa el mes pasado. Mejor se está soltando el cuerpo sobre las toscas hasta no sentirlo, como cuando de chico me tumbaba cabeza abajo en las barrancas del Tebikuary para ver chispear el río del revés, erizado a contrapelo por el viento norte.

Pero éste no es el río de mi infancia, rápido, sinuoso, familiar, con su playa que a esta hora solía estar llena ya de lavanderas, de carretas atravesando el vado, de animales bebiendo, de gritos, de voces, de figuras caminando patas arriba contra el cielo, nublado por el humo de las quemazones.

Este es el hierático *Río-de-las-Coronas,* que los guaraníes endiosaron y acabó en bestia de carga, dando su nombre a la patria. La bajante ha dejado al descubierto la restinga. A lo lejos, bajo el sol naciente, las barrancas calizas relumbran como si fuesen de mica pura. El islote suelta amarras y empieza a remontar el río, imperceptiblemente, sin apuro.

6 de enero

Se repiten los pequeños actos anónimos de hostilidad. Al despertar encontré una culebra muerta en una de mis alpargatas. Regalo de Reyes, acaso con su alusión simbólica. Días atrás fue la desaparición del reloj, que encontré al fin en una hendidura del adobe. O el mosquitero tajeado en varias partes. O el jarro de tomar cocido, lleno de orines. .Fingen no darse cuenta de nada, salvo algunas guiñaditas de complicidad, que percibo al descuido.

También me han revisado el paquete de libros. Tratan de hacerme sentir su repulsa, de humillarme en secreto.

El único que se acerca con relativa espontaneidad es el Zurdo. Tanteos de proselitismo ideológico. Pero lo hace cada vez con menos convicción, como abatatado de entrada.

—¡No sea un milico encallecido! —me dijo ayer, forzando la familiaridad—. Hay lo viejo que muere y lo nuevo que nace. En usted mismo...

Al menos, es alguien que me habla. Sé que después lo critican.

—¡Es al cohete, Zurdo! ¡Ese no va a cooperar en tu revolución social! —le ha dicho el negrito Noguera.

El ex cadete me detesta más que los otros. Su buen humor y simpatía lo disimulan. Noto su mano en los nimios actos de provocación, aunque tengan una intención colectiva. No puedo tomárselo a mal, sin embargo. El anonimato implica cierto respeto. Por despectivo que sea el vacío con que lo encubren. Mientras no lleguen a enfrentarme abiertamente...

10 de enero

Hoy, domingo, desempaqueté los libros. Algunos diarios de Asunción, muy atrasados, con referencias al ametrallamiento de estudiantes. Hablan de que la guardia del Palacio se vio forzada a ese recurso extremo para contener la avalancha que pretendía asesinar al presidente y a sus ministros, dirigida por elementos terroristas infiltrados entre los estudiantes. Puse los diarios sobre el catre del Zurdo. A él le van a interesar estos argumentos.

Varias novelas y las Memorias del P. Maíz, de seguro incluidas en el paquete por el marido de Delmi, que es antilopizta. Lectura para meses. O para años. Hojeé distraídamente *La guerra y la paz,* recordando la primera vez que leí la novela de Tolstoy, en Itapé, durante unas vacaciones de la Escuela Militar, convaleciente de paludismo. La había comprado creyendo que tenía alguna relación con el arte castrense. Es el mismo ejemplar subrayado por mí. Fea costumbre. Alambrados de lápiz rojo alrededor de pensamientos ajenos, que luego se llenan en uno de plantas parásitas.

No podía acordarme más que de algunos pasajes inconexos. En cambio, el nombre del escritor ruso me trajo el recuerdo de unas palabras suyas, leídas no sé dónde, acerca de una tribu extinguida hacía mucho tiempo. Alguien dice de pronto: «Todos los atzures han muerto. Pero hay aquí un papagayo que conoce algunas palabras de su idioma…» ¿A qué clase de sobrevivencia quiso aludir Tolstoy? No sé por qué he recordado esto. Es probable que se trate en realidad de una asociación sugerida por los gritos del gua'á. Toda la tarde, hasta la puesta del sol, se ha pasado graznando con carrasposa voz de viejo las únicas frases que conoce: *Yapiä-ke!… Yapiä-paitehé!…* * Entre una y otra barbota una obscenidad y luego se despioja pachorrudo, hamacándose en el herrumbrado zuncho. Es un guacamayo azul con veteaduras anaranjadas, de los que en guaraní se denominan *araräkä,* rama-de-cielo. Dicen que es el más antiguo habitante

---

* ¡Escapemos!… ¡Escapemos todos!

del penal. ¿Quién le habrá enseñado esas irónicas frases que repite sin saber, como burlándose?

17 de enero

Un chaparrón nos bloqueó en la cuadra, por el resto de la tarde. Numerosos grupos de truco y de siete y medio alborotaron el ambiente de denso humo, de calor húmedo, bebiendo interminables guampas de tereré. Los baldes se llenaban afuera, en los chorros del aguacero. El Zurdo aprovechó bien el tiempo con sus «clases» de cultura política. Miño ensayaba en su acordeón.

En medio del barullo, echado en mi catre, he intentado inútilmente leer la desgarrada y a la vez cínica confesión de Fidel Maíz, en la que intenta justificar su conducta durante la Guerra Grande, conciliando las actitudes del sacerdote y del fiscal de sangre en los campamentos de López. Sus «etapas» de servil sometimiento al Mariscal y su posterior abominación y retractación. Para él, López es, en el apogeo de su poder, el *Cristo del Pueblo Paraguayo*. Después de sacrificado en Cerro Korá, blasfema de él execrando al satánico monstruo de furia homicida. Espíritu lleno de sombras.

Aún me parece oírlo la tarde de un Viernes Santo, veinte años atrás, inaugurando el Calvario en el cerrito de Itapé con el Cristo leproso de Gaspar Mora. La voz caía sobre la multitud, congregada al pie del promontorio. El viejo loro de la oratoria sagrada, revestido con los ornamentos, senil y desmemoriado, graznando sobre el campo ardido de sol el sermón de las Siete Palabras. Ahora se me antojaba que él no hacía más que repetir también algunas palabras de un idioma extinguido.

Me ganó una invencible modorra. Habría dormitado un rato. De pronto volví a escuchar la lluvia sobre el techo de paja. Tenía sed. Nadie se preocupó de alcanzarme un jarro de tereré. Traté de sumergirme de nuevo en el tortuoso *mea culpa* del P. Maíz. Pero me sentía incapaz de concentrarme en nada.

3 de febrero

Llegó la lancha con las correspondencia y las provisiones. Los he visto arrimar las caras, doblarse sobre sus cartas como sobre algo vivo y no sobre inertes trozos de papel, violados previamente por la censura. Yo no escribo ni recibo cartas.

Compré al lanchero una línea casi nueva con un buen anzuelo que había tendido a secar en la proa. Regateó el precio, pero al fin cedió. Le di los últimos pesos que me quedaban.

Oí que hablaban de nuevos disturbios en Asunción. Hoy habrá allá festejos por el día de San Blas, patrono del Paraguay. En Itapé solíamos tener hasta toro candil y cambára'angá.

Al atardecer Jiménez bajó al lugar donde yo estaba pescando. Se sentó sobre una piedra metiendo las piernas en el agua hasta las rodillas y se puso a contemplar el río con absorta fijeza. Parecía un mutilado con los muñones huesudos a flor del agua. Se volvió para hablarme, sin decidirse. Creí que iba a hacerme alguna confidencia. Al fin preguntó:

—¿Qué puso de carnada?

—Un pedacito de cecina.

—No sirve para los dorados. Con eso sólo pican las pirañas.

—Pesco por pescar no más —le dije sin mirarlo, algo fastidiado pensando que en Itapé nunca se me había dado por pescar.

—Ah... —dijo, atento al rodar de nuestras palabras sobre el agua, lisa como un espejo de todos colores.

Lo rajó entre sus piernas de un salivazo. Un rato después llamaron para el rancho. Los tañidos del trozo de riel repercutían contra las barrancas amoratadas, de modo que simulaban llamarnos de allá lejos, del otro lado del río. Subimos en silencio. Giró la cara varias veces mirando el agua con ojos de loco. Está flaco y consumido. Dicen que nada hunde más a un hombre que una mujer cuando lo tiene agarrado no por el sexo sino por el alma.

5 de febrero

Pesqué un karimbatá. Algunos comieron el sábalo asado al rescoldo, en lugar del infecto guisote del penal. Yo estuve temblando un rato en el catre. Cada tanto, mi viejo paludismo me pega algunos tirones de las venas y los nervios. Después me deja por un tiempo una extraña lucidez, como si recordara o viera nítidamente cosas por completo olvidadas. Es la única desventaja.

2.

20 de febrero

Jiménez intentó escapar en el chinchorro, antes del alba. Fue una tentativa absurda. La embarcación, en desuso, hacía agua por todas partes y él no sabe nadar. Se hundió antes de llegar a las rompientes. Cinco soldados, buenos nadadores, rescataron a Jiménez, semiahogado, y lo trajeron sobre el plan del bote dado vuelta. En realidad un espectáculo un poco ridículo. Algunos, como Noguera y Miño, no pudieron disimular su risa y sus mordaces comentarios, sobre todo viendo a Zayas manotear y gritar como un energúmeno, en la orilla, dirigiendo la captura o el salvamento del evadido.

Resultado inmediato: 30 días de calabozo para Jiménez. Los demás, desde hoy, solo podremos bajar al agua en conjunto, a ciertas horas y con custodia.

—¡Eso se saca por darles confianza! —vociferó Zayas en la formación.

Ya no disfrutaré de mis solitarias zambullidas matinales ni de mis sesiones de pesca al atardecer. La idiotez de Jiménez nos ha robado las únicas expansiones que teníamos.

29 de febrero

Jiménez amaneció muerto. Cuando le empezó la fiebre, Zayas mandó sacarlo del calabozo y restituirlo a su cucheta, en la cuadra. Los tres últimos días los pasó inconsciente, mirando fijamente el techo. Como el chinchorro está en reparaciones y la lancha del Resguardo sólo arriba los primeros días del mes, no se le pudo trasladar de urgencia, cuando aún era tiempo. Tampoco llevar su cadáver, que con el calor entró rápidamente en descomposición.

Noguera comentó que Jiménez había errado incluso el día de morirse.

—De no ser bisiesto el año —dijo—, por lo menos hubiera entablado el Día de los Héroes...

También su entierro tuvo algo de grotesco. Construyeron el ataúd con restos de embalaje. En los pedazos de la tapa se leían inscripciones de marcas de jabón y de querosén. Hubo, además, que probar en dos o tres partes hasta encontrar un sitio menos duro en la tosca petrificada del islote, para cavar la fosa a cierta profundidad. Zayas trató de improvisar algunas palabras, pero tuvo que interrumpirse a menudo. Los chillidos del guá'á rayaban a cada instante la membrana acústica de la tarde con su obsesivo estribillo y su palabrota de carrero. Un número debió ir a atontarlo de un culatazo, para hacerlo callar. Aquello terminó en un sarcasmo.

¡Pobre Jiménez! Mientras restallaban los cascotes sobre el remendado cajón, pensé en lo que quiso decirme aquella tarde. Sabía que no era nada referente a las carnadas ni a las pirañas. Yo pude ayudarlo, quizá. Ya estaba semiasfixiado y necesitaba urgentemente algo semejante al tratamiento de respiración artificial. Una sola mirada de simpatía puede a veces salvar la vida de un hombre. Pero su irremediable estupidez me irritaba. Adiviné, sin que me lo dijera, para qué quería escapar. De haberlo logrado, no habría adelantado gran cosa en el terrible desierto en que se achicharraba. Así, al menos, descansa.

Mañana comenzará la indagatoria. Se hablará de todo menos de eso, desde luego. Zayas no las tiene todas consigo en este episodio. Ha cambiado de actitud, por las dudas. Pero de seguro no cuenta con nuestras declaraciones para mejorar su situación. Por primera vez ha muerto un hombre en el islote, desde que lo habilitaron como destino.

20 de marzo

Llegó el nuevo comandante, acompañado por el juez instructor. Zayas, bastante humillado, los recibió en el embarcadero, falsamente amable.

El capitán Quiñónez no ha perdido tiempo. Como primera medida, a pesar del domingo, pasó minuciosa revista de los penados con todo y los equipos, libros y papeles personales incluidos.

Conozco a Quiñónez desde los tiempos de la Escuela Militar. Pertenece a una promoción anterior. Pasados algunos años, acabamos siendo juntos oficiales de planta del establecimiento. Hasta fuimos amigos, nos tuteábamos. Él se hace ahora el desentendido. Esto facilita las cosas para ambos. Un poco antes de la conspiración, Quiñónez fue trasladado, a su pedido, a una de las guarniciones del norte. De allá lo han mandado a Peña Hermosa, a reemplazar al indolente Zayas. De Quiñónez no se puede decir tampoco que haya escalado posiciones. Pero a él no le importan estas cosas. Es un hombre respetuoso de los reglamentos, de la disciplina, de las jerarquías.

23 de marzo

Reabierta la indagatoria, el juez ha tomado declaración a todo el mundo. El único que se salvó raspando fue el gua'á, si bien no dejó de llamar la atención del instructor con su consabido sonsonete.

Incidente con el Zurdo. Muy excitado, este dijo cuando le tomaba declaración:

—¡El teniente Jiménez es una víctima del régimen penal en nuestro país! ¡Y si así se muere en un penal militar, saque la cuenta de cómo serán las cárceles civiles, señor fiscal!... —la cara flaca y negra de caballo miraba al meticuloso funcionario con los ojos centelleantes, como si a su vez lo responsabilizara de lo que sucedía.

El exabrupto le valió varios días de calabozo. Por añadidura los presos civiles han sido separados. Ocupan desde hoy cuadra aparte. La orden de Quiñónez es estricta. Sólo tendrán en común con los presos del ejército las horas del rancho y del baño.

3 de abril

Quiñónez me hizo llamar esta mañana. Me habló, no como el conocido o amigo de otro tiempo, sino como jefe del penal dispuesto, sin embargo, a considerar mi caso con cierta benignidad.

—He estudiado su legajo —me dijo de entrada, clavando en mí sus tranquilos ojos pardos—. Creo que los jueces le cargaron injustamente la romana en aquel asunto de la Escuela Militar. Es más: sé que usted no tuvo velas en ese entierro, pese a los indicios en su contra... —siguió escrutándome mientras me tendía un cigarrillo. Después de una pausa continuó—: Pero, ¿qué hay de aquella historia de Sapukai, en la que parece que usted se complicó con unos montoneros del bañado? No estoy tratando de revisar su causa. No soy quién. Pero es bueno que nos vayamos entendiendo. No puedo creer que usted...

Debió percibir mi secreta indignación, porque volvió a interrumpirse. Me exasperaba que alguien, por bien intencionados que fuesen sus propósitos, volviera a remover aquello. ¿Qué podía callar o decirle, más de lo que ya he dicho o callado a los otros, aun bajo el apremio de vejaciones físicas y morales? ¿Más de lo que a mí mismo me he dicho o callado o negado en todo este tiempo? El proceso registró en parte la murmuración general que me hizo aparecer como entregador de los hombres de las olerías, a cambio de mi libertad. ¡Libertad..., qué absurda palabra para mí! Ese rumor era el único testimonio y esa culpa, el solo atenuante que había a mi favor, ambos recusados por mí, del principio al fin. Qué interés podía haber tenido en vender a esos pobres diablos del estero. Aunque, quizá, los que así pensaban tenían razón, porque haberme emborrachado aquella noche equivalía a convertirme de hecho en un delator, por lo menos ante mi propia conciencia. Pero es esto, precisamente, lo que no puedo explicar a nadie. Y menos, desde luego, a Quiñónez, espejo del pundonor, modelo de frialdad humana y profesional. Él no es un militar como yo, cuya vocación nació de un deslumbrante traje de cadete.

—He aceptado la sentencia —le dije tan sólo—. Estoy aquí y cumpliré la pena. No pido ninguna clase de privilegio.

No insistió. Me dejó ir, sin hablar de nada más. La entrevista, sin embargo, puso el dedo en la llaga. ¿Qué se habrá hecho de aquellos hombres, algunos de los cuales pagaron con su vida esa presunta delación? Me parece verlos, como aquella tarde, desde la plataforma de mi vagón en ruinas, incrustado en los montes de Costa Dulce. A veces, como hoy, quiero pensar que *eso* nunca sucedió. Pero entonces, justamente, es cuando mi malestar crece.

3.

27 de abril

Insensible pero férreamente, Quiñónez ha impuesto su sistema. Al Zurdo le resulta ahora más difícil difundir sus ideas subversivas en los escasos momentos que pasan juntos los presos militares y civiles.

—¡Una lástima! —dijo Noguera—. Porque el entendimiento del ejército con el pueblo iba por buen camino, tan siquiera en nuestro islote.

No obstante, el plan de fuga ha vuelto a reactivarse. Conozco incluso algunos detalles. La chalupa a motor, afectada ahora al servicio del penal, puede resultar de gran utilidad. Naturalmente, unos y otros prescinden de mí y hasta se cuidan de hablar en mi proximidad.

14 de mayo

Misa campal, izamiento y jura de la bandera, para conmemorar el aniversario de la Independencia. El capellán —mandado invitar expresamente— y Quiñónez, cada uno a su turno, se explayaron sobre el amor a Dios y a la patria, sobre el culto de los Héroes y la Libertad. Ceremonia muy a propósito para un penal.

Han tenido buen cuidado de embolsar al guacamayo y de arrumbarlo en el calabozo, desde la tarde anterior en que el capellán tomó la confesión a los que iban a comulgar, no fuera a perturbar el orden con su insidioso somatén.

17 de junio

En la formación de la retreta, Quiñónez nos comunicó la noticia de la caída del fortín paraguayo Pitiantuta en manos de un fuerte destacamento boliviano, que aniquiló a su pequeña guarnición de un cabo y cinco soldados. Aquí hay una veintena para cuidarnos.

Estupor y nerviosidad. Durante el rancho, el Zurdo tuvo mucha tela para cortar.

—¡Vean el pacifismo del gobierno! —dijo a gritos—. ¡Deja que en el Chaco los bolivianos aniquilen nuestras guarniciones y en Asunción masacra a la juventud que va a pedir armas para defenderlo!

—¿Sos militarista entonces? —preguntó con sorna Valdez.

—¡No! —replicó el Zurdo—. ¡Pero si estalla la guerra no van a ir a pelear los militares solamente!

—Iremos todos —dijo el artillero Martínez, huraño y adusto por lo general, empujando el plato vacío—. Son nuestras tierras. Todos tenemos que defenderlas.

—Los bolís dicen que los dueños son ellos —terció el Zurdo.

—Todo es cuestión de los títulos —dijo Valdez.

—O de las polillas —agregó Noguera, con aire solemne.

—¿Qué polillas? —preguntó Miño.

—Las polillas de la Audiencia de Charcas —repuso el negrito—. ¿Se acuerdan de las clases de historia? Las polillas de los archivos de Chuquisaca y de Asunción.

—¡No sé qué tiene que ver! ¡Polillas... ich! —bufó Martínez, irritado.

—¡Claro! Esos bichos agujerearon las Cédulas Reales. Se comieron las demarcaciones primitivas, la línea de hitos, el *uti possidetis,* se bebieron los ríos. Todo. Ahora nadie entiende nada. Ni nuestros doctores en límites. Ni los de ellos...

La retenida hilaridad estalló en una carcajada general.

—¡Vamos a pelear por unos títulos, sí!... —manoteó el Zurdo, en medio del barullo—. Pero no por los títulos comidos por las polillas de Charcas y Chuquisaca, como dice Noguera...

—¿Por cuáles entonces? —le interrumpió éste.

—Por los títulos y acciones flamantes, guardados en las cajas fuertes de los terratenientes del tanino. Cada uno de ellos es más poderoso que nuestro gobierno, que nuestro país. ¿Qué me dicen de Casado, por ejemplo? En mitad del Chaco, todavía estamos en sus latifundios. Ahora tendremos que pedirle permiso para ir a morir por sus tierras.

—¡Eso es lo que no entiendo! —dijo un oficialito de administración, manoteando como un gordo· mico—. ¡Por qué por un señor Casado tenemos que ir a morir tantos solteros!...

Esta vez las carcajadas le correspondieron a él, por su pueril juego de palabras. El Zurdo esperó pacientemente. En cuanto pudo, volvió a meter baza.

—Pero no solamente por los títulos y acciones de los latifundistas de este lado. También vamos a pelear y morir por los títulos y acciones de las empresas del petróleo, que están del otro lado.

—¡Vamos a pelear y morir por patriotismo! —gritó Martínez.

—Pero nuestro patriotismo va˙ a acabar teniendo olor a petróleo —replicó el Zurdo, frunciendo mucho la boca—. Las grandes empresas tienen buen olfato. Huelen de lejos el mar mineral enterrado en el Chaco.

—¡Por eso mismo tenemos que defenderlo, qué joder! —bramó el artillero—. ¿O prefiere entregar usted el querosén a los bolís?

—Tampoco va a ser de ellos —replicó el Zurdo—. Aunque se queden con todo el Chaco. ¡Por eso hay que denunciar a los que preparan la guerra, muchachos! —agregó alzando la voz y golpeando la tabla—. ¡A los de aquí y a los de allá! ¡La Standard, los Casado y compañía!

—Cambiá el disco, Zurdo... —le dijo Noguera, señalando de reojo la aproximación del comandante.

La presencia de Quiñónez acabó la discusión. Pese a las bromas y los chistes, la posibilidad de la guerra ha comenzado a insinuarse. Aun para nosotros. Un poco abstracta y remota todavía, por el momento.

3 de agosto

Cuando el proyecto de fuga parecía diluirse en una difusa preocupación, ha llegado el indulto y la orden de traslado. Para todos. Se ha decretado la movilización general. Parece que la guerra es inevitable. El 31 de julio cayó el fortín Roquerón en poder de una poderosa fuerza operativa del enemigo. Quiñónez nos leyó el parte del Comando, captado en Concepción. Esta vez no se trata de una simple escaramuza. Evidentemente, la irrupción boliviana cierra sus dispositivos para cortar el Río Paraguay, nuestro vulnerable espinazo de agua. Si llegan a tener su control, podrán doblar en dos al país y metérselo en el bolsillo.

Nos mandan al Chaco. Allá seremos más útiles que aquí. Las previsiones del Zurdo se están cumpliendo. Pero también las de los otros. Así que las divergencias se han superado de golpe. Ya no hay discusiones políticas. Colorados, liberales y apolíticos están en paz. Guerreristas y antiguerreristas. Todos de acuerdo, eufóricos, como si realmente hubiéramos recuperado la libertad. Hasta han vuelto a dirigirme la palabra. Quiñónez nos trata de nuevo como a camaradas.

5 de agosto

Ha venido un lanchón a buscarnos. Zarpamos al atardecer. En el penal, prácticamente desmantelado, sólo quedan un cabo y dos soldados. Y el guacamayo, que se puso afónico de gritar, contagiado por los nerviosos preparativos de la marcha. Noguera, en un último *gesto* de mimo, se despidió de él besándose en el ganchudo pico de cuerno, en medio de una gran explosión de risas y de gritos patrióticos. El ararãkä le respondió con su zafaduría, escondiendo como siempre bajo las alas la cabeza pelecha. Cuando el peñón vuelva a estar desierto, sólo el pajarraco continuará gritando su ronco epitafio sobre la sepultura de Jiménez.

La jarana continuó en el lanchón. Sentado a popa, contemplé cómo se alejaba el islote. Ahora sí parecía remontar rápido y seguro la corriente. Contra el cielo rojo creí ver por última vez, entre los árboles, unos blandos aletazos azules.

4

13 *de agosto*

A medianoche llegamos a K. 145, en el ferrocarril de Puerto Casado, luego de un traqueteo interminable. De allí, sin parar, en los desvencijados vehículos de la requisa, hacia la base de operaciones. Contingentes de hombres y convoyes de abastecimientos se desplazan sin cesar por la ruta, a lo largo de los puestos de etapa, todos con nombres apacibles y nostálgicos: Casanillo, Pozo Azul, Campo Esperanza... A la luz de los faros surgen y se desvanecen entre marejadas de polvo. Para contrarrestar el sueño, escribo estas notas en las paradas.

Al amanecer, la guarnición de Isla Po'í aparece sobre una pequeña loma de arena. Al fondo, la laguna brilla, jaspeada de escamas luminosas, entre la rala vegetación.

Un verdadero oasis en la calcinada llanura, trocado de improviso en un cráter en actividad, que chupa en su vorágine a las caravanas cenicientas. Aquí se prepara febrilmente la contraofensiva.

14 *de agosto*

Los hombres del penal nos hemos dispersado. A mí me han asignado al regimiento X... en formación, y puesto de inmediato a amasar la sudorosa carne de cañón, en el espíritu del Reglamento de Combate.

Multitud de hombres, uniformados de hoja seca, pululan diseminándose sobre el gran queso gris del desierto, como gusanillos engendrados por su fermentación. Son hombres, sin embargo. Y no han nacido en esta tierra porosa, sin fronteras. Se comportan sobre ella como prisioneros arreados al destino, ellos también requisados a la vez que los vehículos y las bestias de carga.

20 *de agosto*

Desde hoy tengo como asistente al soldado Niño Nacimiento González, a quien apodan *Pesebre*. Lo encontré en uno de los contingentes de reclutas enviados desde los acantonamientos de Asunción. Ha venido a resultarme hijo de la Lágrima González. Lo sospeché desde el principio, al ver su nombre en las listas de movilizados. Una vez ella me aseguró que si llegaba a tener un hijo, lo llamaría así. Una broma, un capricho, de los que solían antojársele. Hace mucho tiempo de esto. ¿Cuánto?... Una vida.

Un poco antes de la conspiración, visité a Lágrima una noche en la casona de la calle General Díaz, al 512, un prostíbulo casi pegado al Hospital Militar. Alguien me habló de ella. Yo salía de uno de los periódicos tratamientos de mi malaria. Cuando me vio, ella fue quien se puso a temblar. Entramos en su cuartucho. Se puso púdicamente la ropa detrás de un biombo, riéndose con una risa nerviosa, desamparada, que quería imitar la de una chicuela. Pero también su risa había envejecido. Durante las dos horas de la tarifa, nos sentamos en la cama, como dos novios tímidos, cohibidos. Hablamos de Itapé, de la escuela, de gente conocida, hermanados gradualmente en todo eso que nos unía y al mismo tiempo nos separaba. Sólo al final me preguntó si íbamos a hacer el amor. Le dije que no. Hubiera sido un incesto. Le dejé un anillo que había heredado de mi abuelo, y salí a la calle, amargado, estéril, viejo.

Pesebre no me conoce y yo ignoraba que existiera hasta que lo vi. Los mismos ojos oscuros y reidores de la madre. Pudo ser hijo mío. Es sólo mi ordenanza. La guerra lo ha puesto a mi cuidado, por casualidad. Las leyes inflexibles del azar, está visto, eligen las entrañas del caos para cumplirse.

25 de agosto

La aviación enemiga asomó la nariz. Una máquina sobrevoló la base, ametrallándola y dejando caer algunas bombas. No hubo bajas. La tropa asistió divertida a las evoluciones del solitario *Junker*. Muchos de estos improvisados soldados campesinos no han visto en su vida un avión. Media hora después de su alejamiento, aparecieron jadeando por sus asmáticos caños de escape dos *Potez* paraguayos, aumentando la algazara. No faltó alguna burlona rechifla al paso de los carromatos aéreos, que se adueñaban tardíamente del cielo de la base como dos pavos de monte entre guineas.

Se están construyendo apresuradamente *tucas*, para refugios. Grandes zanjas, con palizadas de troncos como techos.

31 de agosto

Durante la instrucción, un convoy aguatero pasó a corta distancia. Entre los camiones requisados para el cuartel maestre, reconocí de pronto la charata ladrillera de Sapukai. Al volante, como era de esperarse, Cristóbal Jara, el único evadido del estero. Lo vi detrás de la cortina de polvo. Pero era él, estoy seguro. El huesudo y negro perfil, tendido hacia adelante. Taciturno y reconcentrado como siempre. En otro camión iba Silvestre Aquino. De poco les ha servido escapar. La guerra, pues, los ha vuelto a rehabilitar también a ellos transformándolos de forzados «políticos» en galeotes del agua para los frentes de lucha, donde se va a lavar el honor nacional. Tenían el desierto alrededor, como un muro. Ahora lo tendrán de camino. Por un instante descuidé el simulacro de ataque a una trinchera enemiga, que estábamos realizando cerca de la laguna, contra una zanja de desperdicios. Los tiros de fogueo me volvieron a la realidad.

5 de septiembre

Reunión en el casino de oficiales, lleno de bote en bote. El comandante en jefe ha querido saludar personalmente a los cuadros de las fuerzas que iniciarán la reconquista del Chaco. Empresa casi utópica, y él, el soñador de esta utopía, por la que hasta hace poco se ametrallaba a la gente. Pequeño y circunspecto, el teniente coronel Estigarribia no trata de imponer su presencia. El uniforme sin presillas le va muy holgado. Hace el efecto de un hombre que ha crecido fuera de la ropa en una especie de grandeza un poco inhumana y fatídica, bajo su apariencia de buen padre de familia. «Esta va a ser una guerra de comunicaciones —dijo de pronto con voz pausada y gangosa el ex discípulo de Foch, como si hablara consigo mismo—. Triunfará el ejército que consiga dominar las comunicaciones del enemigo. Sobre todo, el que consiga llevar agua a sus líneas. Porque ésta va a ser la *Guerra de la Sed*... —agregó después de una pausa, subrayando claramente sus últimas palabras—. ¡Brindo por nuestra victoria!...» Extraño brindis. Extraña estrategia. Extraño jefe.

Del otro lado está Kundt, el mercenario teutón. Dos escuelas europeas van a enfrentarse en un salvaje desierto americano, con medios primitivos, por intereses no tan primitivos. Es también una manera de actuar la civilización sobre un contorno inculto, encallado en el atraso del primer día del Génesis.

Pesebre me mira, hurgándose la nariz, mientras escribo. Lo miro y se va, luego de juntar maquinalmente los talones. En lugar de escribir, hubiera querido conversar con él, preguntarle cosas... Pero el Reglamento exige no dar confianza a un subalterno. La moral de la tropa en campaña se nutre de estas desconfianzas.

7 de septiembre

Nuestro regimiento forma parte de las fuerzas de cinco mil hombres, cuyo objetivo es retomar el fortín Boquerón. La orden general de operaciones nos ha destinado a la primera columna (el grueso del destacamento), que hará su marcha de aproximación por el Camino Viejo. La segunda columna marchará por el Camino Recto. En el momento previsto, convergerán sobre el fortín para caer sobre él con un golpe de tenaza y partirlo como un coco. Escuadra por escuadra, he revistado minuciosamente a los 136 hombres, bisoños pero animosos, de mi compañía, e impartido las instrucciones correspondientes a los comandantes de sección. Todo está a punto.

Al romper el día nos pondremos en marcha. Falta poco. Ya está aclarando. No es todavía la luz, sino el imperceptible retirarse de las tinieblas. El sordo fragor de la base, que no cesó en toda la noche, yace aplanado en una pesada calma chicha, a la espera de la señal de partida. Comienzan a perfilarse las siluetas de los cobertizos, las masas de hombres y de material, chorreadas de lívidas sombras, entre el polvo insomne y tenaz. Cerca brilla el fuego del vivac donde hierven los tachos del cocido para la tropa. Muchos ya están despiertos. Muchos al igual que yo, de seguro no habrán pegado los ojos en toda la noche. Espían el móvil horizonte color malva que se despelleja por momentos. Pero, sobre todo, la claridad que arde entre pirizales y llantenes. Es la laguna. La laguna de Isla Po'í, bautizada ya con el ambicioso nombre de Laguna de la Victoria. No hay otra aguada en todo el sector. A su orilla, diminutos y oscuros, se recortan los camiones aguateros cargando sus tanques. Más que en el cielo, el nacimiento de la luz se hace ominoso en el tajamar, lleno a medias de un agua cuya existencia y cuya edad son un enigma. Palpita allí, en el bajo vientre de la loma, en la horqueta de los dos caminos que llevan al campo de batalla. En la penumbra del alba, semeja una vulva infinitamente suave, orlada por el vello de la vegetación acuática, fermentando bajo sus grandes manchas de moho, de un olor casi sexual. Es el único signo de vida en medio de la planicie reseca. Bandadas de charatas madrugonas revuelan sobre ella, chillando de sed, como en un presagio. De esa vulva trémula depende la suerte de la lucha...

5.

9 de septiembre (*Frente a Boquerón*)

Copioso nos ha salido el bautismo de sangre. El golpe de pinza se ha vuelto contra nosotros. Los asaltos en masa y al descubierto se estrellaron contra las primeras líneas de la defensa enemiga, sin haber podido localizar siquiera el reducto, escondido en el monte. Enfrente, hacia el sudeste, se extiende en media luna un abra de más de mil metros de anchura, lisa y pelada como plaza de pueblo. Una saliente del bosque avanza sobre el campo raso hacia el gollete del cañadón. Una y otra vez, atolondradamente, las unidades divisionarias volvieron a la carga, desgranándose como mazorcas de maíz bajo el torrente de metralla vomitado por las enmarañadas troneras. Especialmente, ante la cuchilla de la Punta Brava, erizada de fuego. Nuestras propias baterías cooperaron en la matanza con sus impactos reglados al tanteo. Las granadas de morteros y de obuses abrían grandes brechas en nuestro escalón de ataque, en lugar de caer sobre la posición enemiga. Las alas arremangadas de los regimientos se arremolinaban y superponían, batiéndose entre sí, en la confusión infernal. Nuestro batallón, ubicado en la reserva, también fue metido como relleno en la desbarajustada línea. No tardó más que los otros en desbaratarse. Ni a balazos pudimos contener el desbande de sus efectivos. Mi compañía fue diezmada en la primera embestida. Entre los desaparecidos figura mi asistente.

A media mañana, el ataque frontal estaba totalmente paralizado. Sobre la plazoleta del cañadón ha quedado un gentío de muertos, hasta donde se alcanza a divisar con los prismáticos. Durante todo el día continuaban tiritando a ratos, como atacados de chucho, bajo las ráfagas de las pesadas bolivianas. Paseé largamente el vidrio por esa aglomeración de bultos tumbados en extrañas posturas. Casi puedo asegurarme que mi asistente no está entre esos muertos que tiemblan al sol calcinante.

Nutrido tiroteo de hostigamiento. Nuestros cañones ciegos continúan tronando en la espesura con

su engallado pero inútil retumbo y los morteristas
haciedo toser acatarradamente sus *Stokes,* entre el crepitar de la fusilería y de las automáticas. Las caravanas de heridos taponan las sendas en un maciliento y
sanguinolento reflujo hacia la retaguardia.

Anochece. Desmoralización. Cansancio. Impotencia. Rabia. Nubes de mosquitos, enormes como
tábanos, nos lancetean sin descanso. No hay defensa
contra ellos. Me arde en el codo el rasguñón de bala
ganado durante el repliegue. Pero más me arde la sed
en la garganta, en el pecho. Llaga viva por dentro.
No ha llegado el agua a las líneas. Esperándola, uno
escupe polvo.

10 de septiembre

El Comando, impertérrito, ha ordenado el des-
arrollo de la maniobra de envolvimiento. Las unidades, reorganizadas a todo trapo, se han lanzado de
nuevo a la lucha. Con más cautela que ayer, es cierto,
aunque con idéntico resultado. Hoy contamos, sin
embargo, con una protección adicional: los muertos
amontonados sobre la herradura. Al amparo del pestilente parapeto nos arrastramos como pudimos buscando al acaso el corazón del reducto. Todos se preguntan dónde está el fortín. Ante la muralla espinosa
que protege a Boquerón, nos hallamos empeñados en
algo semejante al juego de la gallina ciega. Danzas y
contradanzas en el Cañadón de la Muerte, al son de
una espeluznante música de fondo, cuyos oleajes de
fuego y de plomo nos despluman sin conmiseración.
Desde arriba, los aviones con el distintivo auriverde
desovan sobre nosotros en vuelos rasantes, sus tandas
de bombas y abren sus espitas de metralla. En cambio, sobre el fortín mismo sueltan pequeños paracaídas que en gracioso planear descienden con cho-

rreantes paquetes de hielo para la plana mayor del reducto semisitiado. El comando boliviano cuida el bienestar de su gente. Uno de estos empapados farditos de arpillera y aserrín cayó en nuestras líneas. El efecto de la barra de hielo fue casi tan desastroso como el estallido de una bomba.

11 de septiembre

Calor sofocante. Cada partícula de polvo, el aire mismo, parece hincharse en una combustión monstruosa que nos aplasta con un bloque ígneo y trasparente. La sed, la *muerte blanca* trajina del bracete con la otra, la *roja,* encapuchadas de polvo. Al igual que los camilleros, los transportadores de agua no se dan tregua. Tampoco dan abasto. No habrá más de una decena de camiones empeñados en arrimar el precioso líquido para los efectivos de dos divisiones. Desde la base de apresto, los proveedores acarrean al hombro las latas por los intrincados vericuetos de la selva, a lo largo de los cuales gran parte de su contenido se derrama, se evapora o se piratea. En cuarenta y ocho horas, los oficiales hemos recibido media caramañola y la tropa apenas medio jarro de agua casi hirviendo, por cabeza. La carne enlatada de la «ración de fierro» no hace sino estimularla de un modo exquisito. Pelotones enteros desertan enloquecidos de la línea de fuego y caen por sorpresa sobre los vehículos aguateros o los esforzados coolíes de las latas. Una pareja de ellos fue despachurrada a bayonetazos, a pocos metros de nuestra posición. Hubo que ametrallar a mansalva, por vías de ejemplo, a los cuatreros arrodillados todavía junto a las latas vacías, chupando la sanguaza que se había formado en el atraco. El brindis de Estigarribia ha empezado a cumplirse con admirable precisión.

Al anochecer, Pesebre reapareció en la línea. Contó su historia, sin inmutarse. Según él, desde el calamitoso debut, anduvo perdido en los laberintos del monte y luego deambuló de un puesto a otro, hasta poder encontrar el suyo. En los ojos oscuros le brilla una astuta satisfacción. Extrañamente, el peregrinaje parece haberle quitado la sed.

12 *de septiembre*

Nuestras líneas se han estabilizado de una manera muy precaria. Es más bien un equilibrio inestable. Las deserciones y el cuatreraje del agua disminuyen, tras los rigurosos escarmientos. Ahora ha surgido una nueva fórmula de pirateo: las «autoheridas», de los que quieren beneficiarse con los privilegios de las legítimas: evacuación o agua. Cuatreros, desertores y autoheridos son fusilados sumariamente. La disciplina se va restableciendo poco a poco.

Hay indicios de que el sitio va a ser largo. Los jefes de unidades, desde batallón para arriba, han mandado cavar tucas individuales en sus P. C. Jaulas semisubterráneas de un metro de profundidad empaladas con troncos y tierra. Pesebre me ha venido con la impertinencia de que nuestro comandante se ha hecho llevar su chapapa hasta los tres metros.

—¡Caven más..., caben más! —dice que ha exigido a sus asistentes.

—¡Pero ya va a salir la quirosén, mi comandante!... —dice que le ha dicho uno de ellos.

No es solamente la astucia de Pesebre y su taimado sentido del humor. Son los miasmas de subversión y desaliento que flotan en el ánimo de la tropa: «Quirosén», pero no agua. Vuelvo a ver a los escuálidos soldaditos de la columna de Isla Po'í por el Camino Viejo, aplastados por los equipos de guerra, con las caras a la espalda, sin poder despegar los ojos de la verde y resplandeciente laguna, que ahora se ha convertido en una obsesión para los sitiadores, tanto o más que la conquista del propio fortín.

13 de septiembre

Patrullaje de reconocimiento. El camino de Yujra —la vía de acceso más importante al reducto— ha sido interceptado por nuestras tropas. El enlace con el ala norte es inminente. El Comando necesita conocer la ubicación y profundidad de las defensas en ese sector de la retaguardia enemiga, para completar la encerrona. Pero los bolivianos tienen bien camuflado el trasero de Boquerón. Se diría que su pudor es excesivo.

Lento arrastrarse de culebras, chaireados por la llama seca de los pajonales y el yavorai espinoso de guaimipiré, sobre más de un kilómetro de tierra caldeada. Veinte hombres escogidos, sin más protección que sus andrajosos verdeolivos, me precedían, enchastrados en el engrudo humeante y rosáceo del sudor. No logramos gran cosa en la descubierta, pero en cambio sorprendimos otro aspecto edificante del drama de la sed. En el islote de un pirizal, la aguadita de un pozo indio ha quedado en tierra de nadie, batida simultáneamente por una pesada boliviana y por la de un retén paraguayo. Oculto entre los matorrales, observé con el binóculo ese dechado de naturaleza muerta. Bajo el ángulo convergente de fuego hay un tendal de cadáveres, apilados alrededor del pozo. Algunos han alcanzado a hundir la cara en el tajamar y allí se han quedado bebiendo hasta la eternidad. Otros se abrazan estrechamente, quietos y saciados. Uniformes kakis y verdeolivos confundidos, hilvanados por cuajarones carmesíes, cosidos a una indestructible fraternidad.

14 de septiembre

Ha muerto el comandante del batallón. Un momento antes estábamos hablando a gritos, por el recio tiroteo, discutiendo con cierta aspereza, mejor dicho. Había venido a pedirle autorización para retirar mi compañía de una situación bastante comprometida. Me respondió de mala manera. No entendí lo que me dijo. Estaba muy irritado. Pero de pronto le veo abrir los brazos y entrecerrar los ojos, en un gesto de blandura casi femenina. Se inclina lentamente hacia mí y me echa los brazos al cuello. Desconcertado por este repentino cambio de actitud, no atiné a imaginar lo que estaba ocurriendo, hasta que mis manos se empaparon a su espalda en la inconfundible melaza de la sangre.

Por ser el más antiguo y el único de los oficiales del batallón, no salido de las filas de la reserva, me ha correspondido ocupar su puesto y el agujero del tuca.

15 de septiembre

Señales de abatimiento en los sitiados. Las máquinas verdiamarillas ya no lanzan barras de hielo en paracaídas, sino medicamentos y víveres, que caen en su mayor parte en nuestras líneas.

16 de septiembre

Los resortes del doble cerco están remachados sólidamente. Cerrados los últimos claros con el arribo de refuerzos en gran escala, que han duplicado los efectivos del comienzo. No menos de diez mil hombres y un enorme despliegue de material, se disponen a yugular el bastión acorralado, que parece tener siete vidas como los gatos. Lo sentimos en realidad como un gran tigre hambriento y sediento, sentado sobre los cuartos traseros, relamiéndose sus heridas, invisible dentro del monte en llamas, pero capaz todavía de saltar al fin, por encima de la trampa que le hemos tendido, para desintegrarse en la embriaguez de cósmica violencia que lanza a las fieras más allá de la muerte.

El Comando ha ordenado atacarlo por la espalda. La operación decisiva desencadenará de norte a sur la actividad en todo el dispositivo, que comenzará a contraer sus anillos concéntricos, igual a una kuriyú enroscada a la presa.

El desmembrado batallón a mi cargo va a ser enviado al flanco izquierdo para reforzar el amarramiento del camino a Yujra, en poder del Corrales, y patrullar las probables vías de infiltración enemiga en el sector poco conocido del fortín Arce. La misión adolece de una notoria vaguedad de conceptos. En todo caso, abarca dos objetivos distintos, desproporcionados a mis fuerzas. La orden verbal no es muy clara. He enviado al ayudante a reclamarla por escrito. El batallón es un comodín del que todos disponen a su antojo. A veces está en el escalón de reserva. A veces, como unidad de maniobra, es utilizado lo mismo para un barrido que para un fregado.

17 de septiembre

La batalla de Boquerón no lleva trazas, ni remotamente, de llegar a su fin. El ímpetu del ataque ha vuelto a agotarse en sí mismo. Boquerón es un hueso duro de digerir. El movimiento peristáltico de nuestras líneas trabaja inútilmente para deglutirlo.

Hay algo de magia en ese puñado de invisibles defensores, que resisten con endemoniada obcecación en el reducto boscoso. Es pelear contra fantasmas saturados de una fuerza agónica, mórbidamente siniestra, que ha sobrepasado todos los límites de la consunción, del aniquilamiento, de la desesperación.

De muchacho, un día mi padre me mandó sacrificar un gato enfermo y agusanado. Lleno de repugnancia, no supe sino meterlo en una bolsa y me puse a acuchillarlo ciegamente con un machete, hasta que se me durmieron los brazos. La bolsa se deshizo y el animal destripado, salió dando saltos ante mi hipnotizado aturdimiento, perforándome el vientre con sus chillidos atroces.

6.

18 de septiembre

Penosa marcha durante toda la noche. Al amanecer interceptamos un destacamento enemigo, que evidentemente buscaba abrirse paso hacia Boquerón. Luego de una corta refriega, optó por retirarse dejando en nuestro poder algunos muertos y una mula carguera, moribunda. Nosotros estuvimos al borde del desastre. Atacada por el flanco, la compañía de avanzada se replegó en desorden, amenazando arrastrar en su huida a toda la unidad. Por suerte, la retirada del enemigo nos permitió reorganizar la columna, cuando el desbande general era inminente. Tuvimos cinco bajas, entre ellas la del oficial que mandaba la compañía que defeccionó. He enviado a mi ayudante a reemplazarlo. La desmoralización empezó anoche, cuando las patrullas de punta chocaron contra un velo enemigo, que las batió con armas largas y tiros luminosos. Este percance nos obligó a cambiar de rumbo. Así llegamos a este lugar, sin saber exactamente dónde estamos. Un cañadón cruzado por un tramo de picada recién abierta, en medio de un bosque más achaparrado y espinoso que todos los conocidos. Suponemos que ha de ser una de las vías de comunicación del eje Arce-Platanillos. Por el lejano tronar de la artillería, hacia el noreste, calculo que estaremos a unos veinte kilómetros de Boquerón. En la creencia de que se trata de un camino de cierta importancia operativa, decidimos mantener provisionalmente su ocupación. Se han destacado dos patrullas. Una de reconocimiento hacia Yujra. Otra, con el parte al Comando, pidiendo instrucciones y agua. Sobre todo agua, si hemos de permanecer aquí.

Las fracciones desbandadas se están reintegrando. He mandado enterrar a los muertos. Los nuestros y los del enemigo. En una zanja común, cavada con los yataganes en la tierra arenosa, jaspeada por veteaduras de sal, que parecen de escarcha al llamear de las refracciones. Las semivacías caramañolas de los caídos permitieron distribuir un sorbo de agua a los heridos. Los demás tuvimos que conformarnos con un plato de carne de mula, después de dos días de ayuno.

19 de septiembre

No han regresado las patrullas. Nueva reunión de oficiales. Ha triunfado la tesis de «plantar» el batallón, «con agua o sin agua», en el islote achicarrado. Alguno hasta vivó roncamente a la patria, con los ojos opacos, vacíos del viejo entusiasmo.

Después de explorar las inmediaciones, organizamos la defensa del cañadón en dos frentes, convirtiéndolo en un reducto bastante pasable. Se han fortificado los sitios de acceso con nidos de ametralladora pesada y zanjas individuales. Puestos avanzados de vigilancia y retenes escalonados acordonan las líneas. En los extremos hemos armado unas «esclusas» para atrapar prisioneros. Ante el otro riesgo, resultan irrisorias estas extremas medidas de seguridad. No lejos del cañadón, el bosque desagua a una hondonada con restos de aluviones, acaso el antiguo lecho de un río o de un lago, evaporado en quién sabe qué época geológica. Por ese vado seco llegamos, sin duda, anteanoche. Sobre la blancura de hueso del arenal emerge el extremo de una piedra con forma de hongo y color de un lingote de bronce viejo, en el que la luz parece reabsorberse, pues no emite ningún destello. En esta parte del Chaco no hay piedras. Debe ser un aerolito.

7.

20 de septiembre

La «plantada» del batallón en la hoya antediluviana, está empezando a dar sus frutos. Tres heridos han dejado de sufrir. He perdido la cuenta de los efectivos que componen todavía mi unidad y de las bajas que sufre. Pero no parecen disminuir. Es solamente el paso de un estado a otro. A menos que la desesperación también ocupe espacio.

Me han construido un refugio al pie de un samuhú, detrás del nido artillado. Desde mi tuca disfruto de una visión de conjunto del polvoriento anfiteatro, con sus personajes caquéxicos, ya casi en cueros, que echan hacia afuera los huesos. Hombres envejecidos, cubiertos de costurones y rastrojos secos de eczemas. Reticulados por el ramaje leñoso, sin hojas, semejan fantasmas de utilería moviéndose como borrachos que no pueden recordar el camino de su casa, después de la representación. Cuando recorro las líneas, ya no los conozco. Las mismas caras iguales, desencajadas, quemadas, con el color del cuero viejo, llenas de costras, las pupilas tapiadas por las cataratas del polvo, bajo las crenchas hirsutas.

El bombardeo sigue trepidando bajo tierra, hacia el norte, cada vez más lejos, fingiendo los truenos de un imposible aguacero. Ninguna novedad de las patrullas. Se ha despachado otra, con la exclusiva misión de traer socorros, a costa de cualquier sacrificio. Los tres hombres, al mando de un sargento, partieron casi a rastras, pero alegres. Saqué mi brújula para darles. Pero, desimantada o trabada por alguna misteriosa inducción, la punta de la aguja está rígida, adherida al cuadrante. Se guiarán por el latido subterráneo del cañón.

Creo que en el libro de León Pinelo se afirma y se prueba que el Paraíso Terrenal estuvo situado aquí, en el centro del Nuevo Mundo, en el corazón del continente indio, como un lugar «corpóreo, real y verdadero», y que aquí fue creado el Primer Hombre. Cualesquiera de estos árboles pudieron ser el Arbol de la Vida y el Arbol del Bien y del Mal, y no sería difícil que en la laguna de Isla Po'í se hubieran bañado Adán y Eva, con los ojos deslumbrados aún por las maravillas del primer jardín. Si el cosmógrafo y teólogo de Chuquisaca tuvo razón, éstas serían las cenizas del Edén, incinerado por el Castigo, sobre las cuales los hijos de Caín peregrinan ahora trajeados de kaki y verdeolivo.

De aquellos lodos salieron estos polvos.

21 de septiembre

El enemigo ha tratado otra vez de forzar el paso dejándonos como peaje de su frustrado intento

unos cuantos muertos y en las esclusas, un buen car-
dumen de prisioneros. Magra contribución para nuestra sobrevivencia. Con furia de perros hidrófobos, mis
hombres se lanzaron sobre unos y otros. Hubo también que imponer aquí el orden drásticamente, para
distribuir el agua de sus caramañolas con cierta equi-
dad. A un trago por barba. Algunos perdieron el suyo,
por impaciencia. Los huéspedes no bebieron. Comen-
zarán desde ahora a emular nuestra templanza.

La fosa común ha vuelto a ser abierta. Más
honda y ancha esta vez. Se ha echado una capa de
tierra sobre los muertos. Y aún sobra sitio. Los prisioneros han servido para estas pequeñas faenas auxiliares.

En la acción de hoy, mi asistente se distinguió
nuevamente con uno de sus típicos gestos, éntre
temerarios y socarrones. Cuando el ataque enemigo
entraba en su apogeo, la pieza que está cerca de mi
refugio y defiende la boca de acceso al cañadón, se
recalentó y atascó. El sirviente no sabía qué hacer.
Entonces Pesebre salió del tuca, se arrimó a la pesada
y orinó sobre el tubo al rojo blanco, gritándole en
broma y en serio:

—*Takuarú-mí nde kuarto-re, guaimí tepotí!...
Tombopiró'y-mí mba'é!...* *

Coincidencia o no, la ametralladora siguió
funcionando. Pesebre no puede con su genio.

Así se ha iniciado para nosotros la primavera,
en este jardín de delicias. Unicamente en la cúspide
de los penachos de karaguatá de hojas duras y dentadas como serruchos, amanece alguna que otra pe-

---

* ¡Voy a mojarte el muslo, vieja de porquería!... ¡A
ver si te refrescas un poco!...

queña flor amoratada, que se hincha y abarquilla como los labios de los moribundos. No dura sino algunas horas. Las moscas deben alimentarse de ella, porque exhalan su delicada fragancia.

22 de septiembre

El bloque ígneo nos prensa cada vez más. Ahora con todo el cielo encima. Un cielo de salmuera filtrándose implacable a través del ramaje. No hay sombra en los árboles para guarecerse. En la espera del agua, los hombres mastican la carne fibrosa de las tunas, los bulbos indigestos del yvy'á o las corrosivas raíces del karaguatá. Desde luego, estas cosas no calman la sed. No hacen más que provocar náuseas y las arcadas acaban lanzando las mucosidades de los estómagos deshechos. He visto a algunos recoger ávidamente las raíces mascadas por otros y masticarlas a su vez, con aire de estúpida satisfacción adquisitiva, como si acabaran de hurtar algo muy precioso. Otros se aplican a recuperar, pacientemente, a través del aterciopelado cucurucho de las flores de karaguatá, los espumarajos de sus propios vómitos. Al comenzar el cuarto día de ayuno, los más apurados han comenzado a roer las partes blandas del correaje. Naturalmente, es un charque muy poco nutritivo.

23 de septiembre

Se han olvidado de nosotros. Hasta el enemigo, que ya no viene por el bosque a embestirnos, a regalarnos unos cuantos muertos, unas cuantas cantimploras. O a aplastarnos de una vez. Ahora le resultaría fácil. Los que están aquí han dejado de ser enemigos. Desnudos igualmente cadavéricos, ya no se distinguen de los nuestros. Al verlos esperar codo a codo la muerte, he pensado en el enjambre solitario, quieto sobre la tierra de nadie, a orillas de aquella aguadita del pirizal, en la retaguardia de Boquerón. Nos aguarda idéntica suerte. Entretanto, aquí hacemos una réplica en pequeño del cerco. Sólo que aquí, paraguayos y bolivianos estamos metidos en una misma bolsa, acollarados a un destino irremediable, pujando ciegamente contra la enemiga sin cara que no hace distingos.

Ya no habrá otra patrulla. Hemos perdido toda esperanza de que llegue el camión aguador, pero también la de poder escapar de este cañadón que defendemos con tanto ahínco. El más entero de nosotros no podría andar cien pasos sin caer fulminado. Las emanaciones de sílice se han chupado las últimas gotas de nuestro sudor, han saqueado hasta nuestros lagrimales. El que todavía consigue retener algo de orina en la vejiga, puede considerarse afortunado. Hay un activo tráfico de este licor. Pesebre anduvo arrastrándose con el jarro de uno a otro, sin conseguir una sola gota a cambio de una inconcebible reserva que sacó de su bolsa de víveres: dos galletas como pedruscos, semirroídas. Las arrojó entonces entre los cactos, se arrodilló y se puso a arañar la arena, enloquecidamente. Metió la cabeza en el hoyo y se quedó así, como un decapitado, sacudido por convulsivos sollozos. En pocos días hemos retrocedido millares de años. Sólo un milagro podría salvarnos. Pero en este rincón del Edén maldito, ningún milagro es posible.

Las moscas huelen ahora a amoníaco. Son unas moscas verdes y rápidas, mercuriales. Nos ayudan a combatir el alucinado sopor en que yacemos. Una de ellas se columpió ante mis ojos, hace un rato, fulgurando como un sol en miniatura. La agarré al vuelo. Era la cruz de oro de mi cadenilla.

24 de septiembre

Se está acabando el aire. Encajonado en el boscaje, el pálido, el soñoliento, el eterno polvo del Chaco, hace visibles las arrugas del poroso vacío que aún bombean nuestros pulmones. Es la herrumbre de esta luz fósil que se retuerce en el cañadón exhalando el sordo alarido de sus reberveraciones. Nuestras percepciones se van anulando en un creciente embotamiento. El contorno se derrite y se achata. Flotamos y nos enterramos en esta girante, fétida, opaca brillazón. Sólo dura el sufrimiento. El sufrimiento tiene una rara vitalidad.

25 de septiembre

Armas, bagajes y efectos se hallan esparcidos en todas direcciones. A ratos se borran de mi vista y reaparecen en sitios distintos. Será que abro y cierro los ojos y cambio de posición sin darme cuenta. Me zumban los oídos. Entre el paladar y los maxilares de corcho, ya no me cabe la lengua. La siento llena de hormigas. Las alucinaciones han comenzado a cercarme. Surgen y se apagan entre una y otra puntada. Los aguijones de fuego me taladran la nuca y trepanan el cerebro, irradiando una fría quemadura a lo largo de las extremidades, que parecen enterradas a una gran profundidad. Hace un momento creí ver un velón encendido entre las ramas. ¡Caramba!..., pensé. ¡Con capilla ardiente y todo es la cosa!... No era un velón. El sol ardía con una llama oscura y sólida en el tubo de la automática. No volveré a pensar en voz alta. Es una voz extraña. La voz de un muerto... De pronto, el cañadón se ha puesto a espejar con las orillas verdeantes. Es la laguna de Isla Po'í, que ahora se me ofrece provocativa entre los árboles rotos por la mitad y reflejados en ella... ¡A un paso del refugio!...

Me arrastro fascinado y me hundo de cabeza en esa vulva tibia y latiente, tratando de permanecer en sus oscuras y suaves profundidades. Pero en seguida me asfixio y vuelvo a salir expulsado, escupiendo tierra y suciedad, mientras la laguna estalla en una pompa jabonosa. A veces dejo atrás el cañadón y me veo en el islote del penal, conversando con Jiménez, en cuyo hombro se halla posado el guacamayo ocultándole la cara con sus alas cegadoramente azules. O retrocedo aún más, al tiempo de la niñez y de la adolescencia. La carne gomosa de las tunas me renueva el sabor de los pezones de la Damiana Dávalos, que mis labios mordieron aquella noche, entre las ruinas, bebiendo su leche. O es el viejito Macario Francia, trayéndome agua del Tebicuary en el hueco de sus manos, diminuto y encorvado por la desmesurada planicie. Anda y anda... Llega al fin, me inclino a beber y sólo encuentro en la palma de sus manos de telaraña el agujero negro de la moneda robada...

26 de septiembre

Debe haber ya poca diferencia entre vivos y muertos, salvo por la mayor inmovilidad de estos últimos. Al principio enterrábamos los cadáveres. Ahora eso es un lujo inútil. Ya no percibimos el hedor de los muertos. En todo caso, es *nuestro* hedor. Hoy amanecieron tres más. ¿Quién podría arrastrarlos ya hasta la zanja y cubrirlos con una capa de tierra? Duros y quietos se hinchan entre los matorrales. Cerca del refugio yace mi asistente con los labios arremangados y azules en el último rostro. Aún me tiende el jarro de lata en los dedos enclavijados, mostrándome los dientes llenos de tierra. Las moscas verdes entran y salen de sus fosas nasales. De tanto en tanto, alguna se desprende y hace un rápido giro de reconocimiento a mi alrededor, a ver si ya estoy maduro. Sospecho que le enoja mi lentitud, mi resistencia. Pero es porque soy incapaz de medir su paciencia. Disponen de un tiempo sin límite para hacer su trabajo. Una de ellas acaba de posarse sobre la hoja de la libreta. Ha dejado un trazo húmedo entre dos renglones, que se secó en un pestañeo. Luego salta al dorso de mi mano. Sus ojos tallados de innumerables facetas, me miran fijamente. Siento que nada puedo ocultarle. Sabe de mí mucho más que yo mismo. En esta gota de obsidiana se aloja toda la memoria del mundo. Me observa borneando lentamente los inmensos y tornasolados poliedros que llenan todo el cañadón, mientras se restriega la trompetilla con los filamentos de las patas, cada una de las cuales podría alzarme en vilo con la fuerza de diez tigres. Para qué voy a espantarla. Volverá, insistirá una y otra vez, como una uña sobre una cicatriz, hasta que brote la puntita escarlata. No hay una sola. Hay millones. El cañadón entero zumba como una colmena.

27 de septiembre

No tengo que perder la cabeza, sin embargo. Soy *todavía* el jefe del destacamento. Debo velar hasta el fin por la suerte de mis hombres. Entreveo sus esfumadas siluetas, a los grumos fulgurantes que estallan en esta continua y encandilada tiniebla. Por entre el zumbido que amenaza reventarme los tímpanos, los escucho gemir y estertorar sofocadamente. A veces, es un quejido acezante, voluptuoso, que pareciera brotar de un orgasmo. Prefiero pensar que el sufrimiento se ha retirado de esa quejumbre. Todo se ha vuelto irreal. Me reservo para lo último, aferrándome a este final destello de razón, a este resto de lápiz. Cada vez me resulta más pesado, como si estuviera escribiendo con el esqueleto carbonizado de un árbol. A ratos se me cae y me lleva mucho tiempo encontrarlo.

28 *de septiembre*

Esta *muerte blanca* es una ramera insaciable. No se la ve pero está ahí, obscena y transparente. Se ha tumbado junto a nosotros. Nos acecha pesada de calor y de silencio. Su ojo amarillo de deseo vibra entre los matorrales. Sentimos que nos anda encima palpándonos con sus dedos de fiebre. Se arrastra de uno a otro con su catinga salitrosa. Apenas termina con uno, empieza con otro o con varios a la vez, mientras sus ojos de serpiente buscan y eligen el amante para la nueva cópula. Lo hipnotiza primero, lo envuelve con sus tentáculos, hasta quebrarle el espinazo. El pataleo del espasmo dura un instante y el fúnebre quejido se apaga entre los labios amoratados y tumefactos. No hay castidad que valga contra ella. Así se arrastró sobre mi asistente, un niño casi. Pero a él no lo pudo poseer, porque yo se lo arrebaté de un balazo. El mismo Pesebre me rogó que lo hiciera. Sufría espantosamente. Ahora ya sabe lo que hay del otro lado. A juzgar por su mueca de risa, debe ser algo muy divertido...

29 *de septiembre*

Esto, en cambio, es de verdad la agonía del infierno. O todavía muchísimo peor. Es preferible acabar de una vez... Pero, ¡qué difícil es morir! Debo ser casi eterno. He desenfundado la pistola y arrancándome la cadenilla del cuello la arrollé al caño hasta que la cruz brilló sobre el metal pavonado. Cuando la llevaba a la sien, en un movimiento infinito, escuché aún los quejidos. Con el resto de mis fuerzas, me arrastré hasta la pesada. Empuñé el asa, oprimí el disparador y haciendo girar el tubo sobre el afuste, barrí el cañadón con varias ráfagas, para acabar de limpiarlo de esos quejidos de trasmundo. En el silencio que siguió, oí el jadear de un camión. Cada vez más próximo. El camión ha aparecido por fin en la boca de la picada. Es un camión aguatero... *Ella* continúa tentándome. Sus engaños, sus sarcasmos son incalculables. En medio de una nube de polvo, con las ruedas en llamas, el camión ha avanzado zigzagueando por el cañadón. He disparado también sobre él varias ráfagas, toda la cinta, sin poder pararlo, sin poder destruir ese monstruo de mi propio delirio. Ha seguido avanzando con el tanque bamboleante y las ruedas en llamas, erizado de vívidos penachos de agua, hasta embicar contra un árbol. Está ahí..., está llamándome...

VIII
Misión

1

—¿Por qué no vino pronto?

Se oía poco. El techo de paja y las tapias de adobe no aguantaban el ruido que venía de afuera. Todo el galpón bajo y espacioso donde se habían instalado las dependencias del cuartel maestre, vibraba sacudido por el tumulto del campamento. Separados por un tabique de tablas, estaban los depósitos y las oficinas. También adentro la actividad era febril. Timbrazos y teléfono. Maullidos del paso de onda en el aparato de radio. Tecleo de portátiles. Carga y descarga de víveres y pertrechos. Alboroto de auxiliares que entraban y salían a la disparada. Y el cañoneo lejano, incoloro, monótono, que llegaba del oeste.

En su pequeño despacho, el jefe tuvo que alzar la voz. Acaso menos por el barullo que por su propia nerviosidad. Gritaba casi al hombre corpulento y barbudo que estaba delante de su mesa de trabajo, con el brazo vendado y el aire culpable.

—¿Por qué tardó en presentarse sargento Aquino?

—Me estaban curando en el hospital, mi mayor... —dijo mostrándole el vendaje, con cierto manso orgullo.

—¿Dónde se hirió?

—Cerca de Pozo Valencia.

—¿Cómo?

—Y... mi mayor... —se detuvo, escardillándose la barba revuelta, sucia de tierra, en busca de las palabras que faltaban.

Al sargento le costaba expresarse en castellano. Hacía una pausa entre frase y frase, como si estuviera traduciendo mentalmente lo que iba a decir.

—¿Cómo se hirió?

—Se echaron sobre nosotros —dijo atropellándose entonces el encargado del grupo aguador—. Un pelotón completo. No pudimos atajarlos. Eran soldados de nuestras propias líneas. Ahora ni los aviones ni los satinadores bolís son tan peligrosos como nuestros propios soldados... —sus palabras se volvieron inentendibles.

Del otro lado del tabique, los ayudantes discutían a grito pelado. El jefe saltó de su banqueta, se aproximó a la abertura y rugió:

—¡Cállense, carajo!

El batuque cesó de golpe. Sólo la palanquita del Morse continuó picoteando su idioma de puntos y rayas sobre el confuso fragor del campamento. A través del hueco que hacía de ventana, se veía chispear la laguna en el bajo, moteada de manchas luminosas. El hombre barbudo echó una mirada de reojo a los camiones que cargaban en la orilla y les volvió la espalda. El jefe del cuartel maestre medía a zancadas la habitación. Era mucho más pequeño que el sargento, pero en los movedizos ojos pardos se almacenaba una gran energía y sin duda un implacable sentido del deber. Volvió a sentarse. El rostro mate, orlado de prematura calvicie, pareció aplacarse. Miró los papeles. Algunos estaban sucios y estrujados. Eran los partes y comunicaciones que venían del frente.

Los golpeó con el dorso de la mano, como para acabar de limpiarlos y alisarlos.

—Lo he mandado llamar porque tengo que darle una misión especial. Acaban de pedirme un camión aguador. Urgente. Tiene que salir ahora mismo.

—Estamos cargando el convoy, mi mayor.

—Necesito un solo camión —le interrumpió secamente—. También preciso un buen chófer.

—Y... eso hay...

—¿A cuál de sus hombres recomienda?

—A mi segundo, el cabo Cristóbal Jara —respondió sin vacilar.

—Tiene que ser un individuo fogueado y decidido.

—Puede confiar en él, mi mayor. Somos compueblanos. Lo conozco bien. No me hará quedar mal.

—Es una misión difícil.

—Respondo por él.

—Se va a llevar agua y socorro médico a un batallón aislado más allá de Boquerón. Hay que atravesar la línea. El que va tiene que ir dispuesto a no volver. Es seguro que ni siquiera pueda llegar.

—Le pido que me deje ir a mí —dijo de repente el sargento.

—Usted es el jefe del grupo. Vaya a llamar a su crédito. De paso entregue esta orden en el hospital. Para que apresten en seguida un camión sanitario.

—A su or...

Se cuadró y salió del despacho.

2.

Sobre la calcinada llanura, la loma de Isla Po'i se recortaba contra el cielo rojizo del atardecer, semejante a un nido de termitas sobre el que hubiera pasado la rueda de un carro. En lugar de hormigas, incesantes remolinos de hombres se mezclaban con camiones, piezas de artillería, carretas, caballos, mulas, bueyes, en un amasijo de gritos, órdenes, relinchos y traqueteo de motores, en el aire pegajoso e irrespirable. Bajo un samuhú, una banda de músicos tocaba o ensayaba fragmentos de marchas. Nada resultaba tan absurdo como este vestigio de parada militar en medio del pandemonio, marcando el paso de los soldados que ahora marchaban realmente a la batalla. Los pies descalzos eran de tierra. Las caras, ya también de tierra. La tierra subía en oleadas y comenzaba a tragarlos vorazmente. No eran más que eso; hormigas de la guerra, el fusil al hombro, la impedimenta a la espalda, rumbo a las líneas.

El sargento se encaminó hacia el hospital. El olor del fenol le golpeó en la cara. Camillas y camástros, parihuelas hecha con ramas, se esparcían por todas partes, alrededor del gran rancho repleto, sobre el que caía lacio el trapo blanco con la cruz roja, atado al extremo de una tacuara. Algunos heridos yacían en el suelo. Otros más eran descargados por los camilleros, de la pila que traía un furgón de reparto de pan, transformado en ambulancia. Algunos bultos, ya quietos bajo sus mantas, eran llevados hacia un extremo del campo.

El sargento dio un rodeo por entre el gimiente amontonamiento, y entró. En el recoveco que hacía de sala de guardia, entregó la orden a un practicante.

—¡Camión de sanidad... de dónde! —masculló, dejando escapar un silbido, después de leerla con aire de suficiencia.

—Hay apuro —dijo el sargento.

—Lo que no hay es camión —repuso el practicante, y señalando el furgón del que estaban descargando a los heridos, agregó—: Ese es el único. Los demás están en viaje.

—Tiene que estar listo en seguida.

—Irá, si se puede. Yo no aseguro nada.

—Hay una orden.

—Hable con el jefe del servicio... —se levantó de mal talante y fue a llamarlo.

Una enfermera salió al corredor y se acercó un poco furtivamente al barbudo.

—¿Qué tal el brazo, Silvestre? —le preguntó en guaraní.

—De primera.

—¿Qué viniste a buscar entonces?

—Un sanitario.

—Creí que querías una orden de internación. El sargento estalló en una carcajada.

—¿Por este rasguño? ¡Ni muerto me van a encerrar aquí!... Aunque me gustaría, sin embargo... —dijo cambiando de tono—. Para estar contigo, Salu'i... Digo, vivito y coleando... ¿No te parece?

La muchacha se hizo la desentendida. Una prematura vejez le ajaba la cara pequeña de pómulos redondeados, dándole una expresión algo encanallada y ausente. Sólo cuando sonreía, sus facciones recuperaban un aire ingenuo, casi infantil. Su delantal estaba lleno de manchas viejas y nuevas, sobre las que se atareaban las moscas. Llevaba atado a la cabeza un trapo, no menos sucio que el delantal. Sobre la espalda le caían las puntas de sus trenzas negras, de un brillo azulado, metálico.

—¿Para qué el sanitario?

—Misión especial. ¿No querés ir, Salu'i? Se van a necesitar voluntarios.

Ella se encogió de hombros.

—¿Sabes a quién mandan?

—¿A quién? —dijo sin denotar mucha curiosidad.

—A Kiritó.

Un cambio imperceptible le alteró la expresión. Sus grandes ojos marchitos se volvieron lentamente hacia él.

—¿Adónde? —preguntó fingiendo ahora indiferencia.

—Más allá de las líneas… ¡Lindo paseo! ¡Con boleta de ida solamente! —ironizó el sargento, con un visaje.

—¿Por qué lo mandan a él?

—Alguien tenía que ser…

La enfermera se quedó pensativa. El practicante regresó con el jefe del servicios, que se puso a discutir con el sargento.

Ella se fue como había venido, un poco disimuladamente.

3.

En la playa, los cargadores de agua llenaban los tranques instalados sobre las carrocerías de viejos camiones de carga, producto de la requisa general, que el estallido de la guerra había provocado. Se podía adivinar la procedencia de estos vehículos. Algunos conservaban sus letreros del tiempo de paz, nombres y siglas comerciales o frases de propaganda. Otros, simples motes o refranes humorísticos.

Una fila de soldados semidesnudos se pasaban unos a otros las latas de nafta, llenas de agua; el último, trepado sobre el depósito, las iba volcando por el agujero. Había unos diez camiones al borde de la laguna. Los cargadores se movían elásticos y a compás.

Sus torsos desnudos y enflaquecidos dejaban ver las costillas. Las siluetas mojadas relucían a contraluz. Mordaces comentarios y risas salían de las filas, sin que el vaivén de las latas se interrumpiera ni vacilara en ningún momento. Subían del agua verde y bajaban de nuevo hasta ella, de mano en mano, irisando al pasar las caras oscurecidas bajo los pringosos sombreritos de tela.

Al final de la ringlera había un Ford pequeño y maltrecho. En la chapa de la patente se leía: *Sapukai* - 1931. A horcajadas sobre el tanque, un hombre vaciaba las latas que le alcanzaban. Era flaco y nervudo, de angulosas facciones. Trabajaba en silencio, sin meterse en las bromas de los demás. La espalda cobriza se hallaba surcada de cicatrices.

El sargento apareció bajando la pendiente. La presencia del jefe del grupo acalló el ñemboyarú y las latas circularon más rápido todavía.

—Cabo Jara..., presentarse al Comando.

El hombre ahorquetado sobre el depósito se volvió algo incrédulo hacia el sargento. Este lo apremió con un gesto. Jara pasó entonces la lata al hombre bajito y rechoncho que lo secundaba, saltó de la plataforma, recogió su chompa y se fue.

El hombrecito retacón trepó al tanque en su lugar y escupiéndose en las manos, tomó la nueva lata que le alcanzaban, vaciándola con esfuerzo.

—¡Neike, Gamarra... neike, Medio-metro!... —le gritaban burlones.

—¡Silencio! —tronó el sargento, que se había vuelto a mirar de reojo a Jara, mientras se iba alejando por la cuesta.

El cordón de cargadores prosiguió la rítmica faena en el vaivén de las latas y los torsos brillantes.

4.

Miraban los mapas y croquis sobre la mesa. La mano del jefe, armada de un lápiz rojo, plantó una cruz sobre uno de ellos, marcando mucho el trazo.

—Aquí es... —dijo—. Debe ser por aquí. Más allá del camino a Yujra. En esta franja de monte debe estar el cañadón.

Cristóbal Jara miraba en silencio el croquis.

—Monte y desierto —agregó el mayor—. Todo el sector dominado por el enemigo, que está pujando por hacer llegar refuerzos a Boquerón.

Hizo una pausa y clavó en el subordinado sus ojillos de perdiz, inquiriendo severo:

—¿Se anima a ir?

—Sí, mi mayor.

—Bueno. Así me gusta —su voz se suavizó en un leve sesgo chacotón—. Por lo menos en Transportes nos quedan algunos machos. Vaya a preparar todo. Llevará su camión y otro sanitario, con medicamentos y víveres. En el P. C. de la división, en Isla Samuhú, le darán las últimas instrucciones. Allí recogerá también al hombre de la patrulla que consiguió llegar.

Cristóbal Jara movió la cabeza en señal de asentimiento.

—Póngase en marcha cuanto antes. Por el Camino Viejo. No pida voluntarios. Es mejor que nadie se entere. Elija usted mismo a sus compañeros. Vaya no más y buena suerte... Ah... y cuídeme los camiones...

Hizo la venia y se retiró. El jefe, algo impresionado, lo miró irse. Se le escapó un gesto imperceptible, como para llamarlo otra vez, pero desistió y volvió a sus papeles.

5.

La enfermera depositó en el suelo los dos baldes de agua hervida y apartó el trozo de arpillera que hacía de cortina en la abertura de la «sala» de operaciones. Escudriñó por el hueco. A la declinante luz del atardecer, que entraba por la ventana, el cirujano continuaba operando. Vio el brillo de los instrumentos que le iban alcanzando, los semblantes sudorosos, desencajados por la fatiga. Bajo los guantes enrojecidos palpitaba un vientre abierto en canal, como el de una res carneada viva. A un costado colgaba el relleno de intestinos y entrañas. Los pocos cirujanos operaban sin descanso. Día y noche, desde el comienzo de la ofensiva. El sitio de Boquerón estaba volcando una invasión de heridos sobre el hospital de sangre de la base, desde los atiborrados· puestos sanitarios y frontales. Eso también era un campo de batalla. No iba a terminar nunca. Los camilleros venían entrando un nuevo paquete enlodado de tierra y sangre.

Salu'í dejó caer la arpillera y salió. Un instante después estaba en la cocina. Se acercó a otra mujer que se movía entre los fogones, preparando el rancho. Debía de haber sido una hermosa y robusta campesina. Ahora, la costra de fealdad y suciedad también la cubría.

—¿No?... —le preguntó con los ojos ansiosos sobre el oleaje de evacuados.

—No —le respondió Salu'í—. Su nombre no está otra vez en las listas. Hay como doscientos.

—No sé lo que me pasa... —dijo la mujer, entre angustiada y tranquila—. Quiero que Crisanto esté y no esté entre los que vienen de allá. A veces quiero que venga, pero cuando veo cómo llegan, no quiero. Mejor, seguir esperando…

—Yo me voy a ir, Juana Rosa —le dijo después de una pausa, poniéndole una mano sobre el hombro, sin dejar de mirar ella también hacia el terraplén que bajaba a la laguna.

—¿Adónde pikó, che amamí?

—Voy a procurar ir con él. No sé si podré. Pero voy a tratar de ir. Lo mandan lejos. Sé que no va a volver… Voy a presentarme como voluntaria. Te pido que ocupes mi puesto, Juana Rosa. Ya le dije a la doctora.

—Sí, salu'í.

—Tengo que ir con él…

—¿Le hablaste ya?

—Todavía no… Lo estoy esperando.

—¿Cuándo sale?

—Ahora… Si no nos vemos más, te dejo mi atado de ropa. Adentro hay unas chafalonías y un dinerito. Cómprale ropa a tu hijo cuando vuelvas a tu valle.

Juana Rosa se sacó de entre las ropas un atado de cigarros y se lo tendió, con los ojos húmedos. Salu'í prendió uno en las llamas y le dio algunas chupadas.

—Voy a rogar para que encuentres a tu hombre, Juana Rosa —dijo con la cara llena de humo.

Se despedían como dos hermanas. El cabo ranchero y algunos soldados entraron con el tacho, haciendo mucho ruido. El cabo dirigió algunas bromas picantes a las mujeres, que estaban como ausentes. Salu'í salió sin decir más palabras. Por el terraplén iba pasando Cristóbal Jara.

6.

—¡Cristóbal! dijo ella.

Iba silencioso. Parecía no reparar siquiera en su presencia. Apretó el paso. Salu'í apuró el suyo. Le costaba aparejársele.

—Tengo que hablarte...

—No tengo tiempo.

—Sé que te mandan lejos...

La expresión de Jara se endureció aún más, en un asomo de contrariedad. Pero entonces ella agregó:

—...Y que vas a necesitar camilleros. No hay muchos en el hospital. Quiero ir como voluntaria...

—No necesito voluntarios —dijo él, cortante, mirándola de arriba abajo—. Y menos una... una mujer... —la fugaz vacilación mordió en la frase una grieta hiriente, cuya intención acaso lo rebasó a él mismo.

—Quiero ir contigo, Cristóbal.

—Cada uno en su puesto —dijo él sin volverla a mirar.

—¿Y si te pido que me dejes ir?

—No necesito estorbo.

Así la dejó plantada. Lo miró alejarse con sus largas zancadas elásticas, parándose como aturdida. Cerca ya de la laguna lo vio correr con una urgencia repentina. Pero todos se movían más rápido. Al principio no se dio cuenta de lo que iba a ocurrir. Ella estaba lejos en ese momento, cada vez más lejos, como si el desaire de Cristóbal la hubiera empujado hacia atrás, a un tiempo de humillación y envilecimiento. No sentía la tierra bajo sus pies. Sin embargo su expresión cambió. Una imperceptible sonrisa surgió en la comisura de sus labios. Hasta los ojos estaban menos marchitos que otras veces. Se abrieron grandes y fijos, sin ver los tres zumbadores cometas que cruzaban el cielo de la base.

Ese instante la arrancaba de sí misma como una agüería.

Nadie sabía nada de ella, con alguna certeza. Ni ella misma tal vez. Había olvidado todo lo que estaba detrás. Hasta su antiguo nombre, María Encarnación. Corrían varias versiones de su historia, ya integrada al folklore de la base. Algunas hacían coincidir su venida con la primera movilización del 28, en la caravana de mujeres que llegaron siguiendo a sus hombres. Pero entonces apenas debían de haberle estado brotando los pechitos púberes. Se decía también que la esposa de un oficial la había traído como niñera y que luego la echó porque... Bueno, aquí se entrevelaban las cosas, y su fama de aventurera surgió precisamente de su presencia de trasto inútil, arrojado a un costado del campamento, con toda esa belleza también inútil y demasiado infantil para corromperse en una guarnición. Si se le preguntaba cómo estaba allí, sabía decir:

—Vine a ver la farra y me quedé...

Lo cierto era que la guerra al fin le había mudado de piel como el verano a las víboras, justo cuando la luna de sangre se levantaba cachorra sobre el horizonte del Chaco.

Un tiempo antes, cuando se estaba formando el «barrio» bajo, cerca de la laguna, supo agenciarse la choza de pindó y adobe. Del otro lado, en la parte alta, estaban las casas de material habitadas por las familias de jefes y oficiales. Las esposas y cuñadas salían en las tardecita a pasear por la plaza, alrededor del mástil de la bandera. Ella vería desde abajo el mujerío decente y «paquete». Contemplaría las siluetas de las muchachas contra el cielo arenoso y morado, moviéndose en la música de la banda. Les envidiaría tal vez sus zapatos de taco alto, los vestidos de todos colores, ajustados a las estrechas cinturas y aun a los abultados vientres de las señoras preñadas, «echando ombligo». En las noches de luna vería en lo alto las ventanas iluminadas y escucharía la música de las tertulias familiares. Ella no tenía más que su impúdica popularidad, que iba creciendo en el ranchito a oscuras, a orillas del agua. El viento del desierto al enfriarse removía la estera que hacía de puerta y la arañaba con un rumor de dedos secos. Sombras acuclilladas esperaban su turno ante la estera, bajo la luna, ocultándose entre los yuyos, del paso de la ronda. Pero el de la ronda llegaba también se apeaba del caballo y se ponía a esperar como los otros, o hacía valer su autoridad y ganaba la punta quedando casi pegado al pirí, oyendo del otro lado los sordos ruidos, los arrumacos machunos, las risitas de burla de ella, a veces sus flojas bofetadas que precedían y apresuraban los jadeantes silencios. De tanto en tanto, ella salía a ventilarse semidesnuda, el cabello en desorden, pequeña pero inmensa ante los hombres excitados, el vientre y los senos henchidos de luna bajo la enagua rotosa, pegoteada de sudor. Alguien le ofrecía un cigarrillo. Otros le entregaban por adelantado los «requechos» que rateaban para ella en la intendencia. Galletas, yerba, harina, latas de carne conservada y hasta alguna que otra botella de cerveza. Recogía los óbolos sin agradecer, como si ellos le fuesen debidos. Si no estaba de humor, acababa echando a los donantes y se volvía adentro, bostezando y hablando con voz ronca e ininteligible. A veces le traían serenatas de guitarras y arpas. Era lo que más le gustaba. Se ponía soñadora y distinta. Pero entonces el pirí no se levantaba para nadie. El ranchito sin puertas se volvía inexpugnable como una casamata artillada.

Cuando algunos de los que la frecuentaban comenzaron a enfermarse, la bautizaron entre caña y jarana con el apodo más fácil de *Salu'í,* que la representaba mejor. No se enojó por eso. Le gustó el marcante. Le gustó que la gente pudiera cambiar aunque más no fuese de nombre. No se había convertido aún en enfermera. Por entonces sólo era la *enfermadora,* como se quejaban con tardía reprobación los que se consideraban sus víctimas y la rebautizaron irónicamente con el mite de *Pequeña-salud.* Pero ella no mendigaba esos encuentros. Iban los que querían, y no siempre le retribuían en especies sus favores.

Podía olvidar todo eso. Todo lo que había ocurrido hasta el arribo de él a Isla Po'í, un año atrás. Hasta ese momento, que iba a cambiar su vida, podía sacarse todos los recuerdos de la cabeza como piojos. Quedaba limpia, nueva. Sentía retoñar su muñón de mujer, en una sensación algo parecida a la de los heridos de guerra que continúan por algún tiempo con la ilusión de que el miembro amputado todavía está allí, pegado a las carnes deshechas. En lo más hondo de su degradación habría sentido resucitar su virginidad como una glándula, renacer, purificarse, bajo ese sentimiento nuevo y arrollador, que no nació sin embargo para ella en un deslumbramiento.

La movilización y la requisa de vehículos lo trajeron atornillado al cascajo ladrillero de Sapukai. Los otros montoneros, confinados en la guarnición hacía algún tiempo, lo recibieron en triunfo. Lo vio bajar sin inmutarse, saludar apenas con una sonrisa a sus compañeros, alto, flaco, callado y negro, con su tranquila seguridad que el refrán pintado de apuro en el reborde de la temblequeante chambrana, traducía como en sorna para los que quisieran tomarlo en serio.

Al principio, como algunos otros, ella también se rió de Cristóbal Jara. Sólo después se fue fijando cada vez más en el sapukeño de boca dura y delgada y ojos verdosos, como estriados por filamentos de moho. Empezó a perseguirlo. El no se dio por enterado. Fue el único, entre los camioneros, que no se acuclilló ante el pirí. Lo esperaba en las noches. Lo mandaba llamar con Silvestre Aquino y con los otros. Pero él prefería quedarse a jugar al monte, después de la retreta, en los galpones de la intendencia, o ir a la toldería de la tribu macká donde se pasaba las horas conversando con el cacique Kanaiti, en el duro y monosilábico dialecto. Se hacía desear, sin saberlo. Entonces ella se desquitaba con los otros, despechada, vagamente irritada contra sí misma. Pero por poco tiempo más.

No era desprecio. Era algo peor. Desinterés, indiferencia…, a saber qué era. La atormentaba no saberlo, no poder doblegar esa lejanía que le daba la espalda. Qué sabía ella de un hombre, si sólo conocía a los hombres en su momento más deshumanizado, a esos hombres atontados, bestializados por la soledad del campamento, por la eterna desolación del desierto. De esos hombres todos iguales, apenas sombras acuclilladas a su puerta, después sombras de peso violento pero sin caras, arrodilladas sobre su desnudez, que no tomaban de ella sino el instante de su sed, como un jarro de agua de la laguna, el engaño del amor, a lo sumo el contagio venéreo.

Pero, en un momento imprevisible para todos, la inconcebible regeneración comenzó. La glándula incorruptible revivió en su femineidad ardiente y destruida. Nadie volvió a traspasar la estera. Pero nadie creyó en su voluntad de purificación. De nada le valió. El pasado impuro y cercano la tenía presa en su jaula como a una cotorra. No la habían juzgado antes. La juzgaban ahora, cuando ella era otra. Salu'í seguía siendo para todos, la putita de la laguna, la «lora» del barrio *Psitacosis,* que también a ella debía su nombre. La iban a expulsar del campo. El barrio alto hizo sentir el peso de su honorabilidad sobre las casuchas equívocas del bajo. Una comisión de damas ensombrilladas presentó sus quejas al Comando de la guarnición. En eso cayó la guerra y la evacuación de la población civil salvó a la pecadora del destierro.

Los convoyes se llevaron a las asustadas mujeres que huían a Puerto Casado del peligro de las bombas. La única que se quedó en la base fue precisamente la que unos días antes hubo de ser arrojada como un bicho apestado. Se acordaba de eso porque aquel día cayó sobre el campo la manga de mariposas, al comienzo de la sequía. Eran millones y millones. Venían en oleadas sucesivas. Pronto la llanura se puso a tiritar bajo ese manto de lava dorada y aleteante. Hasta el verde de la laguna se volvió amarillo. El aire estaba tan espeso, que asfixiaba. Las señoras se marcharon en los camiones tosiendo y escupiendo mariposas.

Al día siguiente entró a trabajar en el hospital, todavía vacío, que a partir de Boquerón se atracó de la despachurrada carne de cañón. Un poco después llegó Juana Rosa. Y fueron dos. Dos seres chimbos con polleras, en la marejada de hombres cenicientos.

Y ahora estaba allí, parada en el terraplén, en medio de repentinos fogonazos.

Todo el convoy se ponía en movimiento con un apuro ciego y desordenado. El se iba y la dejaba. Avanzó unos pasos y se detuvo, luchando consigo misma. Volvió la espalda a la laguna y subió corriendo hacia el hospital.

7

El cielo se había puesto tirante. Bronco y cóncavo, resonaba raspado por el zumbar de máquinas aéreas y los estampidos de sucesivas explosiones. Tres *Junkers* bolivianos sobrevolaban la base en cerrada formación, arrojando sus bombas. El suelo se abría a diestro y siniestro en ardientes penachos de tierra y metralla. Hombres, vehículos y animales se atropellaban entre estas súbitas erupciones. Como remate, los incursores picaban, peinando el vórtice en vuelo rasante con las ráfagas de sus automáticas. A pelo y contrapelo. Desde arriba sí que verían la loma de Isla Po'í como un alborotado hormiguero, un takurú destripado a bombazos.

Los improvisados puestos de defensa comenzaron a funcionar, pero no disponían de verdaderas baterías antiaéreas, sino de unas pocas piezas de tiro rápido que estaban escupiendo cintas enteras de balas *dun-dun*. No podía esperarse mucho de ellas. Sin embargo, los *Junkers* se desplegaron en abanico, perseguidos tenazmente por las blancas pelotillas que reventaban a su alrededor. Uno de ellos se alejó echando humo por la cola. Los restantes ganaron altura y siguieron evolucionando en complicadas figuras coreográficas, enteramente pintados de rojo por el fulgor del ocaso. Las hélices trituraban fuego puro, más rojo aún que los lengüetazos de sus ametralladoras.

Con menos precisión ahora las bombas proseguían su obra destructora, levantando al azar los instantáneos surtidores, que volvían a desplomarse en una espesa lluvia de tierra y fragmentos. Dos cayeron casi juntas sobre la laguna, arrancando de ella una sola tromba anaranjada. Los ranchitos del borde quedaron envueltos en llamas. Algunos caían al descampado. La deflagración de los explosivos prendía en los

pajonales grandes fogotas, como para la ceremonia
ritual de una tribu.

El pánico del primer momento acabó trans-
formándose en un vertiginoso zafarrancho de salvamento. Las tropas ayudaban a los camilleros a meter
los heridos en los tucas. Los camastros viajaban a la
disparada en la compacta cerrazón. En un momento,
los refugios quedaron repletos. Entonces las camillas
fueron llevadas al monte. A veces, las tunas y las uñas
de gato de los guaimipirés se enganchaban al pasar en
las mantas y vendas, descubriendo de golpe muñones
recién cosidos. Una bomba cayó sobre esa concentra-
ción de espectros yacentes. La malla de enmarañados
arbustos la protegió en parte, pero una camilla voló
y se incrustó en la copa de un samahú con un brazo
enredado entre los hierros retorcidos.

Los camilleros no se dejaban acobardar. Volvían a la carga. Corrían agachados, casi pegados al
suelo, arrastrando los bultos gimientes. Entre ellos,
la animosa Salu'í vivoreaba más temerariamente que
ninguno. Cargaba las angarillas, dirigía, orientaba,
mandaba a los demás, como un clase en el combate.
Desgreñada y con los ojos ardientes, su pequeña figura se engrandecía entre la polvareda y el humo. En
un momento dado, arrastró de los brazos a un hombre
que tenía amputadas las dos piernas, y logró guare-
cerlo bajo los árboles. Iba y venía con una lata dando
de beber a los más necesitados. Distribuía pastillas
coagulantes para contener las hemorragias y reparaba
como podía los vendajes. Un muchacho esquelético,
que agonizaba, se aferró a su mano murmurando:

—¡Mamá... mamaíta! *¡Anina chereyatei!*...*

Ella cerró los ojos. Desde el fondo de la muerte
alguien la llamaba con ese nombre, para ella fabuloso.

---

* ¡No me dejes!...

La garra de hueso y piel se aflojó. Sustrajo su mano lentamente. Bajó los párpados sobre los glóbulos vidriosos. Se fue rápidamente.

El convoy aguador, entretanto, había conseguido refugiarse indemne en el bosque. No faltaba un solo camión.

La zambra delirante comenzó a decrecer. Las máquinas amarillas se fueron despintando. Agotada su mortífera carga, los bombardeos se alejaron oscuros, cuando los tardos *Potez* se hacían presentes en el horizonte como tardíos espectadores. La gritería surgió clamorosa de entre los escombros.

8.

La noche cayó de golpe. El olor de la pólvora y la chamusquina de los incendios flotaban en el aire. Persistía una gran actividad. Grupos de hombres bullían en todas direcciones, transportando cargas, acabando de apagar los focos de fuego o removiendo escombros. Los heridos habían vuelto a ser llevados al hospital desde los tucas y los improvisados refugios del bosque. Solamente los cadáveres estaban quietos donde habían caído. Faroles y linternas zigzagueaban en la oscuridad. Las siluetas se volvían repentinamente blancas cuando entraban en el haz proyectado por los faros de los camiones.

A la orilla del montecito espinoso se movía una sombra. No llevaba linterna ni farol. Daba por el contrario la impresión de huir de la luz. Era Salu'í. Buscaba algo entre los cadáveres. De pronto se inclinó sobre uno de ellos. Pero en seguida lo dejó por otro, menos sucio de tierra y sangre, con el fusil terciado a la espalda. Después de mirar a su alrededor, le tomó de los brazos y lo arrastró hasta que la maleza los ocultó por completo.

Allí le sacó el fusil y lo empezó a desnudar.

9.

El convoy se puso en marcha lentamente. Unos tras otros, los camiones costearon la laguna, en busca de la boca del Camino Viejo. Algunos ranchos de la orilla continuaban ardiendo en montones incadescentes, que se duplicaban en la superficie como si ardiesen bajo agua.

Silvestre Aquino encabezaba la columna. Los faros de su camión proyectaban una luz amarillenta. Hacía el efecto de ir derramando por delante oleadas de huevos rotos. Cristóbal Jara cerraba la marcha con su cascajo. Aturrullado en el asiento, más pequeño y rechoncho que nunca, iba Gamarra tratando de dormitar a pesar de los barquinazos. El furgón sanitario rodaba delante, conducido por Rivas y llevando a Argüello como camillero. Eran los «voluntarios» escogidos por Jara. Los tres compueblanos suyos de Sapukai. Así lo había elegido a él, Silvestre Aquino, cuando se formó el convoy, poco después de su llegada a la base, y los forajidos del estero eran otra vez, por virtud de la guerra, «soldados de la patria».

Nada unía tanto en los trances difíciles como el ser *oyovalle guá,* pedazos de la misma tierra natal. No había mejor base que esta para la mutua confianza. Jara los designó con ademanes. No los nombró siquiera, no les preguntó si querían o si se animaban a ir. Los marcó simplemente con su mano y los duros pronombres, que a partir de ese momento tenían un valor impersonal.

—Nde... *jha nde*... *jha nde*...

La picada se cerró sobre ellos y la marcha se hizo más lenta y fatigosa. El hueco irregular del camino retrocedía ante los camiones. A campo abierto, el convoy eslabonado por los fanales formaba una sola fila de chatos gusanos de luz, arrastrándose entre la vegetación enana, hasta que un pique o desmonte se los volvía a atragantar. En esos momentos cada camión navegaba solo en su respectivo trozo de noche. A veces, en algún recodo, un samuhú avanzaba despacio hacia el camión con su hidrópica barriga, o siluetas de vaga apariencia humana surgían de la maleza. No eran más que tunas o arbustos espinosos, trajeados de polvo ,erguidos a la luz de los faros. Restos de vehículos y osamentas de animales aparecían también de tanto en tanto, jalonando los pasos difíciles de la ruta balizada por la aviación enemiga.

En los descampados y cañadones, la noche era distinta. Olía a viento, a resinas, a pirizales húmedos. Los camioneros boqueaban respirando a pleno pulmón, luego del aire sofocante de los piques indios, densos de polvo, de mosquitos, saturados por la fetidez de la chinche de monte y el orín del zorrino. El cielo verdinegro titilaba arriba con el chisperío de las constelaciones y el campo abajo, con el de los muäs, como si estrellas y cocuyos fueran una sola cosa, mientras el vasto espacio voltejeaba a sus espaldas blandamente. Pero a medida que avanzaban, la tierra se iba poniendo más seca. Las ruedas patinaban en los arenales. Los viejos motores jadeaban espasmódicamente. La mayor parte del tiempo debían desarrollar todo su régimen. El tambor de los diferenciales araba las estrehuellas o se incrustaba en los montículos y entonces había que bajar o desengancharlo, cavando debajo a pala y machete. Las manos de los camioneros iban crispadas sobre las palancas de cambio. Bloqueadas de golpe o embaladas a fondo, las cajas de velocidad producían continuos rechinamientos. Tenían que apelar a todas las fuerzas y combinaciones del engranaje para desprenderse del blando pero implacable brazo de la ruta que no quería dejarlos pasar. Avanzaban tragándose poco a poco la picada que los tragaba a ellos en sus fauces fibrosas y polvorientas. Más de dos horas les había llevado la legua y media de camino y faltaban no menos de quince hasta el comando divisionario. Pero no eran solamente estas fatigas. Existía además el peligro de los cuatreros y satinadores, tanto amigos como enemigos, que los camioneros debían afrontar sin más armas que el herrumbrado mosquetón y unas cuantas bombas de mano en sus bolsas de víveres.

El cansancio y el sueño comanzaban a roerlos. No habían ingerido más que un jarro de aguachento cocido, antes de partir de la base. Por el bombardeo, no hubo más rancho que ése.

Entraron en un cañadón liso y ancho como un lago. A lo lejos, la mancha amarilla del puntero bogaba en busca del paso. Cristóbal Jara observó que se detenía ante el boquete del cañadón. Poco después, el destello cremoso se puso a parpadear con alguna insistencia.

—¿Qué le habrá pasado a Aquino? —comentó Gamarra, desperezándose—. Parece que está señeando.

Jara no contestó. Miraba tenso hacia adelante, con la cara excavada de sombras por el foquito del tablero.

10.

La silueta surgió esfumada por el polvo y afrontó el camión con los brazos en alto, en medio del camino. Esta vez no se trataba de una mera apariencia. La figura humana se fue perfilando cada vez más nítidamente en la seca gelatina que derramaban los faros. Silvestre Aquino frenó de golpe.

—¡Güpa pora! —masculló—. Desertor..., seguro.

—¡O cuatrero bolí! —dijo el ayudante Otazú, recogiendo el mosquetón y encañonándolo.

Aquino hizo titilar los faros para encandilar al desconocido, que avanzaba lentamente, sin bajar los brazos.

—¡Altooo!... —barbotó Otazú, algo espeluznado, manipulando el cerrojo.

La silueta se detuvo. Los brazos le cayeron a los costados, pero nada había en ella de agresivo ni desafiante. Era un soldado pequeño, sin equipo de guerra. Ni siquiera cargaba fusil.

—*Mävaiko-nde?* —gritó Aquino el clásico santo y seña guaraní, repitiéndoselo de inmediato en castellano.

El soldado no contestó.

—¿Amigo o enemigo? —insistió Aquino.

Se le vio abrir la boca, pero ningún sonido salió de esa mueca. Echó a andar de nuevo hacia el camión. Entonces Aquino se recostó contra el respaldo. En su semblante, el asombro se mezclaba ahora a una placidez casi risueña.

—¡Voy a tirarle! —farfulló Otazú.

—No hace falta.

—¿Por qué, mi sargento?

El soldadito se acercó. Una expresión a la vez inquieta y decidida le contraía el semblante en la ictérica luz. A dos pasos del camión se detuvo otra vez. En ese instante acabaron de reconocer a Salu'í. Los cabellos cortados a cuchillo, sobresalían del sombrero en blancos mechones. La ropa del soldado muerto le colgaba por todas partes, overa por los oscuros y apelmazados lamparones.

—¿Adónde vas, Salu'í? —preguntó Aquino, casi paternalmente.

—¿Puedo subir? —dijo ella solamente.

—¿Viniste a refrescarte un poco? —preguntó Otazú, mordaz.

Ella no lo miró siquiera. Esperaba que le hicieran lugar.

—¡Dale pues asiento! —ordenó Aquino.

Otazú salió al estribo, malhumorado y hostil.

El camión arrancó y entró en la picada. De la punta a la cola, el convoy reanudó la marcha, ahora otra vez en la tiniebla compacta de polvo, en la que los conos de los faros penetraban como a tornillo para abrir paso a los armatostes oscuros. Aquino y Otazú se ataron trapos a la cara.

Ella iba absorta. Fumaba sin descanso los cigarrillos de Juana Rosa, hamacándose en los barquinazos entre dos enmascarados. De vez en cuando tosía, ahogada.

—¿Cómo te animaste a venir así? —le preguntó Silvestre con la voz pastosa.

—No había otra manera.

—¿Sabe Kiritó que has venido?

—Se negó a traerme.

—¿Por qué no me dijiste que querías venir?

—El jefe de la misión es él.

—Y ahora, ¿qué vas a hacer, Salu'í?

—Seguir hasta donde pueda.

—¿Con él?

—Para eso he venido.

—Ahora ya no podrá negarse a llevarte.

—Ahora puede hacerme fusilar...

—Sólo se fusila a los desertores —dijo Aquino riéndose.

—Soy una desertora... —dijo ella, seria.

—No se deserta cuando se va a un bautismo de fuego.

Se quedó en silencio, mirando sin ver cómo se abría la garganta boscosa ante la proa azufrada del camión, que avanzaba a los tumbos. Iba a preguntar algo, pero le repitió el acceso de tos. Aquino le alcanzó un rotoso pañuelo. Ella arrojó el pucho a la oscuridad y se lo ató a la cara.

11.

El camión de Jara estertoraba también en la angostura del pique. Nubes de mosquitos forzudos como avispas se metían en la cabina. Jara manoteaba maquinalmente para despegarse los violines furiosos que le aguijoneaban la cara y los brazos. Gamarra dormía a pesar de los tumbos y del chicoteo de las ramas, envuelto hasta la cabeza en la manta, como en una escafandra.

Cristóbal Jara era, sin duda, un buen volante. Parecía formar parte del camión, una parte viva y sensible que irradiaba fuerza y voluntad a los tendones y nervios metálicos del desvencijado vehículo. Su pericia era ya suficientemente conocida en la base y en los puestos de etapas. Su carraca estaba llena de remiendos y ataduras. Pero no se mezquinaba a las rutas ni se empacaba jamás. Ya no se reían del lema pintado en el techo. En broma y en serio se arraigó su fama de que podía hacer andar el camión con un trocito de alambre y hasta sin nafta. Un momento antes de salir, lo había revisado con mayor cuidado que otras veces. Sobre todo ahora, que la responsabilidad de una misión recaía directamente sobre él. Ya no se trataba de acarrear cargas de ladrillos de la quema, desde Costa Dulce a Sapukai.

Cuando estaban por partir, Silvestre Aquino se le acercó y le dijo:

—El comando me pidió un hombre capaz. Le di tu nombre. Si hubiera sabido para qué era, no te hubiera ofrecido...

No pareció haberle oído. Continuó revisando el camión, rápido y minucioso. Un perno flojo, una bujía «sapiké», una goma blanda, podían acarrear imprevistas detenciones. Sabía lo que ellas significaban en la sinuosa ruta del Camino Viejo. Las trochas angostas no daban luz para el cruce de los vehículos en los topamientos. Uno de ellos debía retroceder hasta el primer cañadón o descampado. Ya se habían producido graves reyertas entre los hombres de Transportes por el privilegio de seguir adelante. Pero el paso del agua hacia Boquerón, era indiscutido. Sólo ante los camiones de heridos, los aguateros reculaban. Fuera de eso, la prioridad del tránsito les estaba reservada. Una noche, lanzada ya la ofensiva, el camión de Aquino se encontró con una camioneta del Estado Mayor en una senda de maniobras, cerca de Isla Samuhú. El chófer de la camioneta saltó y se acercó corriendo.

—¡Atrás!... —intimó, perentorio y altanero—. ¡Déjenme pasar! ¡Llevo al Comando en Jefe!

Aquino se cruzó de brazos sobre el volante, incrédulo y cachazudo.

—Llevarás al Comando —dijo—. Pero yo llevo el agua.

—¡Atrás..., atrás! ¡Está apurado!

—Yo también...

En ese momento, al resplandor de los faros, vieron descender de la camioneta a un hombre de estatura mediana, de uniforme arrugado y sin presillas, la cara oscura bajo el casco blando. Aquino saltó de inmediato y se cuadró ante la inconfundible presencia.

—Parece que la picada es tuya, mi hijo —dijo la voz suave y nasal, que se oyó sin embargo nítidamente por encima del ruido de los motores.

—No, mi comandante —respondió el sargento Aquino impávido—. La picada es de todos... de todos los que van a cumplir su misión...

—Pero no solamente *tu* misión es importante, mi hijo.

—Disculpe, mi comandante... No creía que era usted.

—Ahora que ya crees, tienes que retroceder —conminó—. Sin pérdida de tiempo —la inflexión de su voz no se le alteró en lo más mínimo.

—¡A su orden, mi comandante!

Pero, entretanto, un ruido como de latigazos sordos y regulares había crecido junto a ellos. Con palas y machetes, Cristóbal Jara y los demás hombres del convoy estaban desmontando un reborde en el túnel. En pocos minutos la plataforma semicircular quedó abierta y rellenada con ramas y tierra. Por allí pudo efectuarse el paso. El comandante en jefe y el agua se cruzaron como dos elementales potencias, sin abdicar ninguna de ellas un ápice de autoridad.

—Mediante eso se salvó de recular el Comando... —fanfarroneaba después el sargento Aquino, al referir el episodio.

Fue la única vez que Cristóbal tuvo oportunidad de ver de refilón al jefe supremo del ejército del Chaco, parado en el polvo, mientras él tajeaba un nudo en el entresijo de la selva, para que pasara el agua.

Aferrado al volante, se bamboleaba ahora con los ojos muy abiertos, en el estado en que la atención y la voluntad no eran más que puro reflejo de su instinto de conductor.

Un golpe acolchado rebotó contra el parabrisas abierto y se metió de rebote en la cabina. Era un yaka-veré. El pájaro aleteaba y chillaba asustado, procurando escapar. Sus garras se clavaron en la cara de Cristóbal. Tuvo que atraparlo con las dos manos y echarlo afuera. El camión perdió ligeramente la dirección y una de las ruedas atropelló una mata de karaguatá. Se produjo una explosión fuerte y seca. El tanque de agua se ladeó de golpe. Cristóbal bloqueó los frenos y bajó de un salto. Gamarra se retorcía manoteando por desembarazarse de su escafandra. Desgajado al sueño por la explosión y el bandazo, hucheaba como loco bajo el rollo de manta.

—¿Qué pasa? —gritó al fin, quitándose de un tirón la mordaza.

Cristóbal revisaba ya el neumático delantero reventado.

—El gato —le ordenó.

—¿Gato? —dijo el otro, todavía sin entender.

—Despertá de una vez y traé las herramientas.

—Ah, bueno... —gruñó y se pandeó a uno y otro lado, bostezando y desperezándose.

—¡Rápido, pues, Medio-metro!

De la inercia pasó a una súbita actividad. Levantó las tablas del asiento y sacó el cric y las llaves. Se le cayó una. La recogió y la puso entre los dientes.

—Soñé que nos asaltaba una patrulla bolí —gorgoteó a través del hierro.

—Eso hubiera sido mejor —dijo Cristóbal con fastidio.

—¡*Yaguá reví*! —rezongó Gamarra, rematando la interjección con un silbido.

La luz de los faros al chocar contra la maraña, reflejaban una débil claridad sobre el camión escorado en la huella y los dos hombres arrodillados ante el desperfecto. Las hojas dentadas del karaguatá les serruchaban el pecho y la cara al forcejear con la rueda.

12.

A media mañana, los camiones llegaban a un nuevo cañadón. Uno de tantos, pero menos extenso y más achaparrado que los anteriores, un hemiciclo perfecto en la selva. La fragancia del guayacán les salió al encuentro y un áspero olor a lechiguanas.

Parado en el estribo del puntero, Otazú los enumeró hasta once con soñolientos balanceos de cabeza.

—Falta el camión de Jara —dijo.

Salu'í se volvió con cierta presteza para mirar por el óvalo trasero de la cabina.

—Qué le pudo haber pasado —dijo Aquino, algo preocupado con la vista fija en el campichuelo que se iba estrechando hacia el gollete, perfilado entre una hilera de quebrachillos.

—La entrada a Garganta de Tigre —anunció Otazú, retomando su asiento y echando una mirada de reojo al temido paso—. Menos mal que vamos a pechar la picada a pleno día.

Ahora se escuchaba más cercano el intermitente cañoneo. Un creciente zumbido sobrepasó de pronto el tronido de los obuses y el propio roncar de los motores. La preocupación del jefe del convoy se cambió en alarma. Sin detener la marcha, sacó medio cuerpo afuera gritando a los demás, mientras apretaba a fondo el acelerador y viraba bruscamente hacia la costa del abra.

—¡Avión enemigo! ¡A desviar..., a desviar!

A los pocos instantes un *Junker* apareció en efecto sobre el bosque, siguiendo la línea del camino.

Al descubrir el convoy, picó sobre él con un poderoso rugido ametrallándolo a quemarropa. Los regueros de la ráfaga picotearon la cinta polvorienta en una exhalación. El pánico desbandó la columna. Los camiones se desparramaron tratando de ganar el monte. Un aguatero y el furgón sanitario forcejeaban para desprenderse de las huellas, pero ya el avión volvía en una nueva pasada rasante escupiendo fuego, y lanzando ahora también una bomba, que cayó sin explotar cerca del sanitario. Sus tripulantes saltaron enloquecidos y huyeron hacia el boscaje. El camillero cayó tumbado por la ráfaga. El camión aguador estaba inmóvil en la cuneta. A través del parabrisas hecho añicos, se veía al conductor caído de bruces sobre el volante, la cabeza empapada por la sangre, que también había salpicado las astillas del vidrio. Del tanque surtían innumerables chorritos por los orificios de los impactos. En distintas partes del bosque, los camiones pujaban contra la maraña, en busca de los lugares más seguros, procurando esconderse a los ojos de fuego del gran halcón amarillo, que pasaba y pasaba estremeciendo el cañadón con el tableteo de sus ametralladoras y las explosiones de sus bombas. El camión de Aquino se había internado apenas. Estaba oculto entre unos árboles, casi a la orilla del bosque. Salu'í se afanaba en camuflarlo con cuanta rama encontraba a mano. Desde el volante, Silvestre Aquino controlaba los movimientos de los demás apremiándolos a gritos, para drenar la propia nerviosidad. Sus ojos opacos de rabiosa impotencia se clavaban una y otra vez en el camión aguatero detenido en la cuneta. De repente lo vieron estallar en una explosión de agua, tierra y fuego. El abanico de esquirlas y pedazos del camión barrió el contorno. La tapa del radiador voló proyectada sobre sus cabezas talando las ramas altas. En medio de la compacta atmósfera del cañadón, la hoguera de nafta alumbró un montón de hierros retorcidos alrededor del cráter abierto por la bomba. Cuando aclaró el amasijo de polvo y humo, se vio surgir más atrás la silueta del furgón sanitario, increíblemente intacto.

El avión reapareció y se elevó sobre el bosque haciendo piruetas sin arrojar más bombas. Parecía ahora querer divertirse tan sólo, intimidando a los camioneros, con sus evoluciones acrobáticas. Para desahogarse, éstos le disparaban los tiros de sus mosquetones, en medio de una gritería un poco forzada.

Aquino tendió de repente su brazo hacia el sanitario.

—¡Miren eso!

Entre las ruedas se veía un bulto oscuro y cilíndrico. Era la bomba que había caído sin estallar.

—¡Puede reventar en cualquier momento! —dijo abriéndose paso entre las ramas hacia los otros camiones.

En un súbito impulso, Salu'í salió disparando hacia el furgón. Su decisión fue tan rápida, que Aquino nada pudo hacer para impedirla. Sólo alcanzó a gritarle.

—¡No vayas! ¡Es peligroso!

Ella siguió corriendo sin hacerle caso y llegó al vehículo, bastante dañado por las ráfagas y las esquirlas. La bomba había arado la tierra al caer y quedó incrustada en la huella acolchada de arena. Salu'í abrió la portezuela y subió. Rebuscó en el interior con apuro pero sin perder el tino. Sacó un botiquín de primeros auxilios, cargó en un brazo medicamentos, paquetes de venda, todo lo que pudo y regresó a escape hacia el bosque, en momentos en que el avión hacía una nueva pasada ametrallando el abra. La rápida estela de nubecitas de polvo cruzó mordiendo el camino muy cerca de ella. Apuró el paso y se alejó culebreando entre los destrozos en llamas del aguador y el cadáver del camillero.

Los camioneros estaban asombrados. Aquino le salió al encuentro y le arrancó furioso los paquetes.

—¿Por qué hiciste esto? ¡No era el momento!

—Dijiste que podía reventar... —dijo ella jadeando.

—¡Aquí yo ordeno lo que hay que hacer!

Salu'í se sentó en el estribo, con el botiquín sobre las rodillas. Desde su escondrijo, donde el pánico lo retenía. Otazú la miraba con la cara descompuesta.

El avión continuó evolucionando en círculos muy estrechos sobre el bosque. Después, como aburrido, picó hacia lo alto, hizo un tonel y desapareció.

Esperaron un buen rato, a ver si volvía. Expectantes y callados, los camioneros vigilaban el cielo turbio del cañadón.

—¡Tábano de porquería! —refunfuñó Aquino—. Ahora que nos olió, lo vamos a tener encima todo el día.

Salu'í clasificaba en su regazo los medicamentos que consiguió rescatar del sanitario. Ponía mucha atención en la tarea. De tanto en tanto, furtivamente escudriñaba la boca de la picada.

Silvestre Aquino buscó con los ojos a su ayudante. Lo entrevió tumbado en la maleza. El ancho rostro se crispó de nuevo, yendo hacia él.

—¿Qué hacés aquí, escondido como un apere'á?

—Estoy enfermo —susurró el otro.

—¡De miedo! Andá a patrullar a Jara.

Otazú se levantó de mala gana.

—¡Rápido, pues, cobarde! —ordenó Silvestre, propinándole un bofetón.

Otazú se alejó chicoteado por el ramaje espinoso, friccionándose la cara y la boca llena de saliva como los borrachos.

13

Los pronósticos del jefe del convoy se cumplieron. Cada tanto, cada vez que los camioneros se disponían a reanudar la marcha, como si realmente les husmeara la intención, la sombra amarilla del pájaro-perro cruzaba sobre ellos, resoplando salvajemente, casi a ras de los árboles, en el aire caliente mixturado de pólvora, tierra y humo. Optaron entonces por permanecer echados a la sombra del precario refugio que los protegía mal del sol a plomo. Algunos mordisqueaban su ración de fierro, frotando con los dedos los resquicios de los envases y chupándolos luego hasta la última vedijita de carne. Otros dormitaban ya con los mugrientos sombreros sobre las caras. Así no veían la silueta del sanitario parado sobre la bomba, en el centro del cañadón, como una burla. *Panadería Guaraní - Asunción Especialidad en palitos y galletas con grasa...*, ofrecía el letrero pintado al costado del ex furgón de reparto.

—Andá; traé un poco más de galleta sa'í, Rivas —dijo uno de los que comían, al chófer.

—Ya comiste demasiado —le respondió éste—. Te vas a aventar.

—Andá sí, ra'yto. Total, la panadería de Dubrez nos manda de balde su galleta. Hay que aprovechar... —recogió con la uña una partícula que se le había caído sobre la rodilla, le dio un lengüetazo y también se tumbó, echándose el sombrero sobre la cara.

—Te salvaste raspando, Rivas —siguió diciendo.

—No se muere en la víspera, compañero.

—Argüello entabló, el pobre.

—¡Por arruinado! No se apuró en bajar.

—Se apuró en morir...

Con la cara hundida en la huella, el camillero se achicharraba, inmóvil, en el bailoteo de los reverberos.

La barba de Silvestre, dura como espartillo terrado, también se movía bajo el sombrero, raspándole el pecho, al hablar de vez en cuando con Salu'í, sentada en el camión.

—No viene... —murmuró ella.

—Ya estará viniendo.

Hubo una larga pausa. Las moscas lamían una latita vacía, entre los yuyos. Arriba, entre las ramas, temblaba un resplandor anaranjado. Era el aro de bronce del radiador.

—No acaba uno de conocer a la gente —dijo de pronto Silvestre bajo el sombrero—. Creí que lo tuyo era un capricho no más... Un capricho de mujer loca... —*saraki,* dijo él en guaraní la exacta palabra—. Un capricho así es más que la vida... ¡Estás naciendo de nuevo, Salu'í!

Ella lo miró, pero no dijo nada. No tenía nada que decir.

14.

Al atardecer los camioneros formaban pequeños grupos dispersos a la orilla del bosque, esperando aún la orden de partida. Aquino ambulaba por el cañadón, observando alternativamente el cielo y los embudos abiertos por las bombas. Los escombros carbonizados del aguatero humeaban todavía. Más adelante, obstruyendo el paso, se erguía la mole diminuta y fatídica del sanitario. Aquino se dirigió hacia allí con pasos nerviosos. Nadie supo en el primer momento qué se proponía. Rodeó el furgón, inspeccionándolo por todos lados, y se detuvo a unos pasos de la bomba.

En ese momento, entraba en el abra el camión de Jara, con Otazú en el pescante, enlunado y de mala vuelta, y el rechoncho Gamarra, saludando a gritos a todo el mundo, derrochando las mejores ocurrencias de su repertorio.

Desde lejos, Aquino les hizo seña imperiosa. Gamarra se calló, pero Jara siguió avanzando. Aquino volvió a alzar el brazo. Su voz retumbó en el cañadón.

—¡Altooo!...

Jara frenó, mirándolo intrigado, sin comprender lo que ocurría o iba a ocurrir. Aquino señaló la bomba.

—¡Voy a sacarle la muela!

Los distintos grupos de hombres se levantaron y se pusieron a observar curiosos los movimientos del jefe del convoy. Lo vieron echarse al suelo y reptar hacia la bomba, sobre el mismo surco que había trazado al patinar. Un rumor de inquietud se propagó de uno a otro, apiñándolos en una creciente expectativa. Por encima de ellos, Saluí tenía fijos los ojos en el camión de Jara. El vidrio polvoriento resplandecía con el último fulgor del ocaso, de modo que no podía ver la cara del conductor, tapada por ese reflejo a la vez brillante y opaco que traducía de alguna manera sus ansias más secretas.

La mano de Silvestre se aproximó lentamente al artefacto y empezó a manipular el detonador que parecía atascado, con el rostro cubierto de gruesos goterones, la barba apelmazada de tierra y blanca como la de un viejo. Al fin empezó a desenroscar la pieza.

En torno al cañadón, las caras de los demás estaban crispadas por la angustia de ese pequeño chirrido que no terminaba nunca, barridas por un luctuoso aire de zozobra. Un vívido fogonazo de fotografía las ennegreció de repente, alumbrando hasta la última gota del terreno. El terrible fragor hizo retemblar el cañadón, apagándose poco a poco en la profundidad del bosque, mientras el aire de la explosión volvía a desplomarse en una lluvia incandescente de tierra y partículas, tan lenta y pausada, que nunca iba a acabar de caer.

15.

Al resplandor de los faros y de la fogata que consumía los restos del sanitario, la veintena de hombres silenciosos trabajaba activamente para rellenar los embudos. Cristóbal Jara se esforzaba a la par de ellos. Daba algunas breves y tajantes órdenes, que apuraban la agitación de palas y machetes, de caras y torsos embreados de sudor. Salu'í traía ramas y volcaba las brazadas en los hoyos. En un momento dado, su mirada se encontró con la de Cristóbal. Este pareció fijarse en ella, como si la hubiera visto por primera vez. Hubo entre ambos una levísima suspensión, que pasó inadvertida. El se volvió y redobló sus esfuerzos para acabar de tapar y alisar el cráter. Con la pala fue matando el fuego. De pronto, entre unos espinos encontró un objeto blando y mojado. Era el sombrero de Silvestre. Se agachó a recogerlo y lo guardó casi a escondidas en el bolsillo del pantalón.

—¡Listo! —gritó—. ¡Traigan los camiones!

Los hombres se desparramaron hacia la espesura. Cristóbal dio maquinalmente unos pasos. Se detuvo al costado del camino, junto a las dos toscas cruces hechas con ramas. Allí, en los embudos que le servían de sepultura, yacían los dos compañeros, los dos *oyo-valle guá,* pedazos gemelos de la tierra natal, en los hoyos de su sacrificio. Allí, a sus pies, pero infinitamente lejos. Se agachó y recogió un puñado de tierra seca del desierto. La dejó caer sobre ellos, en un vago gesto de despedida, acaso de instintiva rebelión. Infancia y destino, el tiempo de la vida, lo que quedaba detrás y lo que ya no tenía futuro, se desmenuzaban en ese chorro árido que caía de su mano, en la falta pesantez que todo lo devuelve a la tierra, pensando quizá que toda la tierra muerta del Chaco no iba a alcanzar a cubrirlos, a tapar esos agujeros del tamaño de un hombre.

Los camiones ya estaban encolumnados en el camino. A paso rápido se aproximó al suyo. Ordenó a Rivas que condujera el camión de Aquino. Otazú subió con él. Al volverse, Cristóbal vio a Salu'í parada ante él, cargando el botiquín y los paquetes de venda.

—Subí —le dijo.

Gamarra la ayudó, tomándole parte de la carga.

El camión de Jara arrancó de golpe y tomó la punta.

16.

De nuevo la selva se abría delante de los faros en la tortuosa picada. Las ramas espinosas arañaban las chapas, el techo de la cabina y el tanque. Las ruedas gemían patinando a trechos en la arena removida de las huellas. Cristóbal desenredaba extraños ritmos en su caja de velocidades, haciendo que el camión avanzara aferrándose a la más ligera depresión, a una mata de yuyo, al labio partido de una huella.

Los tres tosían y escupían el agrio tufo del polvo. Salu'í miraba como hipnotizada la franja luminosa que marchaba delante de ellos. No sentía ni la picazón de los mosquitos que se enredaban zumbando en sus crenchas. Gamarra se enrolló de nuevo en su manta y encajó el paquete de la cabeza en un ángulo de la chambrana.

El camión de Rivas y Otazú iba ahora en la cola. Naufragaban enmascarados en la marejada impalpable y asfixiante.

—¡Viaje desgraciado! —dijo Otazú con voz estropajosa.

—Empezó mal —asintió la otra voz de trapo.

—Y va a terminar mal... ¡Llevamos la muerte delante! —dijo Otazú lanzando la cabeza en un gesto resentido.

—¿Por quién decís? ¿Por Salu'í pikó?

—¡Y claro!...

Las gomas patinaron en un bache arenoso, impidiendo a Rivas con su chillido oír el resto.

—¿Qué habrá venido a buscar? —preguntó Rivas.

—Se largó detrás de Jara. Viene escapada del hospital. Oí cuando le contaba su asunto a Aquino.

—¡Mujer y basta!

—Me acuerdo antes de la guerra... —dijo Otazú con despreciativa jactancia—. Todos íbamos a su rancho. ¡Hasta yo la trinché!

—Pero ahora se hace la santularia... No quiere jugar más a la sortija... —rió el otro, cloqueando.

—Nos trajo la yeta. Este viaje va a terminar mal, te digo. Ya murieron Aquino y Argüello. Y no sabemos todavía lo que nos espera. Recién hicimos la mitad del camino.

—Claro, a mí me gustaría más estar en Sapukai, tomando una cerveza helada en el bolicho de Matías Sosa —dijo Rivas, poniendo los ojos en blanco.

—Y a mí en Luque, tomando tereré junto a mi pozo, que fabrica hielo entre los culantrillos.

Un bandazo les hizo morder el trapo.

—¡Monte de mierda! —rezongó Otazú, escupiendo con asco en la oscuridad.

—Sí, no estamos en el Parque Caballero —chacoteó el otro.

Otro pozo arrancamuelas los juntó en un choque de cabezas.

—Sabés, *Amberé* —dijo Otazú, sacándose de nuevo el trapo—. A veces me siento en la picada como una mosca...

—¿Mosca?

—Sí, un hombre pero como una mosca. Siento que se me empieza a hinchar el vientre. Y entonces, de repente, me enredo todo en una tela de araña y las patas peludas de una tarántula grande como el camión se echan sobre mí...

—Yo creo que lo que vos tenés es otra cosa, Otazú —le dijo el otro, mirándole de reojo.

—No, te digo... Es cierto. Me siento así mismo...

—Pero si vos sos capaz de pegar fuego a un río, Otazú.

—¿No te parece que en un descuido podríamos volver? —dijo girando la cara de golpe.

—¿Volver?

—A Isla Po'í... Ahora que venimos en la cola, podemos.

—Nos pueden pillar —dijo Rivas, algo renuente.

—Yo volví una vez. Y me salió bien. Conté que me cuatrerearon por el camino. Gané un día de descanso en la base. Cocideé y comí bien por lo menos, en lugar de ir a luchar con el reparto en la línea.

—Pero el agua hace falta allá —dijo Rivas con algún escrúpulo.

—¡Un camión más o menos no va a matar la sed de diez mil hombres!

A la hilacha luminosa del cuadrante, Salu'í vio que la cara de Cristóbal se contraía. El ruido de un motor llegaba en ese momento hasta ellos. El tranquido se venía acercando. El bulto descabezado de Gamarra se movió en el asiento.

—¡Camión, paíto! —dijo parpadeando, al salir de la doble oscuridad, hecho una sopa, como si reflotara en un arroyo.

Las facciones de Cristóbal acusaron su contrariedad, buscando un improbable lugar para el cruce. No había el menor resquicio. La maraña inextricable se cerraba sobre el camión como una tapia de estaqueo. La apertura de una plataforma lateral tampoco era posible allí, donde los árboles enterraban sus troncos a pique de las huellas hondas y arenosas.

—¡Cayó la bola, señores! —farfulló Gamarra—. ¡Cruce en Garganta de Tigre! ¡Cuando el burro!... —se pegó un tarascón, al recordar que Salu'í iba con ellos.

El ruido del motor se acercaba hinchado de otro rumor, semejante al jadeo de muchos cuerpos que vinieran empujando el lento avance del vehículo.

—¡No vayas a a recular, Kiritó! ¡Anike!...

Los faros aparecieron en un recodo y se clavaron de lleno en el aguador. Gamarra se tapó los ojos cocinados de sueño. Cristóbal también parpadeó encandilado. Aminoró la marcha. Los dos camiones se detuvieron nariz a nariz. Era un transporte de heridos. Ahora se percibían claramente los quejidos de la carga amontonada en el interior. El conductor sacó la cabeza y gritó, agitando el pulgar por encima del hombre.

—¡Atrás, los compadres! ¡Mis pasajeros vienen un poco apurados!

Cristóbal ya había hecho el cambio y el camión estaba retrocediendo sobre su propia sombra. Gamarra saltó al pescante y empezó a gritar:

—¡A recular..., a recular!

Los camiones empezaron a retroceder, a la voz de *¡A recular..., a recular!*, transmitida de uno a otro, hasta que no fue más que un *lar... lar... lar...* en un eco ululante perdiéndose hacia atrás. Los motores, exigidos al máximo, taparon de nuevo a medias la ronca quejumbre del cargamento humano, que sólo mudaba de diapasón en los barquinazos. Se entreveían los cuerpos, apilados, piernas y brazos espinudos, miembros y torsos con vendajes pegoteados, semblantes cadavéricos, la garra quemada de alguna mano engarruñándose en las oleadas de tierra y de insectos que manchaban la luz.

17.

Otazú y Rivas se atareaban falsamente en el simulado desperfecto. Esperaron que el rumor de los motores se apagara poco a poco. Entonces bajaron la tapa del motor. Estaban solos en el cañadón. Otazú se acercó al grifo y lo abrió. Bebió hasta que le vinieron hipos. El otro hizo lo mismo. Pero no lo volvieron a cerrar. El chorro caía con sofocado ruido sobre la arena. Cuando dejó de gorgotear, el runruneo impreciso y remoto también se había apagado y luego, como brotado de ese mismo silencio, surgió el gran trémolo de la noche en la selva, demasiado grave y profundo, para que fuese perceptible. Algo como la música del gualambau que los indios hacen zumbar en los dientes encerrándola en la garganta y en el pecho, mientras danzan y danzan en torno a sus hogueras sagradas. En la franja gelatinosa de los faros, se extendía un manchón blanco en medio de las huellas, como un coágulo de luna, erizado de huesitos negros. Pero no había luna. Era el lienzo de tierra calcinado por la ignición del sanitario. Hacia el fondo estaban las dos cruces solas, esperando.

El camión dio un viraje completo y pasó ante ellas.

—¡Silvestre nos hubiera mandado fusilar! —murmuró Rivas.

Agachado y torvo. Otazú se friccionaba maquinalmente la mejilla donde recibiera el bofetón.

18.

Filtrándose por los intersticios del ramaje, el cielo legañoso del amanecer cabeceaba a contramarcha de los camiones, en la picada llena todavía de noche. La vegetación fue raleando. Desembocaron al fin en un descampado, larvas chorreadas de tierra y telarañas, expelidas del intestino boscoso sobre el mar gris del desierto, sembrado de pálidos islotes.

Prendido a los parantes, sobre la espiga de la carrocería. Gamarra intentaba el recuento de la columna, poniéndose una mano sobre los ojos inyectados de sangre, igual a un buho que la selva hubiera dejado adherido allí, incapaz de mirar el sol naciente.

—Diez no más somos... Parece que falta el camión de Otazú —dijo descolgándose penosamente de su improvisado observatorio y metiéndose otra vez por la chambrana, en medio del bamboleo de la marcha.

Desde el oeste, por encima de las islas, llegaba el estruendo de los cañones y el tableteo de las ametralladoras. Mucho antes de salir a campo abierto ya los habían escuchado. En el último tramo, sobre todo, tuvieron la sensación de ir rodando sobre esta trepidación que atoraba la picada de sordas ventosidades y tolondrones. Lo sentían en las gomas de las ruedas y en los dientes. Ahora el ruido tenía mucho espacio donde retozar y también estaba más cercano.

—¡Isla Samuhú! —informó el gárrulo hombrecito a la pasajera, tendiendo el brazo hacia uno de los islotes—. Allí está el comando de la división. Un poco más adelante están las líneas. ¡Amanecieron bravas hoy!

Salu'í permanecía callada. Cristóbal conducía concentrado sobre el volante, en dirección a la ribera de bosques que estaba más allá de las islas.

19.

Más nervioso y febril que en la base, el jaleo del asedio repercutía en la isleta de samuhúes y quebrachos, donde funcionaba el puesto de comando divisionario, en la retaguardia de Boquerón. Grandes ampollas de aire parecían reventar a ratos, muy hondo en la tierra. propagando un oleaje sísmico que hacía temblar los colgajos de polvo. De pronto arreciaba el crepitar de la fusilería y de las automáticas marcando detrás del monte la imprecisa línea de batalla. Entre los árboles, las empalizadas de las tucas vomitaban y tragaban agitadas siluetas que se atropellaban sonámbulas a pleno día.

Cerca de la picada de acceso, la macilenta romería de los evacuados desparramaba sus desechos, que esperaban el improbable momento de ser transportados a la base o de ser devueltos a las líneas, según el ritmo del apuro y la voracidad del combate. «¡Aquel a quien le sobre una pata y un brazo, puede seguir bailando en el cerco...», parecía ser la consigna. Los que aún podían mantenerse en pie cargaban, por las dudas, sus impedimetas.

Al oír un ronquido de motores, se incorporaron como movidos por un resorte. El camión de Cristóbal Jara estaba entrando en la hondanada. Las sombras andrajosas se abalanzaron sobre el camión y le cerraron el paso, a riesgo de ser aplastadas. Cristóbal no tuvo más remedio que detener la marcha. Saltó y procuró inútilmente contener a los espectros embrutecidos por la sed que se disputaban el grifo. Gamarra también fue arrollado por la avalancha. Al aparecer los restantes camiones, muchos se lanzaron hacia ellos, para ser los primeros. Un oficial con el brazal de la policía militar se acercó corriendo, seguido por un piquete. Pistola en mano, se abrió paso a empellones y gritando como un energúmeno:

—¡Atrás..., atrás! ¡En fila! ¡A ponerse en fila!

El cañón de la pistola y las culatas de los fusiles de los *yaguáperö* *, caían con golpes secos sobre las hirsutas cabezas. Poco a poco, lograron su propósito. Los grupos que se apeñuscaban y forcejeaban ante los picos, cedieron y se retiraron a regañadientes. Jara se aproximó al oficial.

—¡Este aguatero no es para la línea, mi teniente! ¡Voy en misión especial!

—¡Salga de aquí entonces! —bramó el otro.

Jara subió y enderezó en dirección a los refugios. Gamarra trotó renqueando tras el camión. Salu'í tenía los ojos vacíos.

---

* Perro-pelados. Nombre despectivo que se dio en la guerra del Chaco a los componentes de la policía militar.

20

—¡A formar! ¡En fila! ¡Primero los heri-
dos!... —seguía vociferando el oficial y corriendo de
un lado a otro, para acabar de imponer el orden.

Jaqueada por las culatas, la columna se formó
desordenadamente. Entonces el oficial mandó repartir
la ración de agua. Medio jarro de agua por cabeza.
Vigilaba alerta y severo la distribución recorriendo
la fila. Los de atrás estiraban hacia él los pescuezos,
las ansiosas y demacradas facciones. La fila era cada
vez más larga.

—¡Basta! —dijo de pronto el oficial con el
brazo en alto—. ¡Los demás esperen en sus unidades!
¡El resto del agua se va a mandar a la línea! ¡Veo
que tienen todavía el pie bastante duro! ¡Pueden ir a
pelear!

Un ronco clamor, casi animal, brotó a lo largo
de toda la fila. Algunos dejaban escapar estrangulados
sollozos. Uno cayó de rodillas y golpeó la tierra con
los puños, clamando entre dientes:

—¡No aguanto más..., no aguanto más! —lloraba sangre; se levantó y se alejó tambaleando hacia
el bosque.

Rota a trechos, la cola de sedientos permanecía sin embargo en la espera obcecada del agua,
masticando un sordo y lastimero rumor, aplastados
estúpidamente por la desesperación. El oficial los ahu-
yentó con ademanes y gritos, cada vez más exaspe-
rados.

—¡Rompan filas..., he dicho! ¡Se acabó el
agua! ¡Vayan a sus unidades, si quieren su ración!

Los proveedores llenaban febrilmente sus latas.
Las ensartaban en palos y con los extremos sobre sus
hombros, se marchaban encorvados por el peso, sal-
picando tornasolados chorritos.

El soldado que se dejó caer de rodillas y luego se metió en el monte, regresó abriéndose paso entre los remolones y se presentó al oficial.

—Quiero agua mi teniente. Estoy herido... —le mostró la mano vendada en un jirón de camisa, que traía enganchada de un dedo en el botón de la chompa.

—¿Dónde te heriste? —clavó en él los ojos desconfiados.

—En la línea, mi teniente... —trataba de simular firmeza, indignada honradez.

—¡Estabas hace un rato en la fila!

—¡No..., mi teniente! ¡Me herí en la línea!

—¡A ver!... —le arrancó el ensangrentado pingajo.

El boquete abierto en carne viva tenía los bordes ahumados de pólvora.

—¡Miserable..., cobarde! —lo tumbó de una patada—. ¡Te hubieras encajado el tiro en el mate de una vez!

El soldadito se arrastró gimoteando, con la cara aplastada contra el suelo, como si quisiera meterse bajo tierra.

—¡Llévenlo!

Los *yaguá-perö* se abalanzaron sobre él, colmilludos y empapados.

21.

Frente al tuca de la intendencia. Cristóbal Jara recibía las últimas instrucciones.

—¡Elementos de sanidad, ni qué hablar! —protestó el intendente—. ¡Los puestos frontales no dan más! ¡Es inútil pedirles nada!

—Llevo un camillero —dijo Cristóbal, después de vacilar levemente, señalando a Salu'í, sentada en el camión.

—Conténtese con eso. Yo buscaré un reemplazo para el sargento Aquino. ¡Es una gran pérdida para nosotros..., justo en estos momentos. ¡Vaya no más! El le ayudará a llegar —dijo señalando un hombre esquelético—. Sargento Mongelós, indíquele el camino de su batallón. ¡Y buena suerte!

El esqueleto harapiento y descalzo se cuadró.

Al pasar por la linde del bosque, vieron que estaban fusilando a un hombre.

22.

Así estaban rodando ahora rumbo al destacamento aislado en tierra de nadie. Librados a su propia suerte. La tierra se levantaba detrás y seguía al camión con sus tolvaneras, tapándole el regreso como un muro.

El esqueleto llamado Mongelós tendía el brazo en la dirección de una ruta inexistente, cuyo itinerario llevaba él pirograbado en los nervios resecos, y por esa ruta avanzaba el camión a los tumbos, pechando malezas, tunales, médanos llameantes, bajo el sol blanco que martillaba los sesos desde un cielo combado sobre el desierto como una chapa de cinc.

El baqueano y Gamarra iban hamacándose sobre los cajones de nafta y comestibles, asegurados a soga en los costados de la carrocería; el tanque, bien cubierto por dos cueros vacunos que buscaban protegerlo de la evaporación y servían a la vez de pontones en los arenales.

Monte y desierto. Desierto y monte. Y ese bordoneo incesante y enorme que basculaba contra la piel, porque no podía caber en los tímpanos, agrietando el recuerdo mismo del oído. Los cañones se callaban al caer la noche, pero el zumbido seguía y seguía, el trémolo del inmenso gualambau cuya cuerda era la tierra resquebrajada, tensa en el arco del horizonte. Dejaron incluso de percibir el ruido del motor.

En el vidrio azogado de polvo, Salu'í contemplaba a ratos la cara fantasmal de Cristóbal. Si lo miraba de costado era distinto, era otro, con el duro perfil y los ojos de moho, tendidos hacia adelante, inventariando las más mínimas probabilidades de marcha.

Más allá de ese rostro vio de repente que unas borrosas siluetas saltaban sobre el camión.

Una veintena de soldados gesticulaban y gritaban con las bayonetas centelleantes. Los rotosos verdeolivos dejaban ver su origen.

—¡Altooo!... —aullaban frenéticos, acorralando amenazadoramente el camión.

Con un brusco viraje, Cristóbal intentó eludirlos. Se cerraron aún más. Se agachó entonces para recoger el mosquetón. Uno de los atacantes se abalanzó sobre él y le asestó un puntazo que le atravesó la mano, haciéndole soltar el arma.

—*Peyeí tajhasá!* * —rugió de indignación, sin detener la marcha culebreante.

Pero en ese momento reventaban los neumáticos a bayonetazos. El camión se detuvo en seco. En el bandazo, la tapa del tanque saltó entre los cueros y un grueso chorro se proyectó por la banderola, empapando las espaldas de Cristóbal y Salu'í.

Sobre la carrocería, Mongelós y Gamarra también ya estaban inmovilizados por varias bayonetas que apuntaban sus costillas. Un montón de semblantes terrosos forcejeaba ante el grifo derrochando inú-

* ¡Déjenme pasar!

tilmente el agua. Era como una escena de violación y el agua, el cuerpo desnudo de la mujer que se escapaba gimiendo entre los muslos y las caras bestiales de los hombres. Ningún poder, salvo la muerte, hubiera podido arrancarlos de esa faena enloquecida.

—¡Cobardes! ¡No saben morir como hombres..., en sus puestos! —gritó Cristóbal en un estallido de rabia. Pero su grito se perdió en el ronco jadear de los violadores.

En un rasgo desesperado de humor, Gamarra trató de ironizar la situación, escondiendo su pánico. Con un dedo apartó la bayoneta que le hincara el costado, diciendo al que la empuñaba:

—¡No me hagas cosquillas, compí! ¡Tomen despacio! ¡No se apuren! ¡Si total para ustedes no más trajimos el agua!

El convulso sarambí seguía ante el pico, como un hozar de chanchos en un chiquero. Algunos trataban de llenar sus caramañolas, amenazándose e insultándose mutuamente.

Salu'í trató de restañar la mano herida de Cristóbal, que goteaba como un espiche. El se la arrebató con furia, de la misma manera que la había arrebatado a la bayoneta. Sólo más tarde, cuando los asaltantes retrocedieron de espaldas al monte, sin dejar de apuntarlos con sus fusiles y se desbandaron, desvaneciéndose finalmente en la maraña, iba a permitirle que se la vendara. De seguro ya en ese momento habría vislumbrado lo que luego iba a hacer.

23.

El camión hundido en el espartillar sobre las ruedas desinfladas, parecía aún más pequeño y chato. Sólo su sombra había crecido y se alargaba hacia atrás.

El sol, ahora rojo, se estaba enterrando a medias en el horizonte caldeado.

—Voy a volver con Gamarra para traer cámaras de repuesto —propuso Mongelós.

—No —dijo Jara, contemplando atentamente el espartillar.

—¿Y eso, Kiritó? —preguntó Gamarra señalando las ruedas.

—Vamos a rellenar las cubiertas con espartillo —dijo Cristóbal, como si hubiera ordenado dar aire a las gomas en una estación de servicio.

Pusieron manos a la obra afanosamente. Con el entripado de espartillo atacaban la cubierta y la volvían a calzar en la llanta. Salu'í segaba y acarreaba las brazadas de la dura y elástica gramínea. Cristóbal trabajaba dificultosamente por la herida. La sangre empapaba el vendaje en el esfuerzo. Se sacó entonces del bolsillo el sombrero de Aquino y se enguantó con él la mano. Salu'í se acercó y se lo aseguró a la muñeca. Le ofreció otra vez la pastilla de coagulante, que ahora también aceptó e ingirió.

Gamarra y Mongelós retiraron los gatos. Cristóbal subió al camión y puso en marcha el motor. El baqueano se le acercó.

—Ahora no podemos seguir...

—Ya sé. Voy a meterlo en el monte.

Puso en marcha el camión y lo condujo hasta la parte más espesa, ya invadida de sombras. Las ruedas chirriaban con sus nuevos neumáticos. Gamarra las señaló con un viaje.

—Nos debe sus zapatos okaichipá...

La noche cerró por completo sobre el camión estacionado en la espesura. Y el monótono, inaudible vibrato. Poco después el arco de la luna menguante apareció sobre el bosque, filtrando una tenue claridad.

Era la primera detención, ahora forzosa, en la marcha, luego de dos días de ayuno y sin sueño. Gamarra sacó su ración de fierro e invitó a Mongelós.

—¡A ranchear!

Se sentaron los dos junto al camión y empezaron a devorar ávidamente las galletas duras como guijarros y la carne enlatada. Sus bocas hacían un ruido de todos los demonios. Cristóbal sacó su avío y lo compartió con Salu'í. Después se levantó, trajo un poco de agua del grifo en una lata de aceite y la distribuyó a medio jarro para cada uno. El no bebió.

—¿No vas a tomar? —le preguntó Salu'í.

—No.

—Yo no tengo sed —le dijo ella, tendiéndole su jarro.

—Yo tampoco...

Se miraron con una expresión indefinible. El rostro de Cristóbal por primera vez pareció ablandarse y humanizarse.

De pronto oyeron a Gamarra, que decía invisible al otro:

—¡Nuestra última cena! ¡Qué rica es!

—Para mí es como la primera —dijo el banqueano.

Salu'í y Cristóbal sonrieron.

—Duerman —dijo éste, levantándose—. Yo voy a hacer el primer turno.

Salu'í les convidó con sus cigarritos y subió a la cabina. Gamarra y Mongolós hicieron una limpiada con el machete junto al camión, y se tendieron sobre sus mantas.

—Lo único que falta es que venga ahora una yarará a acostarse conmigo —se chanceó Gamarra, prendiendo el cigarrito.

Mongelós encendió el suyo y se quedaron callados.

—Parece que esta guerra va a ser larga —dijo Gamarra, cuando ya parecía que se había quedado dormido.

—Recién comienza.

—Para nosotros ya está acabando.

—Puede ser... —consintió el baqueano, sin muchas ganas.

—¡Lejos hemos venido a nuestro velorio! —suspiró Gamarra.

—Y así no más tiene que ser.

Las puntitas rojas de los cigarros se movían sobre las caras oscuras.

—Recuerdo allá en Sapukai, nde Mongelós. Formamos una montonera. La revolución reventaba ya por todos lados. Pero nos descubrieron. Mandaron a la caballería de Paraguarí y nos agarraron a toditos... A toditos los que no habíamos muerto en el tiroteo del estero. Kiritó fue el único que se escapó. Por un milagro. Y ahora está aquí también. Ojalá que vuelva a escapar de esta hecha. Y nosotros con él... ¿Ayepa, Monge?

—Dormí y soñá con eso, Medio-metro... Algo es algo... —le volvió la espalda y se cubrió la cabeza con un extremo de la manta.

La uña luminosa rascaba el vidrio y lo hacía chispear como si algunos muás se hubieran pegado al polvo.

Cristóbal regresó de su recorrido y subió al camión. Los otros roncaban abajo.

—¿Te duele la herida?

—No.

—¿Querés fumar?

—No tengo tabaco.

—Yo tengo...

Sacó uno de los últimos cigarritos que le diera Juana Rosa, raspó un fósforo contra el vidrio y lo prendió. Le dio algunas chupadas hasta que el filete rojo se perfiló en la punta, y se lo pasó.

—¡Qué extraño que estemos juntos esta noche, en tu camión!

—¿Por qué extraño?

—Siempre me despreciaste.

—Yo no desprecio a la gente.

—A mí, sí… Hasta anoche. Me alzaste en tu camión, contra tu voluntad.

—Yo te ordené subir. Esa era mi voluntad.

Cristóbal dejó fluir una larga bocanada de humo contra el insistente zumbido de los mosquitos.

—¿Puedo preguntarte una cosa?

El la miró.

—¿Me desprecias por lo que soy?

—Cada uno es lo que es. Y nadie puede despreciar a otro.

—Si uno es malo, por ejemplo, ¿no crees que se pueda cambiar?

—A cada rato uno cambia, pero eso sólo le importa a cada uno.

Ella le pidió el cigarrito con un gesto. El se lo puso en la boca, hasta que el humo le salió por la nariz.

—A veces…, a veces pienso que no sentís compasión por nada ni por nadie. Sin embargo, ahora… —se interrumpió, movió la cabeza, apartó suavemente la mano con el cigarro—. Allá eras el único amigo de aquel indio Kanaití. ¿De qué hablabas con él cuando ibas a la toldería?

—De las cosas del monte, de su raza.

—Tenías una manera de escucharle…

—Sabía mucho, sabía siempre más.

—¿Te contó aquella leyenda mackká de las wöro, que salen a bailar en los cañadones con su cinturón de muäs para traer las lluvias?

—No. El me hablaba de otras cosas.

—No recuerdo bien... Sólo sé que esas mujeres bailan y bailan toda la noche con la luna nueva a
la espalda y su chumbé de muäs... Bailan y bailan,
hasta que el cielo comienza a sudar y se pone a llover.
Eso decía el indio... No sé si era cierto...

—Y ha de ser. Ellos no se equivocan.

—Te quiero preguntar otra cosa, Cristóbal...

—Mejor que duermas —le cortó él.

—No tengo sueño.

—Mañana nos espera lo más duro.

—Tal vez la muerte —dijo ella con acento apacible, casi feliz, no preguntando, sino casi segura.

—Tal vez.

—Dormiré entonces. El sueño será largo...
—no había tristeza en su voz, ningún énfasis, ninguna
amargura. Sus palabras eran festivas. No hay triste-
zas en el guaraní; las palabras salen recién inventadas,
sin tiempo de envejecer. Para decir *el sueño será largo...,* dijo: *Jho'ata che'ari keraná pukú...,* sugiriendo
un sueño o pata suelta, lleno de infinita molicie, de
imágenes alegres, con una mosca haciéndole cosquillas
en la nariz.

Una nube de bordes translúcidos ocultó la uña
incrustada en el cielo y apagó el vidrio. También el
cigarrito, fumado por los dos, se había consumido.

—¿Crees en el milagro, Cristóbal?

—¿Milagro?

—Que ocurra algo imposible. Eso que sólo
Dios puede hacer...

—Lo que no puede hacer el hombre, nadie más
puede hacer —dijo él, ásperamente.

—Sí... Tal vez eso es la fuerza que hace los
milagros.

—No sé. No entiendo lo que se dice con palabras. Sólo entiendo lo que soy capaz de hacer. Tengo una misión. Voy a cumplirla. Eso es lo que entiendo.

—Yo también estoy empezando a comprender muchas cosas, Cristóbal. Antes de morir, Aquino me dijo que yo estaba naciendo de nuevo. Tal vez tenía razón. Estar aquí, a tu lado... y no sentir vergüenza... me parece imposible... —hablaba en un susurro, como si estuviera conversando en voz baja consigo misma.

Jara aplastó el pucho contra la culata del fusil y lo arrojó a la oscuridad. Pasó el brazo lentamente por encima del hombro de ella y la atrajo sobre el suyo, donde la cabeza de mechones cortados a cuchillo se acurrucó, vencida por el peso de su propia felicidad.

24.

La refracción de la luz solar recortaba violentamente la silueta del camión avanzando sobre las depresiones del extenso arenal. El motor jadeaba a más no poder. Las ruedas adelantaban centímetro a centímetro sobre los cueros vacunos puestos como alfombra sobre la arena. Salu'í los iba colocando unos tras otro, a medida que se desplazaba el camión. Mongelós y Gamarra empujaban detrás y vigilaban el equilibrio del tanque que se bamboleaba peligrosamente al descompensarse en las ondulaciones. Cristóbal se aferraba al volante, clavados los ojos en la cegadora blancura de la arena.

Iban pasando cerca de una piedra en forma de hongo, que surgía oscura y sin reflejos en medio del resplandor salitroso.

—¡Sí..., por aquí es! —anunció Mongelós, señalando la piedra— ¡El aerolito! ¡Más allá está la boca de la picada! —agregó mostrando un hueso oscuro en el bosque ceniciento, que parecía petrificado.

Gamarra contemplaba curioso la piedra, cuando de pronto se fijó con susto en la parte baja del camión. Las ruedas traseras estaban humeando y empezaban a echar pequeñas lenguas de fuego.

—¡Altooo!... —gritó—. ¡Se está quemando el espartillo!

Cristóbal detuvo el camión y bajó a ver lo que ocurría, pero ya Mongelós y Gamarra apagaban las llamas de los neumáticos arrojándoles una lluvia de arena. Cuando la cubierta dejó de humear, Cristóbal subió y trató de poner en marcha el motor, sin conseguirlo. Descendió de nuevo y levantando el capot, revisó el encendido. Lo hacía con una sola mano. La otra, enguantada en el sombrero de Aquino, colgaba inerte a un costado, rezumando su barro sanguinolento. El brazo estaba violáceo y tumefacto, por el avance de la gangrena. Salu'í lo observó con espanto.

Hubo un pesado silencio. No se escuchaba el distante cañoneo. Sólo el armónico bajo e inaudible se freía al sol, sin molestar a los ruiditos que hacía Cristóbal en el motor.

—Es extraño —dijo Mongelós—. Sigue el silencio hacia allá, lo'mitá...

—¡A lo mejor cayó Boquerón! —dijo Gamarra con una mueca que quería ser de optimismo.

—A lo mejor. Estaban empezando a romperse las líneas.

—Hoy se cumplen veinte días del cerco —apoyó Gamarra—. Si cae Boquerón, seguro se acaba la guerra.

—Vaya uno a saber...

El creciente zumbar de una máquina aérea les volcó la cara hacia arriba. Un *Junker* apareció sobre el bosque y pasó sobre ellos en vuelo bajo y recto, sin percatarse aparentemente del notorio blanco que ofrecía el camión sobre el arenal.

—¿No ven? —dijo Gamarra, frotándose las manos, cuando el avión enemigo se perdió entre los árboles—. ¡Están todos asustados! ¡Terminó la guerra! ¡Piii... puuuu!

La voz imperiosa de Cristóbal los llamó a la realidad.

—¡Listos..., vamos!

La lenta y penosa marcha prosiguió como antes. Salu'í, agachándose y levantándose, colocaba los cueros que recortaban dos redondeles oscuros sobre la blanca llamarada de la arena, al paso del camión. Cristóbal hacía girar el volante buscando el chaflán de las ondulaciones y con la misma mano engarfiaba el cambio, saltando de uno a otro, para ubicar el punto sensible en el plano de ataque de las ruedas. La otra mano en alto, monstruosamente hinchada dentro del sombrero, esbozaba sobre el vidrio lanudo una cabeza alerta y larval. ¡La cabeza de Silvestre Aquino, cercenada por la bomba! Sus ojos parpadeaban en el polvo, contemplando a Cristóbal. Tenía que mirar fijamente la arena, más allá del vidrio, para apagarlos en ella y saber que eran suyos. Pero, de pronto, en un descuido, estaban otra vez ahí, profundos, borrosos, zahoríes, inventando el camino, empujando la marcha. Porque ahora no había más que avanzar, avanzar siempre, avanzar a toda costa, a través de la selva, del desierto, de los elementos desencadenados, de la cabeza muerta de un amigo, a través de ese trémolo en que vida y muerte se juntaban sobre un límite imprecisable. Eso era el destino. Y qué podía ser el destino para un hombre como Cristóbal Jara, sino conducir su obsesión como un esclavo por un angosto pique en la selva o por la llanura infinita, colmada con el salvaje olor de la libertad. Ir abriéndose paso en la inexorable maraña de los hechos, dejando la carne en ella, pero transformándolos también con el elemento de esa voluntad cuya fuerza crecía precisamente al integrarse en ellos. *Lo que no puede hacer el hombre, nadie más puede hacerlo...*, había dicho él mismo. Y había muchos como él, incontables, anónimos. No estribaba acaso su fuerza en la simplicidad de acatar una ley que los incluía y los sobrepasaba. No sabían nada, ni siquiera tal vez lo que es la esperanza. Nada más que eso: querer algo hasta olvidar todo lo demás. Seguir adelante, olvidándose de sí mismos. Alegría, triunfo, derrota, sexo, amor, desesperación, no eran más que eso: tramos de la marcha por un desierto sin límites. Uno caía, otro seguía adelante, dejando un surco, una huella, un rastro de sangre, sobre la vieja costra, pero entonces la feroz y elemental virginidad quedaba fecundada.

25.

Envuelto en una nube de polvo, el camión rodaba ahora por la picada sobre el agudo chillido de las ruedas, con el tanque cubierto otra vez por la corona overa de los cueros.

Giboso y encogido entre las ramas de un quebracho, un bulto estaba al acecho. Tan inmóvil que parecía momificado. Resto de algún onza, macaco o kirikiri. Salvo que a esas alturas ya no había animales. La momia sin embargo se movió. Bajo una visera de hule dos rajitas oblicuas parpadearon de sorpresa ante el avance del diminuto camión con aspecto de animal mitológico, que veía crecer por momentos en el tajo telescópico de la picada. Las cuencas oblicuas giraron hacia abajo agitadamente. La boca de dientes amarillos se entrompó en un chistido de aviso.

—¡Ya estamos cerca del cañadón! —gritó Mongelós señalando el corpulento quebrado que apareció en un recodo—. ¡Un poco más y llegamos!...

Un nutrido tiroteo cortó sus palabras. Sombras kakis irrumpieron sobre el camino en una salvaje gritería. Cristóbal lanzó el camión contra la maraña, pero ya era tarde. Derribó de un empellón a Salu'í entre los matorrales y él se escurrió por la abertura, del otro lado. El fuego graneado de los atacantes se centró sobre Mongelós y Gamarra, que no tuvieron tiempo de saltar de la carrocería. Cayeron retorciéndose bajo los impactos que picotearon sus cuerpos con fofos chasquidos. Cristóbal se incorporó de entre los yuyos y levantó un brazo para apoderarse del mosquetón que estaba en la cabina, pero un balazo le destrozó la mano. Se dejó caer, se arrastró un trecho y quedó inmóvil.

Los agresores llegaron a rebato, en una batahola de tiros y alaridos. Sus zapatones pasaron rozando la ensangrentada mano de Cristóbal. Se precipitaron sobre el grifo en un demente forcejeo de caras, manos y bocas ululantes, disputándose el chorro a dentelladas, a arañazos, a culatazos. Los más impacientes balearon el tanque, que empezó a soltar enrulados chorritos a través de los cueros.

—¡Pronto..., apúrense! ¡Rápido...; que van a aparecer los pilas!... —gritó alguien con presillas de suboficial, en el remolino de espectros feroces. No lo oyeron. Los dientes crujían sobre el bronce en el sordo y epiléptico jadear de los cuerpos.

—¡Rápido, pues, chingados! —los apremió de nuevo el suboficial—. ¡Rápido..., rápido! ¡Vamos a incendiar el camión!

El apelotonamiento empezó a clarear. Algunos salían del entrevero como borrachos y se tumbaban a vomitar el exceso de agua, ingerida de golpe, con los

organismos deshechos. Otros se desmoraban aún en
el grifo, o arremangaban los dientes para recibir los
chisguetes que lanzaban los cueros, luchando contra
los empujones de los que querían llenar sus cantimploras.

—¡Rápido..., rápido..., que vienen los pilas!
¡Vamos a incendiar el camión!...

Un relámpago de sulfúrico resplandor estalló
a sus espaldas y el abanico de esquirlas volteó a algunos. Los restantes, como arrancados a su estupefacción por el desplazamiento de aire del estallido,
salieron de estampía hacia el bosque. Una nueva explosión reventó en el aire, deflagrándolo en chorros
de gases verdes y amarillos y rojos, tras la desatentada
huida del tropel.

Cuando se disipó en parte la polvareda y el
humo, se vio a Salu'í entre la maleza, rebuscando y
agachándose para sacar otra bomba de mano del bol-
sito de Gamarra. Estaba desgreñada y terrible en su
aureola de tierra. Iba a raspar la granada contra el
guardabarros del camión, cuando vio del otro lado a
Cristóbal, que se aproximaba tambaleante al pico,
procurando cerrarlo con los dientes. Salu'í se arrimó
y lo ayudó. Después, con palitos, fue taponando las
aberturas. De pronto se fijó en la mano deshecha de
Cristóbal.

—¡Mi Dios! —murmuró, y la expresión de su
semblante se oscureció súbitamente.

Se le juntó e hizo que él le echara un brazo
al hombro. Avanzaron apoyándose mutuamente, pues
ella trastabillaba también, no sólo bajo el peso de
Cristóbal, sino además por el de ese rosetón que se
iba extendiendo a su espalda.

Se sentaron en el estribo. Sacó del asiento el
botiquín y empezó a vendarle la herida.

—¡Hay que seguir!... ¡Tengo que llegar!...
—mascullaba Cristóbal con el semblante crispado en
una tensión obsesiva, bajo su máscara enchastrada de
tierra y de sangre.

Los movimientos de Salu'í eran trémulos, pe-
nosos, pero la expresión de su semblante se fue
serenando, como si la voluntad obsesiva de él se le
contagiara e impusiera. Cuando terminó el vendaje,
Cristóbal trepó con gran esfuerzo al camión, ayudado
por ella. Se sentó al volante y se miró las dos manos
vendadas, no con un sentimiento de impotencia, sino
como cavilando una extrema solución. Una vez más
dijo entre dientes:

—¡Tengo que llegar!

Salu'í lo contemplaba con los ojos empañados.

—En el cajón de herramientas hay alambre.
Sácalo —le ordenó.

Salu'í contorneó el motor apoyándose en él,
hacia la otra abertura. Trató de que sus movimientos
parecieran naturales. Intentó subir, pero no pudo.
Desde el suelo, abrió la tapa del cajón y sacó el rollo
de alambre. Regresó con él haciendo la vuelta de la
misma manera.

—Aquí está.

—Atame este brazo al manubrio.

Salu'í hizo lo que le pedía. Su rostro estaba
lívido y empapado de sudor.

—¡Más fuerte! —le dijo, al notar que había
aún un pequeño juego entre el antebrazo y el volante.

Dio otras vueltas al alambre y ajustó las ligaduras, hasta que él dijo:

—Bueno... Ahora éste, al cambio... —le tendió el otro brazo.

Ella amarró la muñeca a la palanca con iguales
ligaduras. Tuvo que meterse más por la chambrana
para poder alcanzar y manipular con el alambre. Sus

movimientos se iban debilitando. De tanto en tanto, la sacudían convulsivos temblores. Llegó un instante en que se detuvo, pasándose la mano por los ojos, como despegándose un vahído.

—¡Pronto! —la urgió, con cierta brusquedad.

Se apuró a concluir la atadura. Cortó el alambre y remató las puntas. Entonces su mano se demoró un segundo sobre la mano vendada de Cristóbal, cerrando los ojos, como si se despidiera.

—¡Subí, vamos! —ordenó él, sin mirarla, pisando el botón de arranque.

Al límite de sus fuerzas, Salu'í se desplomó de bruces al costado del camión. Cristóbal sacó la cabeza y la miró. Por primera vez vio el manchón que ahora cubría toda la espalda y le inflaba un globito rosáceo cerca de un hombro, bajo la empapada tela de la chompa. Un estupor doloroso desencajó aún más sus facciones. Por primera vez pareció vacilar. Fue tan hondo y desamparado su gesto, que mostró hasta el hueso cómo vacilaba por primera vez en su vida, mordido por ese dilema para el que no había opción. El tiempo volaba. El estaba atado al camión. Ella, a la tierra, por su agonía. En un esfuerzo sobrehumano, Cristóbal apretó y soltó los pedales suavemente, hizo retroceder el camión y lo devolvió a las huellas en una maniobra muy lenta, llena de un infinito, de un tierno cuidado, de modo que las ruedas no fueran a lastimar el cuerpo yacente de Salu'í y apenas removieran sobre su cara un tenue mechón, una mano de polvo, una impalpable y definitiva caricia. La contempló una vez más. El pequeño surtidor aún latía en la espalda. Una mano se aferró a una plantita y quedó quieta. Entonces Cristóbal puso en marcha el camión y ya no volvió a mirar hacia atrás. Las ruedas se quejaban sobre el suelo liso y firme de la picada, cada vez más rápido. A lo lejos, las gomas empezaron a soltar dos negras ramazones en los remolinos que iban borrando la traqueteante silueta.

Un rato después entraba en el cañadón, aparentemente abandonado. Avanzó a la deriva con las ruedas en llamas, bamboleando por entre las armas y bagajes y los bultos esparcidos bajo los árboles calcinados. Varias ráfagas de ametralladora, imprecisas, balbuceantes, como disparadas por un ebrio o un loco, astillaron finalmente los vidrios, pero el camión siguió avanzando en zigzag, avanzó unos metros más. Se detuvo. Al chocar contra un árbol se detuvo. Un gran chorro de agua saltó por la boca del tanque sobre las llamaradas que llenaban de sombras el cañadón de nuevo silencioso. La bocina empezó a sonar, trompeteando largamente, inacabablemente…

El camionero estaba caído de bruces sobre el volante, en la actitud de un breve descanso.

IX
Ex combatientes

1

Bajó del tren lentamente, titubeando con desgana. Daba la impresión de que le costara reconocer el lugar o de que no tuviera mucho interés en quedar allí. Los ojos se le achicaron bajo el pesado resplandor de la siesta. Aplastó sobre la frente el ala del arrugado sombrero que llevaba una cucarda pegada al cintillo, y acabó de descender la plataforma de uno de los coches de segunda, apoyando casi a tientas los pies descalzos en el andén. En medio del barullo y de los empujones, al principio no se fijaron en él. Yo sí; yo lo vi en seguida, pero me quedé observándolo disimuladamente porque imaginé lo que iba a pasar y no quería ser el primero en notar su llegada. Estaba estrenando el cargo; debía guardar las apariencias, el espíritu de autoridad. Ese hombre nos ponía de nuevo ante ciertos hechos irremediables; al menos para nosotros. A él mismo, sin duda, le costaba hacerse cargo de ellos. Quizá a eso se debía su actitud de despego, de rechazo.

Miró alejarse el convoy. Entonces a su indecisión se mezcló el desaliento como si de pronto sintiera que lo habían abandonado en un desierto. Giró la cabeza hacia las casas y los ranchos que flotaban en el

polvo, a la sombra de las ovenias y de los paraísos
chamuscados por el sol. Acaso le resultaba difícil de
verdad reconocer su pueblo al retorno, luego de los
tres años de guerra, no porque el pueblo hubiese cambiado mayormente en ese tiempo, sino porque los cam-
bios se habían producido en él, en la parte de adentro
de los ojos, y no acertaba a ubicarlos en el exterior.

Miró la carretera que partía en dos el caserío.
A lo lejos, el montículo verdinegro de Tupá-Rapé palpitaba en las refracciones. La visión del cerrito pareció
orientarlo.

Echó a andar con lentitud. El polvo se enros-
có a la escuálida figura del ex combatiente. Subió hasta
la picuda cara de pájaro donde la piel reseca se pegaba
al hueso, curtida, grabada a fuego por los espinos del
Chaco, por los gránulos morados y apagados de la
pólvora que le embijaban los pómulos terrosos, uno
de ellos arado a quemarroja por el tajo de una bala.

Estaba cambiado, sí; pero a él lo reconocieron
de inmediato.

2.

—¡Miren quién llegó! —gritó uno—. ¡El sargento Crisanto Villalba!...

Pero aun ese nombre sonaría extraño para él.
No hizo ningún gesto. No hizo caso. Siguió andando
lentamente, como si además de miope hubiera llegado
sordo.

La noticia levantó un reguero de exclamacio-
nes y comentarios entre la gente aglomerada en torno
a la estación. Se le arrimaron varios hombres, también
con andrajos del uniforme de campaña; uno de ellos
apoyado en sus muletas. A otro le faltaba la mitad de
un brazo. Tenía la manga de la blusa doblada y su-

jeta con un alfiler de gancho. El recién llegado se
detuvo y los miró con su cara impasible, más oscura
del lado de la cicatriz por el reviro del sombrero.

—¡Por fin llegaste, Jo!... —tanteó Eligio Brisueña, agitando hacia él la manga vacía, sin animarse
todavía a completar el apodo.

—¡Oú Jocó! —gritó alguien.

Los otros al oír eso se descosieron.

—¡Jocó!...

—¡Jocó!...

—¡Jocó!...

Ese seguía siendo su verdadero nombre. Nombre de pájaro. Se arremolinaron a su alrededor. Estaba
parado en el polvo que no cesaba de lamerlo, como
entre gente extraña cuyas caras no conocía o no recordaba. Los miraba con su negra cara de garza, un poco
encorvado por el peso de la abultada bolsa de víveres
que apretaba bajo un brazo con cierta desconfianza.
Las llamitas de los ojos volvieron a parpadear en las
cuencas profundas. No era falta de visión seguramente.
Toda esa sombra que traía dentro era la que le impe-
diría ver en la luz meridiana. No volvía ciego; acaso
desmemoriado tan sólo. El famoso verdeolivo del
Chaco estaba lleno de remiendos y zurcidos hechos
pacientemente. Tres pedacitos de cinta tricolor, tan
desteñidos como la cucarda del sombrero, se hallaban
cosidos al bolsillo izquierdo de la chompa, atestiguando
las tres cruces que vendrían dentro de la bolsa de víveres. Llevaba la manta arrollada en bandolera. De uno
de los bolsillos asomaba la achatada cuchara de lata.
Gruesas venas y nervios como sogas le subían por el
cuello.

Me hicieron llamar. No tuve más remedio que
ir. Lo acorralaban en una actitud especial, entre respe-
tuosa y condescendiente todavía, algo incómodos, pero

bulliciosos, contentos de recuperar al compueblano, al retrasado compañero de allá lejos.

Me metí entre ellos. Lo palmeé amistosamente el hombro.

—¿Qué tal, Crisanto?

En la bolsa de víveres hubo un apagado ruido de hierros que entrechocaban blandamente. Pensé que sería el plato y el jarro del equipo. Venía con todo encima.

—¿No te acordás del teniente Vera? —le dijo Pedro Mártir, señalándome.

—No...

En realidad, Crisanto me conocía poco. Yo había salido de Itapé siendo muchacho.

—Ahora es nuestro alcalde...

—Ah...

—¡Se acabaron los jefes políticos! —escupió Hilarión Benítez, apoyándose en sus muletas—. Ahora tenemos alcalde... Por primera vez un compueblano, tan siquiera.

—Ah...

—¡Jha... Crisanto cha!... —dijo Corazón Cabral, señalando los trocitos de cinta en el bolsillo de la chompa—. ¡El único ex combatiente condecorado del pueblo de Itapé!

Una imperceptible sonrisa jugó sobre la boca dura del recién llegado.

Un chico harapiento se coló en el grupo y se puso a mirarlo, con aire adormilado. Tenía la boca amelcochada con jugo de naranjas agrumado por el polvo. La costra seca le chorreaba sobre el pecho, moteado por las manchitas blancas del albarazo.

—¿Y qué tal, Jacó, ch'amigo? —preguntó Taní López—. ¡Qué dice el hombre!

—Nada. Silencio... —dijo al fin con esa voz mansa y seca, que no salía de su voluntad.

—Tardaste en venir —dijo Hilarión, como si le hiciera un reproche.

—Ya cerró un año desde que se hizo el Desfile de la Victoria —dijo Corazón Cabral, clavándole sus ojos burlones.

Tardó un rato en responder. Le costaba encontrar la voz o hacer funcionar el mecanismo que la ponía en movimiento.

—Me quedé allá —dijo.

—¿En el Chaco? —preguntó Pedro Mártir.

—No, en Asunción.

—¿Y a hacer qué? —dijo Eligio Brisueña.

—En el acantonamiento. Esperando la desmovilización.

—¡Para qué iban a apurarse! —farfulló Hilarión Benítez—. ¡Total, ya te sacaron el sebo del cuero!

—Pero te tiró la querencia —dijo Taní López.

—Vine...

—Primero llegué yo —informó Hilarión—. Cuando en el Hospital Militar me entregaron mi nueva pierna de petereby... Después, el cabo Brisueña.

—Para mí no hubo brazo de madera —dijo éste.

—Punteamos la retirada hacia aquí —continuó Hilarión—. ¡Ya éramos estorbo! Después vinieron los otros... Taní López, Pedro Mártir, José del Carmen...

—¡Y yo! —dijo Corazón Cabral, interrumpiéndolo.

Después llegaron los hermanos Goiburú —continuó Hilarión—. Como siempre, unos tras otro, como butifarras, para volver en seguida a la cárcel cuando lo desgraciaron a Melitón Isasi...

Tuvo que parar. Todos lo mirábamos con muda reconvención. Taní López afiló nerviosamente contra la blusa la uña del meñique, larga como pezuña de kaguaré.

—¡Llegaron todos! —dijo amoscado Hilarión, rompiendo el silencio. Creyó necesario hacerse el gracioso para aflojar el malestar que había provocado. Señaló a Taní López—: ¡A éste ni a cañonazos le pudieron trozar la uña!

Nadie rió.

—Creíamos que ya no ibas a volver, Crisanto —le dijo el viejo Apolinario Rodas, cuya cara no se veía bajo el inmenso sombrero pirí—. ¿Vas a quedarte ahora en tu valle?

—No sé. A según...

Algo aburrido, en medio del rumoreo, el chico se ocupaba en pasar los dedos por la muleta de Hilarión Benítez.

—Tu bolsa está bien abuchada —dijo Corazón Cabral, golpeándola un poco. Volvió a repetirse el blando sonido—. ¡A lo mejor viene llena de libras esterlinas! —se congració.

—No. Un poco de requecho no más...

Soltaron las carcajadas, como en desahogo. Yo no pude reírme. Eran algo excesivas. Una risa adrede que brotaba no del buen humor, sino de ese difuso malestar que nos envolvía.

Una vieja con el hábito de la Orden Terciaria estiró la manga a Corazón Cabral y lo sacó un momento del corrillo. Le cuchicheó algo al oído. El asintió molesto, irritado contra la vieja, que de seguro le hablaba de algo demasiado obvio. Se desembarazó de ella como pudo y regresó junto a nosotros.

En ese momento a Hilarión Benítez volvía a escapársele otra imprudencia.

—Aquí está tu hijo, Crisanto —puso la mano sobre las greñas del zaparrastroso mitaí que le frotaba la muleta.

El silencio se arremangó de nuevo sobre el ruedo. Hilarión escupió con fuerza, irritado contra sí mismo. El chico rayaba el polvo con el pulgar del pie. Veíamos brillar entre las crenchas los ojillos duros y negros, parecidos a los del padre. Entonces éste se fijó en él por primera vez.

—Eh..., Cuchuí —murmuró solamente sin alegría, sin asombro, sin ternura. Nada más que un saludo de pájaro a otro pájaro.

Empujado por Hilarión el chico avanzó hacia Crisanto y se quedó junto a él, no se había si con miedo o con algo de vergüenza. Para animarse empezó a rascar levemente la rugosa tela de la bolsa. Crisanto apartó con la mano la uñita enlutada de tierra, como si espantara un tábano.

—¡Viva el sargento Crisanto Villalba! —gritó Corazón Cabral, para zanjar de algún modo la situación.

—¡Vivaaa!... —coreamos todos.

—¡Tres hurras al valiente hijo del pueblo, al invicto sargento Jocó! —volvió a gritar Corazón, entusiasmado con el éxito—. ¡Hip..., hip..., hip!...

Se había juntado mucha gente. La pequeña multitud vitoreó con un entusiasmo un poco falso. Yo sentía que mis gritos trataban de exaltar no al ex combatiente del Chaco, sino a esa triste sombra parada en la luz cenital, la escueta, la indomable sombra de un hombre.

—¡Qué hacemos aquí a la luz de la luna! —dijo Corazón Cabral!—. Vamos al boliche de Cantalicio para bautizar tu regreso —invitó. Los ojos oscuros bailoteaban radiantes en la cara sanguínea, mojada de sudor—. ¡Vamos al boliche!

—¡Vamos..., yo pago la vuelta, señores! —dije.

—No, Jocó —porfió Corazón—. No te vamos a largar. Caíste prisionero. Después de tanto tiempo, no vas a hacernos este desaire. No todos los años sale una guerra como la que acaba de terminar.

Hubo un remolino de entusiasmo.

—¡Jho…, sargento Villalba, héroe del glorioso Boquerón! —halagó Eligio Brisueña—. ¿Te acuerdas de la Punta Brava donde yo perdí el brazo y donde ganaste tu primer ascenso agarrando a uña limpia la pieza bolí?

—¡Salto adelante…, Compañía Villalba!… ¡Carrera maaar!… —tronó Corazón, aprovechando el momento y parodiando el somatén de tantos entreveros.

Crisanto parpadeó vivamente. La quijada se distendió, pero no dijo nada. Sólo estranguló un irreconocible sonido. Por primera vez, algo parecido a la emoción chispeó en sus pupilas, arañado por el grito de guerra en algún nervio hondo y sensible, transportado de golpe sin duda a algún ardiente cañadón, en medio del humo de la pólvora, del tableteo de las ametralladoras y de la explosión de las granadas. Alcanzó a amagar vagamente un ademán de lanzamiento. Quizá no fuera sino un espasmo reflejo de los músculos, del recuerdo. Luego se quedó quieto, petrificado, palpitante la filuda nariz, hinchadas las sogas del cuello, centelleantes y oblicuos los ojos. Estuvo así un instante. De pronto oiría otra vez las voces, las risas, vería las caras torcidas, las muecas, los guiños de complicidad.

Los ojos volvieron a apagarse, a fruncirse los párpados. Se dejó conducir como un buey mansejón. Cuchuí trotaba a su lado.

Era una procesión triste y silenciosa, a pesar de los gritos y las risas. El silencio iba por dentro. Llevábamos casi en peso a un hombre con tres cruces, un por cada año de combates y sacrificios, de furiosos soles, de furiosas y estériles penurias en el infinito y furioso desierto boreal, en cuyo vientre hervía el furioso y negro petróleo.

Por eso hacíamos ruido, como cuando antaño caía la langosta y debíamos ahuyentarla con el tamboreo de las latas y el humo de las quemazones. Hacíamos ese ruido para aturdir a Crisanto, para ocultarte el rastro, la devastación de la plaga. Lo arrastrábamos hacia el boliche para ayudarlo a olvidar por anticipado lo que acaso ignoraba todavía.

3.

Las mujeres empezaron a parlotear todas juntas en el corro formado en torno a la vieja de la cofradía, que al fin consiguió imponer su habilidad de oracionera y llevar la voz cantante.

—¡No sabe nada por lo visto! Ni siquiera su cara se cambió al verlo a Cuchuí... ¡A su propio hijo!

—Y ha de ser así no más, hermana Micaela —apoyó una—. No preguntó por Juana Rosa. No ha de saber nada todavía...

—Y si no preguntó por Juana Rosa —le cortó otra—, es porque sabe. ¡Cuando se sabe no se pregunta!

—Eso también es verdad —dijo la que había apoyado a la vieja de la Orden.

—Puede saber o no saber... —tornó a decir ésta, gesticulando, con una intermitente contracción en un pómulo—. Si sabe todo, se hace el desentendido. Por vergüenza... Pero no. Para mí, que no sabe nada todavía. ¿Le vieron la cara? ¡Una cara muerta! El cristiano no puede esconder la desgracia cuando le come por dentro.

—A lo mejor vuelve Juana Rosa...

—¿Para qué? —cortó la vieja—. ¡Ya la habrá llevado el diablo! Era de sangre demasiado caliente Tenía que acabar así.

—¿Y el taperé de su rancho, su chacra destruida?

—Eso tiene arreglo —terció otra—. Jocó es guapo y trabajador.

—¿Y Cuchuí?

—Estuvo solo todo el tiempo. Ahora por lo menos está el padre. Irán los dos a la chacra. Se juntará con otra...

—¿Pero no ven cómo viene? —preguntó la vieja—. ¿Cómo va a poder hacer nada?

—Así llegan todos de allá. Eso es al principio. Después se les va pasando y vuelven a ser como antes.

—O se mueren, como Lorenzo Ovelar, que llegó hético solamente para traer su osamenta al pueblo. No quise quedarme allá..., se acuerdan que dijo.

—¡Pobre Crisanto Villalba! ¡Para él es peor!

—¡Menos mal que los hermanos Goiburú le arreglaron las cuentas a Melitón Isasi! O de no... —dijo una mirando intencionádamente a la vieja—. Crisanto se hubiera querido cobrar lo que el otro le hizo...

El oscuro hálito de pavor respiraba otra vez en la murmuración de las mujeres. Se esponjaban gárrulas como cotorras. El miedo, un presagio, volvía a posarse en sus palabras. Estaba vivo el recuerdo del trágico final. El regreso de Crisanto Villalba removía el agua estancada. Lo miraban avanzar, alejarse, entre los otros, hacia el bolicho. A contraluz del recién llegado veían de nuevo los hechos desde el comienzo, aunque de una manera diferente, más expectante pero al mismo tiempo más tranquila, porque el lugar en blanco que era en la historia la ausencia del marido, se llenaba al fin no con una nueva, rabiosa irrupción de venganza, sino con la apariencia de ese hombre, indiferente, lejano.

No estaban, sin embargo, de acuerdo en los detalles. La imagen de Juana Rosa seguía descomponiéndose en sus recuerdos. Tanto, que física y moralmente se había desdibujado. Habría una Juana Rosa, distinta, diferente, para cada uno de los habitantes de Itapé. Y aun estas imágenes cambiaban quizá en el recuerdo de cada uno.

Esto fue lo que más me llamó la atención cuando a mi regreso a Itapé, después de tanto tiempo, casi como un extraño, comencé la tardía indagación de los hechos, no para ayudar a la justicia —que ya se había cumplido al margen de las leyes— sino para llegar hasta el fondo de una iniquidad que nos culpaba a todos.

4.

Cuando Melitón Isasi, el jefe político «emboscado» en Itapé, durante la guerra, trajo de Cabeza de Agua a la mujer de Crisanto Villalba, ella se quedó a vivir en la jefatura.

Aquí comenzaban los desacuerdos.

El amancebamiento de Juana Rosa, a la vista y paciencia del pueblo, se convirtió en un enigma irritante para las viejas. Especialmente para la celadora de la Orden Terciaria, que era el gendarme oficioso de la vida y milagros de los itapeños y el correveidile de los rumores y noticias. Empezó a comadrear en el mercado, en el atrio, en la vecindad, que Juana Rosa se había enamorado del jefe. De otro modo —lo sostuvo incluso ante mí— no hubiera podido aguantarlo, no hubiera podido aguantar las penalidades, las humillaciones a que la sometió. Llegó a la conclusión de que los ojos rasgados y negros de Juana Rosa —ojos de *kuña-saraki*...* decía la vieja— se le habían puesto complacientes y malandros.

Sobre esto también había discusiones. Nadie recordaba cómo era exactamente Juana Rosa. Tampoco yo, que la había visto de chica. Sólo que tenía una belleza sufrida que cambiaba a la mañana y a la tarde. Mis informantes recurrían para dibujarla a nombres de plantas, de animales malignos o hermosos y el guaraní les prestaba refranes, apodos, guturales trocitos de realidad luminosa o malvada para describírmela, para evocar esa imagen que se les escapaba de los ojos, de las manos, de la memoria. Contra ella estaba el hecho de ser hija de María Rosa, la loca de Carovení, que aún porfiaba en su manso delirio que Juana Rosa era hija del tallador del Cristo, cuando resultaba evidente que eso no podía ser cierto.

No faltaba sin embargo quien saliera a disculpar tímidamente a Juana Rosa, apuntando la posibilidad de que el jefe político la hubiese podido tener secuestrada, como a las otras. La habían visto llegar con su hijo, seguida por un agente armado.

—La mandó traer presa... —contó la india Conché Avahay, en un careo con la hermana Micaela—. Porque estaba sola y no tenía amparo...

—¡Ella vino por su voluntad! —cortó la vieja, que no la dejó hablar en todo el tiempo—. ¡Yo la vi..., yo la vi!...

Claro, contra este ser de la celadora de la cofradía, las suposiciones benévolas se esfumaban. A mí también logró convencerme.

Me habló del hijo.

—Cuchuí tenía entonces tres años. Rodaba entre la ceniza de la cocina mientras la madre preparaba el rancho de los agentes. O se escondía entre

---

* Mujer buscona.

los mosquetones del armerillo. Los agentes se divertían con él como con un animalito. Juana Rosa lo tenía abandonado.

—¿Pero no dijo usted que lo trajo consigo?

—Sí, pero lo tenía abandonado en la jefatura. Cuando lloraba mucho, el propio Militón lo metía a patadas en el calabozo donde encerraban a los infractores. Lo mismo hacía cuando después de almorzar cruzaba la calle para ir a dormir en el despacho y mandaba llamar a Juana Rosa. Ella no se hacía esperar. Venía mansita, con el gusto pintado en el semblante, en el movimiento de su cuerpo que se moldeaba para el gusto de él bajo el rotoso vestido que ya dejaba ver casi todo. Se ataba a la cintura un piolín o un pedazo verde de ysypó...

Después diría que el bejuco estaba empayenado.

—Se encerraban un buen rato en el despacho donde don Melitón había mandado poner un catre de trama de lonja para dormir las siestas al fresco. Entonces el lloro de la criatura llegaba hasta ellos como el de un gatito caído entre los culantrillos de un pozo. ¡Cuchuí..., Cuchuí..., Cuchuí-guy-guy!..., le gritaban los soldados, golpeándole las tablas. Y la criatura a veces se callaba.

La hermana Micaela hablaba después de los pujidos torunos del jefe, que se escuchaban desde la calle.

—¿Cómo sabe todo esto?

La vieja se encrespaba.

—¿Y cómo no voy a saber? Yo miraba desde allí enfrente. Atendía a Ña Brígida, la esposa de don Melitón. Aquí en este cuarto se encerraba él con Juana Rosa para hacer sus cosas...

Yo echaba una mirada de reojo por el despacho de tapias de adobe y madera. Una vieja y descolorida bandera, cubierta de telarañas y un resquebrajado mapa de la República, era todo lo que restaba del tiempo de Melitón Isasi.

—Despúes la veía salir a Juana Rosa... —proseguía el rumor de la celadora—. Sacaba al chico del calabozo y lo llevaba con ella, haciéndole mimos como arrepentida y besuqueándole la carita empastada de tierra, mocos y lágrimas. El otro se quedaba durmiendo hasta la tardecita...

5.

Juana Rosa no fue la única barragana de Melitón Isasi.

A veces había dos o tres muchachas en la cocina de la cuadra. Se miraban y callaban. Durante el día se ayudaban en los quehaceres y a distintas horas de la noche ayudaban al jefe a desfogar la rijosa, la casi legendaria potencia de su lujuria, que no se iba a apaciguar del todo sino con su emasculación y con su muerte en las vengadoras manos de sus exterminadores.

En realidad, Juana Rosa fue la que menos le duró. Al final la vieron cambiar de vestido, emperejilarse un poco y hasta ceñirse a la cintura un cinto de charol, en lugar del piolín o del bejuco ya inútil. Se cansó pronto de Juana Rosa. Tal vez por el chico. No era un misterio que Melitón odiaba al hijo de Crisanto. Veía en Cuchuí la imagen en pequeño del combatiente cuya mujer él había robado al comienzo mismo de la movilización, como quien arranca al pasar una espiga de maíz.

Entre tanto, engatusó a la Felicita Goiburú, la hermana menor de la Esperancita, que ya hacía tiempo que se había perdido. A ella no la pescó en la oscuridad, a lo largo de una de sus rondas nocturnas, sino en pleno día, a la salida de la escuela. Ni siquiera tuvo que esperar mucho tiempo. Ganó a la Felicita con dos o tres zonceras, con las rosas del patio de la jefatura, que la chiquilina solía cortar de paso para llevarlas a la maestra.

Cuando una tarde la vieron entrar en el despacho y la puerta se cerró tras ella, las comadres se hicieron cruces y chismorrearon más que de costumbre. Adivinaban lo que iba a suceder si volvían vivos del Chaco, como volvieron, los mellizos Goiburú, que adoraban a Felicita, y resolvían hacerse justicia por su propia mano, como lo hicieron.

Adivinaron también que la suerte de Juana Rosa, como concubina de Melitón Isasi, llegaba a su fin. Poco después, en efecto, la echó de la jefatura. Y Juana Rosa desapareció. Pero quedó su presencia en el pueblo, repartida en las distintas y encontradas imágenes.

Sólo mucho más tarde, la india Conché Avahay vino a contarme, ella sola, de modo que la celadora no pudiese ya interrumpirla ni desmentirla como en los anteriores careos, que Juana Rosa le había dicho que se iba al Chaco a buscar a Crisanto para reunirse y morir con él. La india también me confirmó que Melitón Isasi la trajo a la fuerza a la jefatura y que la retuvo allí, hasta que se cansó de ella, con la amenaza de matar al hijo. Ya la noche en que la forzó en su rancho de Cabeza de Agua, había hecho lo mismo. Juana Rosa —me dijo la india— se le quiso resistir. Luchó contra él como una leona. Pero entonces el jefe sacó el cuchillo y lo puso contra la garganta de la criatura y Juana Rosa se rindió.

—Yo pude hablar con ella en la jefatura —me dijo Conché Avahay—. De mí no desconfiaba nadie...

Contó a los demás el secreto, la causa de la extraña sumisión de Juana Rosa. Pero muy pocos dieron fe a las palabras de la india, cuyas encías desdentadas seguían mascando esa amarga verdad. Conché Avahay no pisaba la iglesia y jamás subió al cerrito de Tupá-Rapé. Por eso tal vez no la querían creer.

6.

A su regreso del Chaco, los mellizos Goiburú ajusticiaron a Melitón Isasi, de la terrible manera cuyo remate todo el pueblo descubrió consternado al día siguiente, en un escarmiento de impar ferocidad, condigno de la culpa, pero cuyo sentido sobrepasaba la simple enormidad del dolor o del odio. Ejecutaron al jefe político, saldando a un tiempo su venganza con el corruptor de su hermana y también la vieja deuda de descreimiento y encono que tenían con el Cristo. Por eso los itapeños tardaron en entender la acción de los Goiburú. Tardaron en comprender por qué, arrancando al Cristo de la cruz, ataron a ella en su lugar, con varias vueltas de lazo, al jefe político ya emasculado y muerto, como si en un cuarto de siglo de estar colgado allí, al aire libre, al amor de los vientos, de los pájaros, del sol y de las lluvias, y no en la penumbra rancia a incienso aromático de la iglesia, también el Cristo de Gaspar Mora hubiera amanecido de repente una mañana vestido de jefe político, campera, botas, pistolera y esa cara fofa de ojos inyectados en sangre, sobre la cual las sombras de los yrybúes ya empezaban a revolar.

El cura vino a rebato. Durante varios días consecutivos mandó lavar el sitio profanado por el crimen, exorcizándolo y rociándolo con agua bendita. El Cristo fue repuesto en la cruz en medio de lloriqueantes ceremonias de desagravio, que hicieron a destiempo una réplica grotesca de la Semana Santa.

El Paí Pedroza hizo venir en carretas a más de un centenar de plañideras de Borja, de modo que no se entendía bien si era en realidad una ceremonia de desagravio por la profanación del Cristo leproso o el velorio y responso del jefe político asesinado, cuando éste ya tenía encima una braza de tierra en el cementerio.

El Paí pidió después voluntarias para establecer una guardia permanente en el Calvario. La única que se animó a estar allá arriba día y noche para cuidar al Cristo, fue María Rosa. Se ofreció ella misma con una conmovida luz en los ojos vacíos, como si durante un cuarto de siglo hubiera estado esperando ese instante.

7.

Ahora Melitón Isasi estaba muerto. Pero la agraciada Felicita Goiburú también estaba muerta y nadie sabía el lugar de su sepultura. Muerta y vengada por sus hermanos, que pagaban en la cárcel de Asunción un acto de justicia, después de haber guerreado durante tres años en el lejano desierto, pasando así de golpe de su condición de héroes a la de asesinos.

Vengada Juana Rosa Villalba. Vengadas a medias las otras víctimas, aun las que no lo eran de Melitón Isasí, pero para quienes la venganza no significaba con mucho una reparación.

Cuchuí quedó con la abuela demente, en la loma de Caroveni, hasta que ella se convirtió en la guardiana del Cristo. Entonces el chico tuvo por casa todo el pueblo. Iba de un lado a otro, moviéndose amodorrado, como el pájaro cuyo nombre llevaba, en esa libertad que se le ofrecía como la luz y como el aire. Ya para entonces le habían comenzado a brotar las manchitas del albarazo. Tal vez el blanco rescoldo

del mal de Gaspar Mora, o quizá solamente los grumos de ceniza de la jefatura que se le habían pegado
cuando gateaba sobre ella, entre una patada y otra,
huérfano ya a medias, personificando a los demás
mostrencos, sin ser él mismo un bastardo de los que
había regado en el pueblo la salacidad del jefe político.

Hasta el día en que regresó su padre. Cuchuí
anduvo suelto por las calles del pueblo, germinando
en ese tiempo que había recibido sin pedir, yerbajo
de hombre larvado en una criatura soñolienta, no
despierta del todo acaso para no ver el sueño atroz
que era la vida. Eso sería lo que las alojeras y chiperas
de la estación comprendían oscuramente, porque nunca le faltaba a Cuchuí la punta de algún chipá, alguna
butifarra enmohecida o un vaso de refresco. Algo de
piedad sentirían, pero también un poco de miedo, de
culpa, de vergüenza, como lo sentía yo al verlo. Lo
hacía llamar a la jefatura y le mandaba que se sentara
en el sillón del despacho. El chico se resistía atemo-
rizado, sin comprender el sentido cobarde y vergon-
zante de mi gesto. Hacía traer leche, galletas y bananas y me quedaba viéndolo atragantarse con los alimentos. Pero lo que más le gustaba era mi revólver.
Yo le dejaba que se entretuviera un rato con él sobre
la mesa. Hasta le enseñé el manejo. Con el tambor
descargado aprendió a hacer puntería y a martillar
el gatillo, teniéndome como blanco de espaldas contra
la pared.

Ahora lo veía trotar junto al padre, rumbo al
boliche, entre las piernas y el ruido de los hombres.

8.

Las tres cruces estaban sobre la sucia y percu-
dida mesa, junto a la cual rodeábamos a Crisanto.

Eran pequeñitas, burdamente hechas, sin ninguna inscripción bajo la pátina de herrumbre que las recubría.

—...Cruz de Boquerón... Cruz del Chaco... Cruz del Defensor... —las enumeró Taní López, pellizcándolas una por una con la guampita del meñique—. ¡Lindo recuerdo, Jocó!

—Sí... —murmuró, otra vez como en un eco, apartando la mano de Taní.

—Algo es algo... —dijo el que se contentó con lamer la grasa de la paila... —refraneó Corazón Cabral.

—¿Pero cómo fue para que te dieran las condecoraciones? —preguntó algo capciosamente Hilarión Benítez—. No había cruces ni medallas para los suboficiales y los clases. Por lo menos hasta que nosotros vinimos. Sólo papel de balde con tu foja de servicio... —se volvió hacia mí—. ¿No es cierto, mi teniente?

Yo me quedé callado, pensando en otra cosa.

—A mí me dieron —dijo Crisanto, después de una pausa, sin el menor asomo de desconcierto. Y luego, humilde—: Seguro me correspondía.

—¿Y cuándo fue?

—Pocos días antes de cerrarse el acantonamiento de los movilizados. Ya no éramos muchos. Se hizo la formación. Me llamaron. Yo di tres pasos al frente, mientras tocaban la corneta y el tambor, y el propio ministro de guerra me entregó las cruces.

—¡Güepa pora! ¡El propio ministro de puro fino!

—Me prendió las cruces al pecho, me abrazó y me dijo: «¡En nombre de la patria agradecida!...» Todos gritamos: ¡Viva la patria!... Y el ministro se fue, rodeado por sus ayudantes.

—¡El propio ministro de guerra ch'...! —volvió a exclamar Corazón—. ¡Qué les parece! ¡No es sudor de perro! ¡Y nosotros aquí, más duros que el chipá del Calvario!

Hubo algunas risitas contenidas.

Hilarión hizo una mueca y miró fijamente a Crisanto.

—Pero, no pensaste... —le dijo y se calló.

—En lo que tiene que ser no se piensa —le cortó el otro con una inconmovible seguridad—. Se le pone el pecho y se acabó.

—¡Por lo menos una vez hicieron justicia! —dijo Corazón Cabral, contemporizador—. ¡Tan siquiera el sargento Crisanto Villalba no salió orejano en la baraja de las condecoraciones!

—Sí —dijo—. Aquí están...

Levantó el jarro en el que había un resto de caña. Todos creímos que lo iba a beber. Pero él se limitó a inclinar el jarro vertiendo cuidadosamente una gota sobre cada una de las cruces. Le temblaba un poco la mano. Después las frotó con el pulgar, muy despacio, temático, ayudándose con la saliva y el aliento. La mesa enclenque también temblequeaba con los movimientos. Bajo la deshilachada bocamanga apareció la muñequera de lija que se usaba para lanzar granadas de mano en los asaltos. Estaba negra y coriácea de mugre.

Las cruces fueron quedando bruñidas y readquirieron un oscuro reflejo. Entonces las envolvió de nuevo en el sobado trozo de diario con prolijos dobleces, de modo que no se tocaran entre sí. Alzó la bolsa sobre las rodillas y guardó el paquetito. Escuché otra vez el blando ruido en el fondo y vi de refilón unos bultos oscuros como locotes secos. Todo el desmedrado «requecho» del sargento. Iba a decirle algo, pero sólo se me ocurrió:

—¿Estás contento de volver, Crisanto?

Quedó pensativo, como esforzándose en penetrar la pregunta. Sus labios se movieron dos o tres veces antes de que se escucharan sus palabras.

—Yo no quería... —dijo.

—¿No querías qué? ¿Desmovilizarte?

—No, no quería.

—Pero hace más de un año que la guerra terminó, Jocó.

—Eso es lo que siento —dijo él con verdadera tristeza en la voz—. ¡Se acabó nuestra guerra tan linda!

Nos miramos sin saber qué decir. La inminente carcajada tampoco estalló esta vez. No esperábamos que dijera eso. Pero lo había dicho con el tono de quien se resigna a un hecho irremediable. Estaba serio. El no se burlaba, no había dicho un chiste. No mentía.

—¡Eso sí que está lindo! —dijo Corazón, traduciendo en cierto modo nuestra sorpresa—. Yo creía que eso solamente dicen los oficiales «galletas» de la intendencia de Puerto Casado. ¡Para ellos sí terminó la guerra tan linda! Para ellos y para los emboscados de la retaguardia. Pero no para un combatiente que arrejó y se chupó en el frente los tres años. ¿Por qué dices eso, Jacó? Para nosotros es bueno que esa guerra de porquería haya terminado.

—¡Total para lo que sirvió! —farfulló Hilarión—. Ahora, los poguasús del gobierno están perdiendo en el papel lo que nosotros ganamos en el terreno... —se fue exaltando—. ¡Dejamos allá brazos y piernas! ¡Sembramos los huesos de cincuenta mil muertos!... ¿Para qué? ¡Los hombres bajo tierra no prenden!

—Bueno, Hilarión... —trató de atajarlo Pedro Mártir.

—¡No..., qué bueno!... —bramó él—. Dicen que ganamos una guerra... ¿pero qué es ganar una guerra, si me quieren decir? Para nosotros, al menos... —se pasó con rabia el brazo por la frente sudada—. ¡Mírenlo a Eligio..., él ganó la guerra! ¡Ahora ya no puede hacerse ni siquiera la puñeta! —escarró un gargajo y se quedó callado.

Eligio Brisueña agitó el muñón del brazo, mientras algunos se reían. Crisanto permaneció al margen del bullicio. No pareció haber oído siquiera a Hilarión. En la pausa que se hizo, dijo arqueando un poco las cejas:

—Al principio yo no quería creer... Se decía que la guerra iba a volver a empezar en cualquier momento. Yo esperaba. Quería volver allá...

—¿Al Chaco? —preguntó Taní López.

—Sí. Al frente. Quería volver a guerrear. Yo debí quedarme luego allá. Eso era vida. Mandar una patrulla de reconocimiento, una compañía, avanzar por los cañadones, tomar al asalto una posición enemiga...

—¡Jho..., sargento Villalba..., héroe de Algodonal y Mandevú-pecuá! —lo vitoreó Corazón.

—Mandar, obedecer, combatir... ¡Eso era vida! —repitió—. No quise abandonar un solo día la línea, mi regimiento, mi división.

—Cierto, Jocó —dijo José del Carmen, que hasta entonces no había despegado la boca—. Me acuerdo de aquella vez que tomaste prisionero a un bolí en la aguadita del pirizal, cerca de Gondra. Le correspondía un mes de permiso —dijo a los otros—. De premio. Pero él no aceptó.

—Para qué. Allá estaba bien. En mi puesto. Después vino el cese de fuego. Yo quería quedarme. Pero me trajeron engañado. Decían que después del Desfile me iban a volver a mandar al Chaco.

—¡Y no cumplieron su palabra! —dijo Corazón.

—Yo esperaba en el acantonamiento. Me dieron la baja. Después también el distrito militar se cerró. Me echaron afuera. Empecé a trajinar sin rumbo. Iba al Ministerio, iba al puerto a vichear los transportes... Una vez subí y me escondí en la bodega del *Pingo*. Pero los marineros de la prefectura me sacaron...

Lo podía imaginar merodeando los muelles del Puerto Nuevo, con los ojos secos y obsedidos clavados a través del río en el remoto horizonte del Chaco, fijo en el cerebro ese pensamiento apenas trémulo, pero tenaz, insobornable, como la aguja de una brújula descompuesta. Podía seguir su ansiedad, su gradual e imperceptible desaliento al ver que no se embarcaban más tropas. Ya no había bandas de música ni banderas ni muchedumbres enardecidas de entusiasmo patriótico. Los guinches volvían a cargar fardos de algodón, de tabaco, de cueros, de tanino. Y descargaban cajones y cajones, del tamaño de los ranchitos de estos hombres. Desclavaban las tablas y salían autos de lujo de muchos colores. Imaginaba a Crisanto mirándolos indiferente salir de los cajones, tan distintos a los destartalados vehículos del Chaco, camuflados de verde y de tierra.

—Gasté todo el dinero que me dieron —dijo—. Yo no sentí ni un chiquito, porque ese dinero no era mío. Me habían dado por defender a la patria. Y eso no se cobra...

—¡Defender a la patria! —barbotó otra vez Hilarión, dando un tacazo con su muleta—. ¡Las tierras de los gringos fuimos a defender!... ¡Nosotros también somos la patria y quién nos defiende ahora!

—Gasté hasta el último centavo —siguió diciendo Crisanto, con el mismo acento monótono—.

Esperaba. Dormía por las noches en el corredor de la Estación Central, en la recova del puerto. Me llevaron preso por vago. Menos mal que se me antojó enterrar la bolsa en un baldío.

—Te hubieran robado hasta tu requecho —dijo Hilarión.

—En la policía militar revisaron mi hoja de servicio. Entonces me dieron un pasaje y me entregaron al comisario del tren. Y aquí estoy... —se calló como fatigado de haber hablado tanto de una sola vez, o como si lo hubiera dicho todo descubriendo de golpe, a pesar de las bromas, el precioso secreto de su reserva, de su esperanza, de su fracaso. Los labios quietos y delgados se apretaron en un tajo; el ala del mugriento sombrero, sobre los cantos de la cara.

—Ahora estás aquí otra vez —dijo Eligio Brisueña, como para alentarlo—. En tu pueblo. Entre tus compañeros. El único que faltaba entre los que quedaron vivos... —la media manga con el muñón adentro se agitaba como un bicho enojado, en contraste con la suavidad de su voz.

—Jocó, mi hijo... —susurró el viejo Apolinario Rodas—. Eras el mejor agricultor de Itapé. Todos te vamos a ayudar. Tienes que levantar tu coga, limpiar tu cañal...

—No sé. A según...

En un ángulo de la pieza, Cuchuí encuclillado procuraba atar el piolín de las longanizas que había comido a la cola de un gato. El piso de tierra estaba sembrado de oscuros pellejitos de tripa, entre los escupitajos amarillos.

Crisanto se levantó para irse. Cuchuí abandonó el gato y se fijó en su padre. Los demás tornaron a revolverse incómodos y el barullo arreció de golpe. Nos habíamos olvidado un poco del problema. Pero el problema estaba allí, cerca, lejos, en todas partes, aguardando minuto a minuto una improbable solución tan difícil como continuar reteniendo a Crisanto en la ignorancia de la última desdicha que lo acechaba, mediante el ingenuo ardid de ese agasajo que no podía durar eternamente.

—¡Más que Dios se lo pague manté, los señores! —dijo con humilde gratitud, pero también con algo de bochorno.

—No, Jocó. Todavía es temprano. Ahora vamos a jugar un trucazo —dijo Corazón.

—No soy contrario rico para una pierna —dijo con una sonrisa—. No me sobra ni un real.

—No importa, Jocó. Estamos entre amigos. Apuntaremos a dedo. Si perdemos, yo voy a ser compí tuyo, me vas a pagar después... ¡Cantalicio!... —gritó Corazón al bolichero—. ¡Un lindo terere con cepacaballo para enfriar el estómago! ¡Carrera maaar pueee!...

—¡A su orden, mi cabo! —dijo el bolichero, despegándose del mostrador donde escuchaba la conversa. Empezó a maniobrar con la guampa, la bombilla y la cantimplora, en repentina actividad.

—A desensillar, Jocó —insistió Corazón, tirándole de un brazo.

—Quiero llegar a Cabeza de Agua antes de la entrada del sol. Es largo el camino.

—No te faltará un catre para dormir y descansar esta noche en el pueblo. Mañana temprano, después de matear, te vas con la fresca.

—No... —dijo liberando el brazo—. Más que muchas gracias. Me voy no más...

Ya salía y nadie lo hubiera podido retener un solo minuto más.

Cuchuí lo siguió. Costearon la plazoleta sombreada de paraísos y enfilaron por la carretera, que empezó a humear bajo el tranco largo y regular de Crisanto y los saltitos de pájaro de Cuchuí.

Lo vimos perderse en un recodo, sin que Crisanto se hubiera dado vuelta una sola vez para ver si su hijo lo seguía.

—¡Pobre Jocó! —dijo Corazón—. ¡Se le acabó la linda guerra!

9.

—Recuerdo... —dijo José del Carmen, casi hablando para sí—. Después del repliegue de Saavedra, la división de *León Caré* se trancó cerca de Gondra. Nos parapetamos como pudimos en nuestras posiciones. Yo estaba en la compañía de Jocó. Durante la retirada recibió un balazo en la cara. La herida ya se le estaba agusanando, pero él seguía firme en su puesto. La lucha era a muerte. No había tropa suficiente. Los bolivianos también se fortificaron frente a nuestras líneas y hostigaron por los flancos. Por un pelo nos salvamos de caer nosotros en el corralito, que usábamos contra ellos a cada momento. Pero los bolís también ya lo estaban aprendiendo. A un pelo estuvimos del desbande. Entonces, *León Caré* mandó desplegar la bandera sobre el árbol más alto del monte y nos habló mano a mano recorriendo la línea... —se interrumpió porque le alcanzaban la guampa del tereré con la verdosa espuma de la yerba hasta el borde. Dio una chupada a la bombilla y agregó a través de una burbuja que se le rompió en la boca—: ¡Eso guapeó por nosotros!... Hicimos pata ancha en la posición... Veíamos el *¡Vencer o morir!* del mariscal López brillando en nuestras bayonetas...

José del Carmen miraba a lo lejos el desierto vacío. Ahora sólo brillaba la bombilla de lata del tereré clavada en la guampa, que andaba de mano en mano. Nosotros también veíamos la bandera de combate enredada en los árboles..., al jefe de ojos acerados y transquilos, llamado el *León Rengo* y querido hasta el fanatismo por sus soldados, azuzándolos con el viejo lema de la Guerra Grande, ese lema que resumía el destino de un pueblo cuya fatalidad ancestral parecía residir en la guerra.

—...Así estuvimos casi un mes —prosiguió José del Carmen—, pulseándonos en pequeños ataques y contraataques. Teníamos que romper el cerco de alguna manera. Pero peleábamos a ciegas. Necesitábamos informaciones, saber algo del enemigo. Entonces se llegó a ofrecer un mes de permiso por un prisionero vivo. ¡Nada menos que un mes de permiso! ¿Se dan cuenta, lo'mitá?

—¿Fue cuando Jocó agarró al bolí? —preguntó Taní López, que se cavaba un oído con el largo y corvo cuernito del meñique.

—Sí. Había encontrado un pozo indio en un pirizal, tapado por el guaimipiré y los llantenes. Nadie supo cómo, porque todo estaba seco alrededor. Jocó olía el agua bajo tierra. Allí se puso a esperar día y noche. Sabía que tarde o temprano también el enemigo iba a encontrar la aguadita. Y así fue. Una tarde por fin cayó al pozo un bolí. Era un bolí chiquito, flaquito. Jocó escondido entre el yavoral lo dejó entrar en confianza. Tenía que agarrarlo vivo para conseguir el permiso. Arrodillado sobre el pozo, el bolí tomó agua como para un caballo. Después se desnudó y empezó a bañarse, echándose agua con las manos, como los perros. En ese momento, Jocó saltó sobre él y lo agarró. Pero el bolí mojado y asustado se le escapaba de las manos, viboreando como una anguila. Se desprendió y echó a correr. Todo lo que le faltaba de grande al bolí le sobraba de ligero. Jocó lo alcanzó y volvió a liarse con él. Se le iba a escapar otra vez. Entonces no tuvo más remedio que sacar su yatagán. Le puso la punta contra el vientre. Para asustarlo no más. Pero el bolí se sacudió en la desesperación y la hoja se le hincó hasta la mitad en la verija. Comenzó a quejarse sin consuelo y a atajarse con las manos la punta de la tripa que le salía por el agujero. Jocó estaba más asustado todavía que él. Le pasaba la mano por la cara. No sabía qué hacer. Fue y trajo agua del pozo, le lavó la sangre, la porquería, le metió para adentro el intestino y le taponó el ojal con hoja machucada de llantén. Pero el bolicito seguía quejándose, cada vez más despacio. Jocó se desesperó. Se le iba a morir no más. Lo alzó en brazos como a un guachito de teta que hubiera encontrado en el monte, y empezó a hamacarlo como si tratara de hacerlo dormir cantándole un arrorró... «¡Cállate na, bolí!...», le decía. «¡No llores na, bolí!... ¡No te mueras na, bolí!... ¡No te vayas na a morir!...» Así llegó al comando, con el bolí todavía vivo en sus brazos...

—¡Ay..., juepete! —dijo Taní, por todo comentario, pescando con el anzuelo de la uña el betún de ámbar de su oreja.

—Jocó no quiso aceptar el premio. Siguió peleando.

—¿Ya estaba un poco así? —preguntó Corazón.

—Todavía no —dijo José del Carmen—. Poco después rompimos las líneas del enemigo. A mí me trasladaron a Toledo. No supe más nada de Jocó. Dicen que eso le empezó en Gondra, cuando se cavó el túnel que llegó a salir detrás de la fortificación de los bolivianos. El solo tiró más de cien granadas de mano y fue uno de los primeros que entraron en la posición, al frente de su compañía. Lo citaron en la orden del día. Continuó en el frente. Allí quería estar... ¿No le oyeron? Como era muy callado y seguía siendo zambo y valiente en los combates, seguramente no le notaron nada extraño hasta el último. Al fin y al cabo, lo que él quería era pelear. Y eso era lo que allá se necesitaba...

Hubo un silencio. Por centésima vez, Hilarión escupió su encono sobre el charquito negro que se había formado al pie de su muleta.

En ese silencio volví a sentirme solo de repente. Más solo que otras veces. Yo estaba en mi pueblo natal como un intruso. Me hallaba sentado a la mesa de un boliche, junto a otros despojos humanos de la guerra, sin ser su semejante. Como en aquel remoto cañadón del Chaco, calcinado por la sed, embrujado por la muerte. Ese cañadón no tenía salida. Y sin embargo estoy aquí. Mis uñas y mis cabellos siguen creciendo, pero un muerto no es capaz de retractarse, de claudicar, de ceder cada vez un poco más... Yo sigo, pues, viviendo, a mi modo, más interesado en lo que he visto que en lo que aún me queda por ver. Un tiempo el sufrimiento me hizo solitario y orgulloso. Después la desesperación se volvió tranquila y humilde y me hizo contemplativo. Pertenezco a una clase de gente para la cual no cuenta el futuro y cuya soledad no es más que su incapacidad de amar y de comprender, con la cara vuelta al pasado, a sus imágenes hechizadas de nostalgia. El éxtasis del ombligo privilegiado... decía el Zurdo en el penal. Pero para estos hombres sólo cuenta el futuro, que debe tener una antigüedad tan fascinadora como la del pasado. No piensan en la muerte. Se sienten vivir en los hechos. Se sienten unidos en la pasión del instante que los proyecta fuera de sí mismos, ligándolos a una causa verdadera o engañosa, pero a algo... No hay otra vida para ellos. No existe la muerte. Pensar en ella es lo que corroe y mata. Ellos viven, simplemente.

Aun el extravío de Crisanto Villalba es una pasión devoradora como la vida. La aguja de la sed marca para ellos la dirección del agua en el desierto, el más misterioso, sediento e ilimitado de todos: el corazón humano. La fuerza de su indestructible fraternidad es su Dios. La aplastan, la rompen, la desmenuzan, pero vuelve a recomponerse de los fragmentos, cada vez más viva y pujante. Y sus ciclos se expanden en espiral. En todo Itapé, como en muchos otros pueblos, fermenta nuevamente la revuelta, en una atmósfera de desasosiego, de malestares y resentimientos. A los ex combatientes se les niega trabajo. Los lisiados desde luego no tienen cómo hacerlo. Por eso las muletas de Hilarión Benítez taquean a cada rato rencorosamente. Recomienza el éxodo de la gente hacia las fronteras en busca de trabajo, de respeto, de olvido. Pero quedan muchos. Los agricultores, los peones del ingenio, los obrajeros, braceros y mensúes han comenzado a organizarse en movimientos de resistencia para imponer salarios menos negreros y voltear los irrisorios precios oficiales. Queman las cosechas o las amontonan en inmensas parvadas sobre los caminos. Tienen que ir los camiones del ejército a limpiar las rutas, amojonadas por inmensas fogatas. Las montoneras vuelven a pulular en los bosques. El grito de *¡Tierra, pan y libertad!*... resuena de nuevo sordamente en todo el país y amanece «pintado» todos los días en las paredes de las ciudades y los pueblos con letras gordas y apuradas.

Algo tiene que cambiar. No se puede seguir oprimiendo a un pueblo indefinidamente. El hombre es como un río, mis hijos..., decía el viejito Macario Francia. Nace y muere en otros ríos. Mal río es el que muere en un estero... El agua estancada es ponzoñosa. Engendra miasmas de una fiebre maligna, de una furiosa locura. Luego, para curar al enfermo o apaciguarlo, hay que matarlo. Y el suelo de este país ya está bastante ocupado bajo tierra. «¡Los muertos bajo tierra no prenden!...»

Temo que un día de estos vengan a proponerme, como allá en Sapukai, que les enseñe a combatir. ¡Yo a ellos..., qué escarnio! Pero no, ya no lo necesitan. Han aprendido mucho. El camión de Cristóbal Jara no atravesó la muerte para salvar la vida de un traidor. Envuelto en llamas sigue rodando en la noche, sobre el desierto, en las picadas, llevando el agua para la sed de los sobrevivientes.

El sarcasmo de la suerte se me impuso patente, cuando pensé de improviso que el único que debió morir en aquel fúnebre cañadón del Chaco, estaba ahora aquí, en reemplazo de Melitón Isasi...

Me encontré riendo fuerte, histéricamente, hasta las lágrimas.

Todos me miraron. El silencio volvió a espesarse.

—¡Se rieron de él hasta el final! —oí que decía Hilarión—. ¡Los propios compañeros! ¡Con esas cruces hechas de zuncho de barril!...

Recordé entonces que estábamos hablando de Crisanto Villalba. Hilarión mencionaba la befa de las condecoraciones.

—¡Fue peor que burlarse de un muerto! —murmuró el viejo Apolinario Rodas, sin cara, sin edad, bajo el inmenso sombrero pirí.

—Pero para él esas cruces son de verdad —dijo Corazón.

—¡Por eso mismo! —rezongó Hilarión.

A lo lejos, sobre la carretera parpadeante de opacos destellos, se desvanecían las nubecitas de polvo que habían levantado los pasos de Crisanto y de su hijo.

10.

Un poco después del cementerio pasaron delante del cerrito.

El sendero sinuoso subía hacia el rancho del Cristo. Desde abajo parecía estaqueado contra el cielo. De la cabeza gacha caían las crenchas moviéndose en el airecito caliente de la tarde. Pero Crisanto Villalba no miró hacia arriba. No sabía siquiera que en ese mismo lugar también a él lo habían vengado. Quizá de haberlo sabido tampoco le hubiera importado, indiferente a todo lo que no fuera el gran eco que ahora ocupaba su vida.

Apolinario Rodas había dicho que antes del Chaco, Crisanto era el mejor agricultor de Itapé. Sus compañeros sabían que el agricultor de Itapé había sido entre ellos el mejor combatiente. La chacra destruida, la irrisión de las tres cruces no negaban lo uno ni lo otro. Pero ahora no era ni agricultor ni soldado. Nada. Nada más que un despojo manso, indómito, vivo aún por la obstinada inercia de la vida o acaso por la terrible salud del sueño que el Chaco había incrustado en él.

A un costado, entre las tacuarillas y los matojos de espino cerval del que sacaban las coronas, estaba el manantial de Tupá-Rapé. En los alrededores las casuarinas siseaban tenuemente en el aire, un tono más alto que el murmullo del manantial. Se acercaron los dos y bebieron arrodillados, primero el chico. El padre contemplaba fijamente el borbollón. Las avispitas y las mariposas blancas revolaban sobre ellos. Cuchuí apresó dos de ellas y las pegó al pecho con saliva sobre las manchitas del mal, mientras el sargento, de rodillas, cargaba su caramañola.

Desde lo alto del cerrito, sentada en su banqueta bajo el alero del rancho, la guardiana los vigilaba atentamente. Era una mancha pintada en la luz. María Rosa, la loca de Carovení, no reconoció a su nieto ni a su yerno.

Sin reparar en ella, Crisanto se levantó, se persignó lentamente, imitado por Cuchuí. Después retomaron la carretera y siguieron viaje. Cuchuí capturó otros dos panambí-ñú y los volvió a pegar con unto de la lengua sobre los lunares blancuzcos.

Sus dos sombras se fueron alargando poco a poco hacia atrás, sobre el camino.

11.

Estaban llegando a Cabeza de Agua.

Al salir de la picada se podía sentir ya la presencia invisible del arroyo, del lado en que el monte mostraba una verdura más tierna. El aire también tenía otro olor. Sobre los cerros lejanos del Ybytyrusú, el sol se achataba contra las puntas bañándolas de fuego. La luz cambiaba de color rápidamente, girando y mareándose contra el cielo calcinado, sobre los cocoteros y el esqueleto espinoso de los yukeríes. Los pájaros surgían de la maraña pero chocaban contra el calor y volvían a caer chirriando en el monte.

Cuchuí trotaba detrás del padre, comiendo las guayabas que arrancaba al pasar y que le ponían la boca punzó, rociada de los huesitos redondos.

Atravesaron un potrero, luego el rozado viejo con los troncos semiquemados que estaban echando retoños nuevos, y entraron en un bananal de grandes hojas caídas, que se rompían a su paso con rajaduras de caja de guitarra. A veces Cuchuí desaparecía por completo entre las palas amarillas, pero al rato volvía a surgir, pisándole siempre a su padre los talones, con la porra del pelo llena de abrojos y de espinas de cardo. Cruzaron después un mandiocal asfixiado por el vicio. Oían escapar bajo sus pies las sabandijas asustadas en veloces regueros de susurros y crujidos. Cerca de un takurú, una víbora desenrolló y escondió su gorda cinta pavonada entre los yuyos. Costearon un buen rato la cabecera del cañal oculto por la espesa maraña y volvieron a salir al camino, que solo dejaba ver a trechos entre la maleza los raspones colorados de la tierra, en el antiguo carril de las llantas. Mazorcas negras de maíz colgaban a los costados de los tallos rotos y leñosos. En un claro vieron cruzar pesadamente el camino a un tatú mulita, bamboleando el córneo y alforzado carapacho. Cuchuí pegó un tironcito al envoltorio de la manta.

—Vamos a agarrarlo, taitá. Para nuestra cena...

—No, *che ra'y*... —dijo Crisanto, llamándole también por primera vez con el nombre de hijo y una inusitada dulzura en la voz—. Vamos a dejarlo que viva. Total, ya comiste.

—¿*Jha nde?*

—Yo no tengo hambre...

Dijo esto último en castellano. De improviso también surgía en su boca una lengua, un sonido parásito. Cuchuí lo miró sin entender. Crisanto le repitió entonces la frase en guaraní. El tácito acuerdo se restableció entre ellos, uno de esos silencios en que la gente sigue conversando sin mirarse, sin necesidad de pronunciar palabra. Cuchuí caminaba otra vez tras su padre, tratando de acomodar sus pasos al ritmo de los suyos, pero sus piernas eran cortas. A cada rato perdía el compás y tenía que volver a trotar para acortar la distancia, en medio de los remezones lentos y ácidos que los envolvían con el polvo.

El hombre avanzaba cada vez más despacio, con un aire que pasaba alternativamente del asombro a la indiferencia. Estaba en su chacra y no la reconocía.

Como al bajar del tren, unas horas antes, iba pisando otra vez una tierra desconocida y extraña, más salvaje aún por la erosión del olvido. Desde su propia sombra arrastraba y ponía cautelosamente los pies en esa luz primordial que no le recordaba nada, tanteando como un ciego el áspero secreto, el aciago perfume de esta tierra que se emboscaba a su paso.

Salieron a un limpión. Inclinado entre el yuyal, no lejos de allí, el rancho los miraba en el rosado y flotante resplandor del ocaso. Los miraba ciego y muerto con sus agujereadas paredes de adobe. El hombre se paró en seco y tendió la mano al chico, no tanto para protegerlo de la brusca aparición como para apoyarse en él. Aislados vestigios de su vida muerta aparecían aquí y allá, en la sesgada claridad. Contra un horcón se hallaba recostado un escaño. De un alambre atado a un palo roto, colgaban los ennegrecidos pingajos de una enagua de mujer. La devastación de la sociedad triunfaba en todas partes, mostrando a dos sombras el campo de batalla después de la derrota. El trapo que pendía lacio de la tacuara podía ser una bandera de rendición que asomaba medrosamente desde la culata del rancho.

El silencio debió crecer e hincharse hasta los cerros lejanos. Y en ese silencio, el murmullo del arroyo saldría del monte y se arrastraría convertido en un retumbo que rebotó contra el rancho e hizo cabecear al hombre apoyado en el chico.

Estuvo inmóvil un instante todavía, pasando quizá de una edad a otra, de un recuerdo a otro recuerdo, hasta descubrir lo que ignoraba y que ahora bruscamente sabía por mediación de la propia tierra. Entonces arrojó de un empellón al chico entre los yuyos. El mismo se agacharía, tenso y vibrante. Manoteó en la bolsa de víveres y extrajo uno de los locotes. El envoltorio de las cruces cayó al suelo.

—¡Compañía Villalba..., salto adelante, carre-ra maar!... —gritó de nuevo como en cien combates cuerpo a cuerpo.

Se incorporó de un saltó, frotó el extremo del pimiento negro contra la muñeca y lo lanzó delante de sí a la carrera.

Hubo un fogonazo y una explosión y el rancho voló en pedazos, como la casamata de una trinchera.

Una tras otra, el sargento arrojó contra la ima-ginaria posición enemiga las doce bombas de mano que había traído del Chaco como reliquias. Fue abrien-do un ancho boquete en el plantío invadido por el ya-vorai y rajando el anochecer con el estruendo y los relámpagos amarillos de las explosiones.

Entre asustado y alegre, completamente sordo, Cuchuí contemplaba desde el matorral a su padre, que corría de un lado a otro gritando salvajemente y arro-jando las granadas. Creía sin duda que estaba jugan-do a mostrarle esa guerra de la que tanto había oído hablar.

12.

Cuando llegué al galope, Crisanto estaba tran-quilo, sentado sobre un takurú. Cuchuí lo contempla-ba sin atreverse a romper su silencio. Manchado de sombras, miraba distraído crecer la noche a su alrede-dor, atado a lo invisible, de nuevo aplastado por esa helada resignación, en medio de la infinita paz que lo rodeaba. El olor de la pólvora era allí el único rastro de su extinguido furor. Pero aun esa mancha violeta se desvaneció pronto. Un rato después no nos veíamos las caras. Yo oía mi voz en la oscuridad, como la de otro. El no quiso saber nada de volver al pueblo.

—*No...* —dijo tan sólo, como la tajante afirmación de su tiniebla.

¿Qué debía hacer con él? No lo supe en ese momento.

Los días están pasando. He dudado entre dejarlo que sobreviva en su extravío o procurar su curación. ¿Y si después de todo lo que el sargento había hecho volar eran los restos de su propia alma? En esa locura que ha vuelto a ser mansa e indiferente después de destruir a bombazos las ruinas de su rancho y su chacra, ignora por lo menos el fracaso irremediable de su existencia.

En guaraní, la palabra *arandú* quiere decir *sabiduría*, y significa *sentir-el-tiempo*. La memoria de Crisanto ya no siente el paso del tiempo; ha dejado por tanto de saber su desdicha. Es como un chico, casi como su hijo.

He escrito a la doctora Rosa Monzón consultándole el caso. Me ha contestado diciéndome que *mi deber* es enviar a Crisanto a Asunción para su tratamiento. Ella me promete encargarse de todo, ya que las instituciones oficiales no se ocupan de los despojos de guerra. Sé que cumplirá.

Con Crisanto no tendré dificultades para el viaje. El cuento de que la *hermosa guerra* ha vuelto a empezar lo hará tomar el tren como a un chico rumbo a una fiesta.

A Cuchuí lo traeré a vivir conmigo.

No pienso en ellos solamente. Pienso en los otros seres como ellos, degradados hasta el último límite de su condición, como si el hombre sufriente y vejado fuera siempre y en todas partes el único fatalmente inmortal.

Alguna salida debe haber en este monstruoso contrasentido del hombre crucificado por el hombre. Porque de lo contrario sería el caso de pensar que la

raza humana está maldita para siempre, que *esto* es
el infierno y que no podemos esperar salvación.

Debe haber una salida, porque de lo contrario...

....

(De una carta de Rosa Monzón)

«... Así concluye el manuscrito de Miguel Vera, un montón de hojas arrugadas y desiguales con el
membrete de la alcaldía escritas al reverso y hacina-
das en una bolsa de cuero. Las había escrito hasta un
poco antes de recibir el balazo que se le incrustó en la
espina dorsal. La tinta de las últimas páginas estaba
fresca; el párrafo final, borroneado a lápiz.

»Cuando fuimos a Itapé con el doctor Melga-
rejo a buscar al herido encontré la sobada bolsa de
campaña. Pendía a la cabecera de su cama con las hojas dentro. Las traje conmigo, segura de que en ellas
se había refugiado la parte más viva de ese hombre
ya inmóvil y agónico. Las versiones del accidente re-
sultaron contradictorias; algunos declararon que el tiro se le había escapado a él mismo mientras limpiaba
la pistola; otros, que al chico, a quien el alcalde daba
el arma en ocasiones para que jugara. El sumario optó
por la primera versión.

»Conocí a Miguel Vera en el Chaco al comienzo de la guerra, cuando lo atendí en el hospital de Isla
Poí, a causa del *shock* que le provocaron la insolación
y la sed durante los diez días en que su batallón estuvo
aislado, sin víveres y sin una gota de agua, mientras
la batalla de Boquerón llegaba a su fin. Era alto y delgado, de hermosos ojos pardos. Hablaba poco y su
exterior taciturno lo hacía aparecer huraño. Un intro-
vertido, 'intoxicado por un exceso de sentimentalis-
mo', como me decía él mismo en una de sus cartas

desde Itapé. Yo creo que era más bien un ser exaltado, lleno de lucidez, pero incapaz en absoluto para la acción. Pese a haber nacido en el campo, no tenía la sólida cabeza de los campesinos, ni su sangre, ni su sensibilidad, ni su capacidad de resistencia al dolor físico y moral. No sabía orientarse en nada, ni siquiera en medio de 'las aspiraciones permitidas'. Era capaz de perderse en un camino. No me extrañó después que su batallón fuera el único que se extraviara durante el cerco de Boquerón, y que luego lo relegaran a funciones auxiliares hasta el fin de la guerra. Le horrorizaba el sufrimiento, pero no sabía hacer nada para desprenderse de él. Se escapaba entonces hacia la desesperación, hacia los símbolos. Su estilo muestra la impronta de su destino. Era un torturado sin remedio, un espíritu asqueado por la ferocidad del mundo, pero rechazaba la idea del suicidio. 'Un paraguayo no se suicida jamás... —me escribía en una de sus últimas cartas—. A lo sumo se dejará morir, que no es lo mismo...' En Itapé estaba solo; sus padres habían muerto, sus dos hermanas estaban casadas, en Asunción. Cuando las conocí me di cuenta de que nunca lo habían comprendido. En Itapé, al final, la gente simple del pueblo le haría el vacío. Su exterior adusto no predisponía a la cordialidad; además, el cargo de alcalde estaba muy desacreditado, aun con el cambio de nombre y de las funciones del antiguo jefe político. Su único amigo era Cuchuí. No me extrañaría que él cultivase en el chico, inconscientemente tal vez, la posibilidad de convertirlo en el verdugo inocente para èsa culpa de aislamiento y abstención que lo torturaba. Murió en Asunción unos días después sin haber recobrado el conocimiento.

»Después de los años, en estos momentos en que el país vuelve a estar al borde de la guerra civil entre oprimidos y opresores, me he decidido a exhumar sus papeles y enviárselos, ahora que él 'no puede retractarse, ni claudicar, ni ceder...'. Los he copiado sin cambiar nada, sin alterar una coma. Sólo he omitido los párrafos que me conciernen personalmente; ellos no interesan a nadie.

»Creo que el principal valor de estas historias radica en el testimonio que encierran. Acaso su publicidad ayude, aunque sea en mínima parte, a comprender más que a un hombre, a este pueblo tan calumniado de América, que durante siglos ha oscilado sin descanso entre la rebeldía y la opresión, entre el oprobio de sus escarnecedores y la profecía de sus mártires...»